Gabriel

Erweckung

Von Jessy D. Sera

Coverdesign: Sarah Richter Art

Korrektorat: Stefanie Brandt

Bibliografische Information der Deutschen Nationalbibliothek:
Die Deutsche Nationalbibliothek verzeichnet diese Publikation
in der Deutschen Nationalbibliografie; detaillierte
bibliografische Daten sind im Internet über http://dnb.dnb.de
abrufbar.

Herstellung und Verlag: BoD – Books on Demand, Norderstedt

ISBN: 9783751989862

--- Gabriel ---

„Gabriel?", brüllte mein Kumpel Chris aus dem Lautsprecher heraus. Es klackerte, als ich mit der oberen Kante des Smartphones gegen meinen Helm stieß.

Neben mir wummerten Maschinen mit ansteigender Drehzahl. Ich nickte dem Mann gegenüber zu und zeigte mit dem Zeigefinger hinter mich. Sein nach oben gestreckter Daumen und das fette Grinsen mitten im Vollbart gaben mir ein Okay.

Ich hielt mein linkes Ohr zu und presste das Smartphone an das andere. „Augenblick!", rief ich. Dann drehte ich mich um und lief los. Unter mir wippte die Stahlstiege im Rhythmus meiner Schritte. Durch die Zwischenräume darin sah ich auf mehrere Ebenen Maschinengewirr hinunter, die durch ein weitläufiges Rohrsystem miteinander verbunden waren.

Zwanzig Meter weiter erreichte ich den kleinen Raum, den mir das Werk zur Verfügung gestellt hatte. Meine beiden Laptops, die von mir mitgeschleppten Messgeräte und diverse Papiere nutzten jeden Millimeter des großen Tisches. Ich schloss die Tür. Wenigstens dämpften die Wände und Scheiben die Lautstärke etwas.

„Was ist los, Chris?", fragte ich.

„Was ist denn das für ein Krach?"

„Ich bin in einer Zuckerfabrik in Schottland", antwortete ich wahrscheinlich viel zu laut nach zehn Stunden Montage zwischen laufenden Maschinen. „Ich koordiniere den großflächigen Einbau neuer Messtechnik."

„Ah", sagte Chris, als hätte ich damit bereits alles erklärt und er es tatsächlich verstanden. Dabei hatte er keinen blassen

Schimmer von dem, was ich tat. Genauso wenig wie ich von seiner Arbeit als Investmentbanker. „Wann bist du wieder da?"

„Mein Flugzeug landet kommenden Samstag gegen eins in Frankfurt."

„Perfekt", rief er, „dann bist du ja rechtzeitig da. Erst gehen wir zum Spiel und dann wird gefeiert. Die anderen Jungs kommen auch mit."

Ich stöhnte auf. „Chris, nicht diesen Samstag." Bloß nicht wieder so ein Clubabenteuer, schon gar nicht an dem Tag. Nicht dann, wenn Nicole mit dem Umzugstransporter und ihren Freunden anrückte, um mein zu Hause halb leer zu räumen.

Ich ärgerte mich immer noch darüber, wie ich so viele Möbel wegschmeißen konnte, nur um ihren Platz zu machen. Wenn sie nicht aus ihrer eigenen Wohnung rausgemusst hätte, wären wir niemals nach fünf Monaten zusammengezogen.

„Ah", grunzte mein Kumpel, „lass dich nicht runterziehen. Ich bin Nicole gestern zufällig im Fitnessstudio begegnet."

„Oh, scheiße", ächzte ich. Dabei wollte ich nicht, dass alle sofort von meiner gescheiterten Beziehung erfuhren. Nicht schon wieder.

„He!", rief Chris. „Neues Spiel, neues Glück. Du findest sicher bald eine Neue."

Als ob ich das wollte. Ich seufzte bewusst laut und ließ mich auf den knarzenden Stuhl sinken. Aus Versehen schob ich ein Blatt von der Tischplatte, welches auf das abgewetzte Linoleum zu meinen Füßen segelte.

„Glaub mir, du brauchst Ablenkung." Sein Ton war auch schon mal überzeugender.

„Chris, echt nicht", antwortete ich.

Ich sollte mir eingestehen, dass ich einfach nicht der Beziehungstyp war. Dabei hatte ich es mit Nicole wirklich versucht. Denn im Gegensatz zu ihren Vorgängerinnen war ich bei ihr von Anfang an hundert Prozent ehrlich gewesen. Gerade sie wirkte offen und diskret genug, um meine Geheimnisse gegebenenfalls auch für sich zu behalten.

Schon bei unserem zweiten Date erzählte ich Nicole von meinen sexuellen Neigungen. Auch von meiner Bisexualität, die ich schon zu diesem Zeitpunkt lange nicht mehr ausgelebt hatte. Ich hoffte so sehr, dass sie sich mit diesem Wissen traute, ein bisschen zu experimentieren. Hochwertige Handschellen, als Geschenk, erschreckten sie leider mehr, als dass es sie neugierig machte. Eigentlich wirkte sie vollkommen überfordert.

Da ich sie von Herzen liebte und wir als Paar perfekt harmonierten, verdrängte ich mein Sehnen nach mehr erneut in die Tiefen meines Seins. Langfristig brachte es leider nichts – weder mehr Verständnis von ihr, noch weniger Eifersucht und besonders keinen Seelenfrieden.

„Nicole hat mir erzählt, dass du so oft unterwegs bist, dass sie sich mit dir nicht wie in einer richtigen Beziehung gefühlt hat", schob Chris nach.

„Tja, falsch liegt sie damit nicht", antwortete ich.

Tat sie wirklich nicht. Ich war oft unterwegs, manchmal reiste ich wochenlang in der Welt umher, um den Einbau und die Inbetriebnahme von Messgeräten zu überwachen. Ich hatte mich früh daran gewöhnt, ohne sie zu sein. Außerdem war ich stolz darauf mit neunundzwanzig Jahren bereits einen verantwortungsvollen und gut bezahlten Job zu haben.

Ein prüfender Blick nach draußen zeigte mir, dass mein Team ohne mich zurechtkam.

„Ja, es ist schade", seufzte Chris, der mich um Nicole offen beneidet hatte, „geil war sie schon."

Das war sie, dazu auch sehr schlau, einfühlsam und gebildet. Leider brauchte für mich eine Partnerin mehr als das. Mehr als sie oder eine der anderen Frauen, die mir hinterherliefen und mich dabei falsch einschätzten, besaßen.

Egal, ob ich so aussah, ich war nun mal kein heißblütiger machomäßiger Südländer, der Frauen hart rannehmen wollte. Nein, im Bett war ich ein devoter Mann, der auf Schmerzen stand und viel zu lange vorspielte, Blümchensex irgendetwas abgewinnen zu können.

„Deine Chance, Chris. Nicole mag dich", sagte ich und konnte den Frust nicht ganz aus der Stimme verbannen.

Er lachte. „Nein, lass mal. Die abgelegten Perlen meiner Freunde fasse ich nicht an. Zu kompliziert."

Meine Kumpels - und auch sonst niemand - wussten nichts von meinen Neigungen, genauso wenig wie von meinen Gelüsten, die sich gleichermaßen auf Männer und Frauen erstreckten. Ich war mir leider selbst sehr bewusst damit einem wandelnden Klischee zu entsprechen: dem sexuell devoten Mann mit viel Weisungsbefugnis im Beruf. Manchmal hasste ich mich dafür, ein geheimnistuerischer Feigling zu sein.

„Wenn du meinst", antwortete ich und schob Papiere auf dem Tisch hin und her.

Vermutlich hatte Nicole gespürt, dass sie mir nicht reichte. Wie auch nicht? Oft genug hatte ich beim selten gewordenen Sex mein Kopfkino bemüht, um wirklich Freude daran zu haben. Selbstbefriedigung mit ein paar Nippelklemmen und einem

Plug im Arsch, gaben mir zum Ende unserer Beziehung mehr als sie.

Dass sie vor zwei Wochen peinlich berührt war, als ich vor ihren Freunden, einem durchtrainierten Kerl in Shorts hinterher sah, beschleunigte das Aus nur. Zum Glück hatte sie es beendet. Es gab keinen Streit, wir wussten es beide. Nur, dass ich zu feige war, es auszusprechen. Ich vermisste sie durchaus, aber eher die Gesprächspartnerin und Köchin in ihr, als die Frau.

Sicher war Nicole ohne mich besser dran. Ohne jemanden, der sie täglich im Geiste mit einer dominanten, fordernden Person betrog, die wechselweise männliche oder weibliche Züge trug. Innerlich stöhnte ich auf. Schon wieder die gleichen Vorwürfe, die ich mir seit unserer Trennung machte. Ich musste mir endlich eingestehen, dass ich keine Beziehung mit normalen Menschen führen konnte, egal welchen Geschlechts.

„Gabriel", rief Chris und riss mich damit aus den Gedanken, „was ist denn nun?"

„Wenn ihr mich direkt vom Flughafen abholt und ihr mit mir im Anzug zu den Kickers geht, komme ich mit."

„Wird schon." Chris lachte. Triumph triefte aus seiner Stimme, den ich erotisch gefunden hätte, wenn er mein Typ gewesen wäre. „Und danach ins Havas."

„In den Schuppen?", fragte ich ehrlich überrascht. „Seit wann stehen die Jungs denn auf Gruftis?"

Er kicherte. „Die nehmen alles, was nicht bei drei auf den Bäumen ist."

Also so sollte es ablaufen. Ich würde wieder mal als Lockvogel fungieren. „Chris, das Spiel ja, der Club nein."

„Gabriel", bettelte Chris, „ich kann ja verstehen, dass du gerade keine Neue kennenlernen willst. Aber du weißt doch, mit dir in unserer Nähe kommen die Frauen in Scharen angelaufen und jeder kriegt am Ende eine ab."

„Nee, echt nicht." Ich schüttelte den Kopf. Der Helm klackerte gegen das Smartphone. Entnervt nahm ich ihn ab und rieb mir die angeschwitzten Haarsträhnen. „Laufen da nicht sogar einige rum, die sich für Vampire oder ähnliche Gestalten halten? Ey, auf so einen Unsinn habe ich keine Lust."

Chris lachte unnatürlich laut. „Komm schon, sei kein Spielverderber. Du lässt dich doch nicht von ein paar Verrückten abhalten."

Ich atmete laut aus. Nein, eigentlich war ich selbst zu kaputt, um mich ausgerechnet von solchen durchgeknallten Leuten fernzuhalten.

„Du darfst meinen Porsche auch schon auf dem Hinweg fahren."

„Ernsthaft?"

„Ja, aber dann musst du uns betrunkene Dummköpfe nach Hause bringen."

Ich lachte, da ich Alkohol ohnehin nicht trank und sowieso immer der Fahrer war.

Chris schnaubte. „Also, wenn dich das nicht überzeugt, besorge ich uns vorab VIP Karten für die Kickers. Dort tragen alle Anzug. Was meinst du Gabriel? Ein schnelles Auto, lustige Gesellschaft, gutes Essen und hoffentlich ein siegreiches Spiel?"

Eines musste ich ihm lassen: Er wusste, wie er mich rumkriegte.

„Okay, ich schicke dir später die Flugnummer. Holt mich ab."

Wieder tönte mir sein siegesgewisses Lachen ins Ohr. „Du wirst es nicht bereuen."

„Ja, ja. Schon gut."

Die Stufen knarrten unter meinen Füßen. Das Geländer schlackerte und drohte aus den brüchigen Halterungen an der Wand zu fallen. Leider war Vinzenz der Meinung, dass eine Reparatur nicht mehr notwendig war. Zumindest das würde ich nicht vermissen, wenn wir in ein paar Monaten verschwanden.

Ich nahm die geholte Post in die linke Hand und öffnete die schwere Eisentür zu unserem Wohnraum. Im Vergleich zum Aufgang begeisterte mich das Innere unseres Heimes. Fast ein Jahr hatte ich gebraucht, um aus der obersten Hallenetage der Fabrik ein wohnliches Loft zu erschaffen. Sogar an abgehängte, dimmbare Lichter und andere kleine Extras hatte ich gedacht, um die hässliche Hallendecke aus Beton zu kaschieren.

Das Wohnzimmer, die Küche und der großzügig bemessene Essbereich waren ein riesiger hoher Raum vor einem ausgedehnten Panoramafenster. Natürlich war dieses um sechs Uhr nachmittags mit dicken Vorhängen zugezogen. Viele vermeintliche Informationen über Vampire mögen Unsinn sein, aber Sonnenlicht mochten wir wirklich nicht. Selbst wenn es uns nicht zu Asche verbrannte.

Zielstrebig steuerte ich den runden Esstisch an. Die flachen Sohlen unter meinen Hausschuhen hinterließen ein schlurfendes Geräusch. Leises Stöhnen tönte aus Zenzis Reich herüber. Er hatte mal wieder vergessen, die Tür zu schließen. Genervt verdrehte ich die Augen.

Mein zumeist platonischer Lebensgefährte nutzte seine Position als Clubbesitzer weidlich aus. Nahezu jeden Tag holte er sich neues Frischfleisch ins Bett. Die meisten ließen ihn unbedarft an ihrem Hals knabbern und merkten nicht mal, wenn er von ihnen naschte.

Zum Glück hatten wir jeweils einen Wohnbereich nur für uns selbst. Der frühere Fabrikbesitzer hatte rechts und links in der Halle gedämmte Büroräume, samt Sanitäranlagen, einbauen lassen. Dadurch, dass sie nur ein Oberlicht, aber keine Fenster nach draußen besaßen, eigneten sie sich perfekt für unsere Zwecke.

Ich seufzte wehmütig. Das luxuriöse Loft würde ich vermissen, besonders den Panoramablick auf den nächtlichen Main in Offenbach. Dies galt auch für den Club, der sich in der unteren Halle befand. In den letzten zehn Jahren hatten wir ihn zu einem Anlaufpunkt für individuelle Menschen aufgebaut. Leider waren wir dabei etwas zu erfolgreich gewesen.

Beiläufig warf ich die Post auf den Tisch und ließ mich auf einen der Stühle plumpsen. Ein Blatt Papier rutschte unter den anderen heraus. Beim Anblick zuckte ich zusammen. „Scheiße!", fluchte ich. Wir hatten schon wieder einen Drohbrief bekommen.

„Verschwindet von hier!", stand darauf in krakeligen Buchstaben.

„Zenzi", brüllte ich so laut, dass es widerhallte.

„Nicht jetzt, Tira", tönte es zurück.

Das Stöhnen der anderen Stimme schwoll an. Selbst das Geräusch von aufeinander klatschender Haut nahm zu. Anscheinend wollte mir Zenzi beweisen, dass er gerade ernsthaft beschäftigt war.

„Der wieder", grummelte ich. Bestimmt war seine Zufallsbekanntschaft wie gehabt über Nacht geblieben und hatte sich bis eben mit ihm in den Laken gerekelt. In meiner

10

Vorstellung sah ich zwei kräftig gebaute Körper, die sich ineinanderschoben und glitschigen Schweiß vermengten.

Ein Kribbeln breitete sich in meinem Schoß aus. „Verdammt", rief ich. Nicht daran denken, befahl ich mir. Mit etwas Glück würde ich mir heute Abend ein eigenes, williges Opfer einfangen.

Der Blick auf die Werbung und die langweiligen Rechnungen brachten mich auf andere Gedanken, bis die Sexgeräusche eine neue Dimension an Lautstärke erreichten. Jauchzendes Brüllen dröhnte zu mir herüber. Grummelnd stand ich auf und schlenderte zu dem Kühlschrank, der für alle Fälle mit einem Zahlenschloss gesichert war.

Wenigstens hatten wir noch einen letzten Beutel Null negativ, meiner Lieblingsblutgruppe, übrig. Ich füllte die dickflüssige Masse in einen Becher um und erhitzte diese in der Mikrowelle auf Körpertemperatur.

Der erste Tropfen auf meiner Zunge entfesselte ein Aroma aus jungem Mann und purer Lebensfreude. Er schmeckte vital und süß. Ich seufzte genießerisch. Wie versprochen befanden sich auch keine Spuren von Restalkohol, Medikamenten oder sonstigen Störfaktoren darin. Ich hoffte, dass uns der Lieferant unter der neuen Identität erhalten bleiben würde.

Türen öffneten sich klackernd. Durch die Fenster zu Vinzenz Wohntrakt erkannte ich, wie mein Lebensgefährte einen gut gebauten, lockigen Mann, den Weg ins Bad wies.

Der Gast gefiel mir ebenfalls. Vielleicht, sinnierte ich und verbat mir sofort jeden weiteren Gedanken. Denn selbst wenn, es wäre nicht das Gleiche, nicht so wie mit … ich wollte den Namen nicht mal denken.

Der Geruch frischen Blutes drang zu mir. Meine Nasenflügel blähten sich. Schnell nahm ich einen Schluck aus dem Becher.

Zenzi schaffte es immer wieder, sich Betthäschen anzulachen, die auf Bisse standen und den Blutverlust im Liebesspiel nicht mal wahrnahmen. Ich beneidete ihn darum. Vermutlich hatte der lockige Bursche knapp einen halben Liter Blut verloren, während er in Ekstase gevögelt wurde. Mehr als eine vorübergehende Schwäche würde ihm nicht bleiben, selbst die Wunde, die unsere Reißzähne verursachten, schloss sich nahezu sofort nach dem Trinken. Besondere Enzyme in unserem Speichel sorgten dafür.

Zenzi, prächtig anzusehen in seiner Nacktheit, schlenderte aus dem Wohntrakt zu mir. Einmal mehr bewunderte ich den hochgewachsenen, breit gebauten Körper mit den sehnigen Muskelsträngen. Seit er mir als waschechter Ritter in glänzender Rüstung zur Seite gestellt wurde, hatte er sich nicht verändert. Wenn er nicht so eine schief gewachsene, platte Nase und leicht schütteres, blondes Haar hätte, hätte ich ihn als schön bezeichnet.

„Das war sehr erquickend", sagte Zenzi, als er den Tisch erreichte. Ein freches Grinsen umspielte seine schmalen Lippen. Ich hatte oft dabei zugesehen, wie er sie gekonnt einsetzte, um junge Männer vor Lust schreien zu lassen.

„Der Kleine sieht süß aus", antwortete ich. Meine Blicke fuhren über Zenzis Leib. Es war so lange her. Ich sehnte mich danach, mich mal wieder von seinem großen Schwanz ausfüllen zu lassen.

„Schmeckt auch so." Zenzi schleckte sich mit der Zunge rund um seinen Mund. „Leider nichts für dich."

Wasser rumpelte durch die Rohre unter der Hallendecke, als die Dusche ansprang. „Wir haben erneut einen dieser Briefe bekommen", lenkte ich ab.

Mein Lebensgefährte seufzte. Er ging vor mir in die Knie und nahm meine Hände in seine. „Wenn ich einen finde, der auch auf Frauen steht, hol ich dich dazu. Einverstanden?"

Wut schäumte in mir hoch. „Was soll das?", fauchte ich. „Ich jage mir meine Beute selbst."

„Ach komm, Tira, ich sehe dir doch an, was du wirklich willst." Ich stand auf, wich von ihm zurück und drehte ihm den Rücken zu. Der Tag hatte so gut begonnen, ich wollte nicht an Giglio denken.

„Tira", sagte Zenzi. Ich spürte seine Arme um meine Taille, „es ist so lange her. Lass ihn endlich los. Ja, sein Verlust war schrecklich für dich, aber er ist tot. Es muss doch weitergehen. Wir haben uns, wir leben und genießen."

„Du genießt", sagte ich empört, „mir fehlt zu viel."

„Nein, du erwartest zu viel."

Ich schnaubte und lehnte mich trotzdem an seinen starken Leib. „Nein, ich bin zu viel."

Mit Giglios Tod im kalten Wasser des Mains vor knapp zehn Jahren zersplitterte meine Seele, mein Körper und mein gesamtes Ich. Ohne ihn, auch wenn wir nur fünf Jahre miteinander verbrachten, fühlte ich mich leer.

Denn mit ihm verlor ich den Partner, der sich mir vertrauensvoll auslieferte. Er gab mir, nach unendlich langer Zeit, die Unterwerfung, die ich mir wünschte. Aus meiner Hand empfing er Schmerzen und ergab sich auch Zenzi, um sich meinen Fantasien entsprechend benutzen zu lassen.

In meinem siebenhundertjährigen Leben waren die wenigen Jahre mit Giglio die Erfülltesten gewesen. Er hatte meine verdrängte Leidenschaft wieder angestachelt und zu einer unstillbaren Sucht werden lassen. Seine Lust auf Abenteuer wandelte das einstmals platonische Band zwischen mir und Zenzi in ein Erotisches. Mit seinem Tod war es erloschen.

Ich schüttelte den Kopf, um die Erinnerungen zu vertreiben.

„Wir haben heute noch einen Brief bekommen", sagte mein Lebensgefährte und ging damit glücklicherweise auf meinen Ausweichversuch ein. „Er besagt, dass wir vorsichtig sein sollen. Angeblich gab es einen Toten zu viel und die Jäger würden sich bereits an unsere Fersen heften."

Ruckartig wand ich mich aus Zenzis Armen und sah ihn an. „Könnten sie die Leiche gefunden haben?"

„Ja, vielleicht. Wir hätten sie beim Versenken im Fluss besser sichern sollen."

„Scheiße", zischte ich, „dabei hatte ich darauf geachtet, ihm nicht zu viel Blut auszusaugen."

„Ich bereite alles vor, damit wir zur Not sofort verschwinden können."

„Tue das", seufzte ich. Mit Bedauern sah ich mich in dem wunderschönen Loft um. Zu gerne wäre ich noch ein paar Jahrzehnte hiergeblieben. Mein Blick streifte Zenzi, der mich liebevoll anlächelte. Wir hatten zwar unsere Kontakte, doch lebten wir von anderen Vampiren größtenteils isoliert. Im Leben war mir das Wichtigste, dass ich mich auf ihn verlassen konnte und er sich auf mich. Am Ende brauchte ich nicht mehr.

Dumpf vibrierte der Bass des melodisch, düsteren Songs in meinen Adern. Wie jeden Abend stand ich hinter der Bar meines Clubs und schenkte mit einem meiner Angestellten Getränke aus. Zenzi würde vielleicht dazu kommen, wenn er das süße Betthäschen endlich losgeworden war.

Kurz vor elf an diesem Samstagabend füllte sich der Club erst langsam. Offen wanderte mein Blick über die meist schwarz gekleideten Gäste. Ich hatte immer die Hoffnung, dass sich unter ihnen jemand befand, der meine Mühe wert sein könnte.

Nicht das ich viel erwartete. Eigentlich genügte mir schon ein attraktiver Mann, der sich von mir bereitwillig ans Bett fesseln, ficken und ein wenig aussaugen ließ. Alles was ich brauchte, um mein Kopfkino zu starten, war, sie ausgeliefert unter mir liegen zu haben. Stellten sie sich gut an, überlebten sie. Na ja, auch wenn nicht.

Letztendlich war oberflächlicher Sex immer noch besser als gar kein Sex. Natürlich fanden sich hin und wieder devote Männer, die einen Teil meiner besonderen Bedürfnisse stillen wollten. Leider waren diese oft fixiert auf ihre eigene Lust. Einer von denen wagte es tatsächlich auf ein spezielles Outfit bei mir zu beharren, während er sich mir ohne Aufforderung vor die Füße warf.

Für diese Anmaßung nahm ich sein Blut. Jeden Tropfen davon.

Um nicht zu viele auffällige Leichen zu fabrizieren, waren mir normale, rein abenteuerlustige Männer dann doch lieber. Da sich diese eher dankbar für die Abwechslung zeigten, gerieten sie weniger in Gefahr, nachts im Fluss zu landen.

15

Leider ließ sich bislang keine ansprechende Beute blicken. Nun, der Abend war ja noch lang.

„Schau mal", sagte mein Angestellter und wies mit dem Zeigefinger zum Einlass, „dort."

Hinter dem Vorhang aus schwarzem Samt, der den Eingangsbereich abtrennte, war ein junger Mann hervorgetreten. Das ultraviolette Licht auf seinem blütenweißen Hemd schien so stark, dass es mich blendete.

„Was zu Hölle", murmelte ich. Wir hatten einen strengen Dresscode, der solche Entgleisungen verhindern sollte. Nur in Ausnahmefällen durfte davon abgewichen werden. Wutschnaubend griff ich zum Haustelefon, während sich meine Augen von dem grellen Reiz erholten.

Es klingelte. Meine Fingerspitzen trommelten ungeduldig auf den Tresen.

Langsam lösten sich die Konturen des Hemdträgers aus der Dunkelheit. Unter dem dünnen Stoff zeichneten sich die Muskeln eines trainierten Oberkörpers ab, der in breiten Schultern mündete. Die fein ziselierten Gesichtszüge des Mannes, zusammen mit dem Leuchten, erweckten den Eindruck, ein zauberhafter Engel wäre vom Himmel direkt vor meine Füße gefallen.

Wie eine Welle durchzog ein brennendes Feuer meine Adern. Hitze breitete sich in kleinen Glutnester in all meinen Zellen aus. Ich erinnerte mich an das Gefühl, hieß es genauso willkommen, wie ich es verfluchte. Es bedeutete Leidenschaft, Begehren und vor allem eines: Hunger nach einer besonderen Beute.

„Alles in Ordnung bei euch?", fragte eine Frau vom Einlass im Telefon. Ich legte auf.

Wie erstarrt, stierte ich den jungen Gast an. Ich leckte mir die Lippen, als hätten sich meine Zähne bereits in sein Fleisch versenkt. Keinen einzigen kostbaren Tropfen würde ich von ihm übrig lassen. Dieser Mann, meine Beute, würde sich heute Nacht in Ekstase unter mir winden. Er würde in meinen Armen liegen, wenn er sein Blut in meinem Mund schmeckte und lächelnd sein Leben aushauchte. Meine Zunge kribbelte voller Gier nach dem verheißungsvollen Hochgenuss dieser Schönheit.

„Katharina", sagte der Barkeeper, „ist alles in Ordnung mit dir?"

„Ja, es könnte nicht besser sein." Ich lächelte, ohne ihn anzusehen.

Ich musterte meine Beute. Er folgte einem seiner Begleiter durch den Raum. Dieser hagere und doch sportlich wirkende Mann führte die vierköpfige Gruppe zu einem Stehtisch nur sechs Meter von mir entfernt. Auch wenn es praktisch unmöglich war, meinte ich, das Aroma meines Opfers zu riechen.

Seit zweihundert Jahren hatte ich den Hunger nicht mehr so stark erlebt. Er war eigentlich ein Gefühl, welches nur auftrat, wenn wir nicht genug Blut tranken. Dann zwang er uns, auf jedes Lebewesen loszugehen. Ganz selten rief der Hunger nach einer bestimmten Person.

Vorerst verschlang ich ihn nur mit den Augen. Als erfahrene Jägerin achtete ich auf das Zusammenspiel mit seinen Freunden und den anderen Gästen. Vor dem ersten Angriff war es wichtig, die Beute so gut wie möglich einschätzen zu können.

Als Vampirin rühmte ich mich nur weniger Laster. Doch einem konnte ich mich, wie die meisten unseres Volkes, nicht entziehen: Der Schönheit. Egal, ob sie sich in der Kunst, im Alltag oder im Antlitz eines Menschen zeigte, sie zog mich in ihren Bann.

Dieser strahlende Mann mochte für die Menschen einfach nur attraktiv aussehen, aber für mich stellte er pure Harmonie dar. Sein Blut würde exquisit schmecken. Die Proportionen seines Körpers, das anmutige Zusammenspiel seiner Glieder und dieses Gesicht, welches wie gemeißelt erschien, würden sich darin in vielfältigen Nuancen niederschlagen. So edel und facettenreich, wie es nur eine Kennerin mit langwieriger Erfahrung zu schätzen wusste.

In vergangenen Zeiten, als es noch wesentlich mehr von uns gab, wäre jene Schönheit längst gepflückt worden. Allein die schier erdrückende Anzahl der Menschen ließ solch seltene Exemplare zu wohlschmeckender Blüte reifen. Für diesen Genuss würde ich auch eine weitere Leiche riskieren, selbst wenn sich die moderne Welt nur mit Vernunft überleben ließ.

Sein Alter, und das der anderen drei Männer in der Gruppe, schätzte ich auf Anfang oder höchstens Mitte zwanzig. Da der Club noch nicht so gut gefüllt war, zog mein strahlender Engel die Aufmerksamkeit auf sich, besonders die von Frauen.

Wenn es sein musste, würde ich meine Beute verteidigen. Einer wie er, konnte in einer attraktiven Frau wie mir, nur ein erstrebenswertes Ziel sehen.

Während ich den jungen Mann beobachtete, schaute er sich überraschend missmutig um. Zwei seiner Begleiter klopften ihm auf die Schulter, der eine legte ihm sogar den Arm um den Hals, als würde er eine Flucht verhindern wollen. Alle, bis auf mein

Opfer, lachten. Der Hagere, den ich als Anführer ausgemacht hatte, nickte zur Bar.

Der Engel guckte daraufhin zu mir. Unsere Blicke begegneten sich. Ich wartete auf eine einladende oder anzügliche Geste, von der ich bei einem Schönling seines Kalibers ausging. Bei ihm würde ich darauf eingehen, um ihn schnell an mich zu ziehen.

Nichts geschah. Wir sahen uns nur an. Zu lange, um es noch einen zufälligen Blickwechsel zu nennen. Dann senkte er den Kopf. Nur ein feines Lächeln um seine Mundwinkel zeigte so etwas wie Interesse an.

Was zur Hölle, fluchte ich innerlich. Er benahm sich nicht so, wie er es sollte. Ich ignorierte das ungeduldige Räuspern eines Gastes.

Nachdem meine Beute fast schon verschämt wieder hochguckte, starrte ich ihn immer noch an. Seine Freunde folgten seinem Blick. Sie grinsten und stupsten ihn an. Er biss sich auf die Lippen und schaute mit einem Kopfschütteln weg.

Mein todgeweihter Engel erinnerte mich an ein scheues Reh, welches sich vor einem Feind verbarg. Unbewusst schien er zu ahnen, dass ich die Jägerin und er die Beute war, die in meinen Fängen sterben würde.

Ich fixierte mein Opfer weiterhin. Seine Kumpels sahen zwischen mir und ihm hin und her. Bald redeten sie auf ihn ein, bis er etwas erwiderte. Ihre Körpersprache verriet Unmut und Ärger.

Mein köstliches Rehlein mit den großen braunen Augen zeigte offenbar Willensstärke. Beim Gedanken an sein Blut lief mir das Wasser im Mund zusammen. Während ich ihn anstarrte, stellte ich ihn mir zu meinen Füßen vor. Wunderschön wäre er dort anzusehen, nackt und hilflos, in weichen und doch festen Seilen, welche die Kraft seiner Muskeln bedeutungslos werden ließen.

Mein Atem beschleunigte sich, genauso wie mein eigentlich langsam schlagendes Vampirherz. Würde er um meine Gunst betteln oder sich seinen Stolz brechen lassen? Beides besaß seinen Reiz. Mein Schritt fühlte sich feucht an.

Ob er es genießen würde vor mir zu knien? Die meisten Männer taten es nicht. Selbst wenn es sie insgeheim erregte, stand ihnen das eingeimpfte Bild von Männlichkeit im Weg. Zu vielen fehlte die innere Stärke, um zu den eigenen Gelüsten zu stehen. Schwache Männer, die von kaschierter Angst erfüllt waren.

Wieder traf mich sein scheuer Blick. Länger diesmal, eindringlicher, fast als würde er mich auffordern ihn zu jagen. Die Wahrscheinlichkeit stieg, dass ihm meine Vorstellungen gefallen und wir seinen Tod in Ekstase beschließen könnten.

Meine durstigen Gäste an der Bar ignorierend, sah ich mich im Club um. Zunehmend zog meine Beute Blicke auf sich, von Frauen wie von Männern. Allerdings erwiderte er die Aufmerksamkeit nicht. Nur mir bekundete er gelegentlich einen Funken Interesse. Zeigte eine den Mut und schlenderte zu seinem Tisch, übernahm einer der Begleiter, als hätte dieser nur darauf gewartet.

Die Freunde meines Opfers waren Jäger, erkannte ich amüsiert, wie ich. Sie warfen einen Köder in einen Teich voller fetter Fische und warteten, bis jemand anbiss. Aber mit einer wie mir hatten sie nicht gerechnet.

„Katharina, hilfst du mir bitte?", fragte mein Angestellter neben mir zaghaft.

Mit einem Seufzer riss ich mich von meinem Engel los und bediente die ungeduldige Kundschaft.

Kaum nahm die Schlange vor dem Tresen ab, überließ ich die Arbeit wieder meinem Barkeeper. Ich schaute zum Tisch meiner Beute.

„Scheiße", zischte ich. Er war weg. Es war wie ein Schlag in die Magengrube. Irgendwo musste er doch sein. Hektisch sah ich mich um.

Nur zwei Meter von mir entfernt, verdeckt hinter anderen Gästen, sah ich weißen Stoff aufblitzen. Klar, wo sollte er sonst sein, wenn sich seine Begleiter mit den von ihm angelockten Frauen vergnügten?

Ich atmete durch. Nach außen hin entspannt, stellte ich mich neben meinen Angestellten und tat beschäftigt. Als meine Beute dran war, sah ich auf und schenkte ihm ein Lächeln. „Komm zu mir!", rief ich über die Musik hinweg und winkte ihn zur Seite.

Zögerlich folgte er dem Befehl. Aus der Nähe sah sein Gesicht durch die kleinen Lachfältchen um Mund und Augen nicht mehr ganz so jung aus. Seine von weitem glatte Schönheit bekam dadurch Profil. So gefiel er mir tatsächlich noch besser.

Ich beugte mich zu meinem Engel vor, lehnte mich mit den Ellenbogen auf den Tresen. Dabei achtete ich darauf, dass mein enges Top meinen mit Spitze umrahmten Ausschnitt großzügig freilegte.

„Du bist mir vorhin aufgefallen", sagte ich mit bewusst dunklerer Stimme.

Sein Adamsapfel hüpfte, er senkte seine braunen Augen, die von einem Kranz dichter Wimpern umgeben waren. Verlegen fuhr er sich durch die glänzenden, schwarzen Haare. Zum

Glück trug er sie nur oben etwas länger und an den Seiten kurz. Ich mochte es viel lieber, wenn Hals und Nacken frei lagen.

„Kein Wunder", sagte er in einer angenehm weichen Stimmlage und schaute wieder auf, „ich leuchte ja auch wie ein Glühwürmchen."

Erleichtert gluckste ich. Wäre ein platter Anmachspruch gekommen, hätte ich mich in ihm getäuscht. Dann wäre er wahrscheinlich einen schnellen Tod, ohne wechselseitigen Genuss, gestorben. So pochte mir seine Schlagader nur umso verlockender entgegen. Welche Blutgruppe er wohl hatte?

„Oh", sagte ich betont verrucht, „daran lag es nicht." Ich starrte in seine Augen, während ich ihn mir nackt in meinen Armen vorstellte. Er sollte meine Gier erkennen.

Sein Teint nahm eine etwas dunklere Färbung an. Er räusperte sich und fasste sich an den Kragen. Dann senkte er erneut den Blick, nur um mich mit einem verunsicherten Lächeln zu betrachten. „Ja, also", krächzte er, „drei helle Weizen und ein großes Wasser, bitte. Auf einem Tablett, wenn möglich."

Ich mochte seine klar akzentuierte Aussprache und auch die genau gewählten Informationen. Trotzdem hatte ich eine andere Reaktion erwartet. Nun, offenbar würde schon die Jagd auf ihn eine Herausforderung sein.

„Soll ich die Bestellung wiederholen?", fragte er freundlich, nachdem ich ihn nur abwartend musterte.

„Nein", antwortete ich, „ich genieße es einfach, dich noch etwas anzuschauen. Ohne die Getränke wirst du wohl kaum gehen. Oder?"

„Ich denke nicht." Sein verlegener Augenaufschlag erschien mir wie eine Aufforderung – wie ein gefährlicher und lustvoller Ruf nach Unterwerfung. Der Ausdruck in den feinen Gesichtszügen verriet Ruhe, Stärke und eine Sehnsucht, die sich direkt in meine Seele brannte. Sein köstliches Blut würde mich in ungeahnte Höhen tragen.

„He! Ich brauche wirklich Hilfe."

Die Worte meines Angestellten rissen mich und meine Beute aus einer seltsam schwebenden Erstarrung. Diesmal packte selbst mich eine Verlegenheit, wie ich sie selten gefühlt hatte. Der junge Mann, dem nun kleine Schweißperlen auf der Stirn prangten, wirkte ebenso erschrocken.

Kopfschüttelnd bereitete ich die Gläser vor. Während ich die drei Weizen eingoss, tastete ich mein baldiges Opfer ab. Immer wieder sah er mich kurz an, als traute er den eigenen Sinnen nicht. Bebte er etwa schon unter meinen Blicken?

Er schien fast zu spüren, welche Rolle er gerade in meiner Fantasie einnahm. Darin ließ ich ihn vor Schmerzen und Lust schreien. Ob uns die gleichen Wünsche verbanden? Könnten wir tatsächlich eine Stufe der Leidenschaft erreichen, in der er in einem letzten Akt der Ekstase vergehen würde? Der Hunger in mir wütete, wie ein wildes Tier in Ketten. Seine Schlagader blinzelte mir pochend zu.

Ich wollte ihn. Jetzt.

Bevor ich meine Beute vor allen Augen über den Tresen hinweg ansprang und ins Loft schleifte, musste ich hier weg. Mist, so ein Mangel an Beherrschung war mir schon ewig nicht mehr geschehen.

Mit fahrigen Händen bereitete ich die Getränke vor. Ich gab sie ihm und er hielt sein Armband an den Zähler. Innerlich in Flammen stehend, drehte ich mich von ihm weg. Vorerst, bis ich mich unter Kontrolle hatte, musste das Rehlein warten, selbst wenn es den Jagderfolg gefährdete.

„Ich schick dir jemanden", rief ich dem Barkeeper im Vorbeigehen zu. Als ich mich einmal umblickte, schaute mir der schöne Engel verwundert hinterher.

Eine Stunde später hatte sich mein Puls beruhigt. Auch den Hunger schien ich im Griff zu haben. Ich stand auf einem kleinen Aufbau hinter dem DJ-Pult und beobachtete die tanzende Menge.

Natürlich ließ ich auch meine Beute keinen Moment aus den Augen. Da er tatsächlich wie ein Glühwürmchen leuchtete, gestaltete sich dies relativ leicht. Ich fragte mich, ob ich mir den Wunsch nach Unterwerfung nur eingebildet hatte. War es der Hunger, der ihn für mich zu einem perfekten Mann stilisierte?

Die selbstbewusste Ablehnung von Annäherungsversuchen anderer Frauen ließ mich an meiner Wahrnehmung zweifeln. War mein schöner Engel womöglich schwul? Würde ich Zenzis Hilfe brauchen, um an sein Blut zu kommen? Die Vorstellung beider Männer vereint in einem leidenschaftlichen Liebespiel, während ich meiner Beute das Leben aussaugte, brachte mein Blut zum Kochen. Ich verdrängte den Anflug von Giglios Bild sofort aus meinem Geist.

Es gab nur eine Möglichkeit herauszufinden, ob er mich wollte.

Im Hintergrund, weit entfernt vom Licht der zuckenden Beleuchtung, pirschte ich mich an mein Opfer heran. Er scherzte, lachte und nippte an seinem Wasserglas. Doch seine Körperhaltung wirkte gezwungen. Befriedigt bemerkte ich die langen, suchenden Blicke, die er zur Bar warf.

Geduldig wartete ich auf den geeigneten Moment loszuschlagen. Er kam schneller als erwartet, als die Begleiter meiner Beute mit einigen Frauen zur Tanzfläche strömten. Mein Opfer ließen sie allein am Tisch zurück. Schwermütig sah er ihnen nach.

Nur wenige Sekunden später stand ich hinter ihm. Bewundernd betrachtete ich die sich abzeichnenden Muskeln unter dem Hemd, sowie die schmale Hüfte und die breiten Schultern. Die Musik machte ihn taub für meine leisen Bewegungen. Ich stellte mich auf die Zehenspitzen, näherte mich seinem Hals. Sein Geruch nach Mann, nahezu frei von Parfum, überwältigte mich schier. Der Drang zuzubeißen pulsierte in mir.

„Komm mit mir", forderte ich wollüstig flüsternd. Mein Engel zuckte zusammen und floh mit einem Seitwärtsschritt samt Drehung vor mir. Mit weit aufgerissenen Augen starrte er mich an. Seine Schlagader pochte schneller, rief meine Zunge, sein Blut zu schmecken.

„Du hast mich erschreckt", sagte er atemlos und griff nach einem Wasserglas. In einem hastigen Zug leerte er es. Nachdem er es auf den klebrigen Tisch zurückstellte, ließ er es nicht los. Sein ausgestreckter Arm wirkte wie eine Schranke.

„Vorhin hatte ich das Gefühl, als wäre da etwas zwischen uns", säuselte ich. Ich legte meine Hand auf sein Handgelenk auf dem Tisch. Meine Haut kribbelte dort, wo ich ihn berührte. „Zumindest fühle ich mich von dir angezogen."

So, wie er die Augen niederschlug, erinnerte mich sein Verhalten wieder an ein scheues Reh. Er holte tief Luft und streckte sich, dann sah er mich an. „Ich bin nicht offen für etwas Neues", sagte er fest.

Sein hartnäckiger Widerstand traf mich unvorbereitet. Meine andere Hand legte ich auf seine Schulter, und streichelte sie sanft. Er hielt still. „Für mich wirst du eine Ausnahme machen", befahl ich freundlich.

Der schöne Engel schwieg, musterte mich.

Ich umfasste sein Handgelenk stärker. „Weißt du warum?"

„Nein." Hitze strömte zunehmend von ihm aus.

Was war ein Jäger ohne die Bereitschaft zum Risiko? „Weil du dich nach den Fesseln sehnst, die ich dir anlegen werde."

Er leckte sich die Lippen. Vermutlich neigte er sich mir nur unbewusst zu.

„Weil du dich nach den Schmerzen verzehrst, die ich dir schenken werde."

Ein leichtes Zittern durchfuhr seinen Körper.

Zufrieden erkannte ich, wie richtig ich mit meiner Einschätzung lag. Dieser Mann, der auf den ersten Blick einen gänzlich anderen Eindruck vermittelte, gehörte zu denen, die es genossen, erjagt zu werden. Er würde sich mit Genuss unterwerfen. Ich konnte es kaum erwarten, meine Zähne in ihn zu schlagen.

Plötzlich versteifte er sich, trat ein Schritt von mir weg. Seine Hand umklammerte ich weiter.

„Es", sagte er und brach ab. Ein Lächeln, ehrlich bedauernd, huschte über sein Gesicht. „Es tut mir leid, ich bin mit Freunden hier und der Fahrer."

„Sie sind beschäftigt", antwortete ich in einem befehlsgewohnten Tonfall, der ihm gefallen dürfte. „Eine Stunde werden sie dich entbehren können." Sofern ich mich beherrschen konnte, würde ich ihn mit unerfüllter Lust anfüttern, damit er von selbst zurückkam, um zu sterben.

Begehren und Lust flackerten in seinen Augen, überlagert von Scheu. Angst gesellte sich dazu. Vor mir oder vor der eigenen Reaktion erkannte ich nicht.

„Tut mir leid", sagte er zögernd, „nein." Seine Körperreaktionen zeigten mir, wie sehr er das Gegenteil wollte und um Standhaftigkeit kämpfte.

Die hellbraunen Iriden fesselten mich. Da war etwas zwischen uns, eine Spannung, welche ich mir nicht erklären konnte. Für einen winzigen Augenblick hätte ich ihn gerne an mich gezogen. Nicht, um ihm sein Blut zu rauben, sondern um ihm Halt zu geben. Er rührte an etwas in mir, etwas, dass ich tief in mir verbarg.

Solche Gefühle durfte ich mir nicht leisten. Nun wich ich zurück, brachte es aber nicht über mich, die Hand von seinem Arm zu lösen.

„Hast du diese heiße Frau etwa abgelehnt?", fragte eine gepresste Stimme in meine wirbelnden Gedanken hinein.

Meinem schönen Engel gleich wandte ich mich zum Sprecher um. Dieser entpuppte sich als der Anführer der kleinen Gruppe.

„Chris, es war ein langer Tag", sagte meine Beute, dessen Handrücken ich nun auf die Tischplatte presste. „Wir sollten gehen."

„Gabriel", entgegnete dieser Chris drängend, „es ist gerade mal ein Uhr."

Gabriel – der Name gefiel mir, er passte. Im Augenwinkel sah ich, wie der andere mich musterte.

„Also ich würde sofort mitkommen", sagte dieser in einem bemüht lüsternen Ton zu mir.

Unverschämtheit. Ich schenkte dem Dummkopf einen Blick unverhohlener Verachtung.

Der Möchtegernanführer schreckte einen Schritt zurück. Angst breitete sich in seinem Gesicht aus. Mit den Augen streifte er sorgenvoll Gabriel und auch die Hand, die ich umklammerte.

„Du hast recht, wir rufen die anderen und gehen."

Mir war nach weinen zu Mute und gleichzeitig danach die Einrichtung zu zerschlagen.

„Es tut mir leid", sagte mein schöner Engel. Ich wusste nicht, ob er seinen Begleiter oder mich meinte.

Zenzi, der Club und ich, wir durften nicht auffallen. Noch nicht. Würde ich Gabriel trotz so vieler Menschen mit mir schleifen, könnte ich gleich ein Leuchtschild für die Jäger aufstellen. Selbst der Hunger raubte mir nicht derart die Vernunft.

Ich ließ meine fliehende Beute los. Ihn gehen lassen zu müssen schmerzte. Den Hunger nach ihm würde ich wie ein immerwährendes schwarzes Loch mit mir herumtragen.

Vielleicht würde er wiederkommen. Vielleicht musste ich nur auf ihn warten, wie die Spinne im Netz.

Mein Engel hatte sich noch nicht bewegt, wirkte wie erstarrt. Ich lächelte. Ohne ihn wenigstens gekostet zu haben, würde er mir aber nicht entkommen.

Ruckartig trat ich dicht an ihn heran. Mein linker Arm umschlang seine Taille, während sich meine rechte Hand auf seinen Hinterkopf schob. Ich stellte mich auf Zehenspitzen und zog ihn kraftvoll zu mir hinunter. Meine Lippen drückten sich auf seinen Mund. Ich blendete das Umfeld aus.

Gabriels Pupillen zuckten, wurden groß. Mit Nachdruck begehrte ich um Einlass. Dann, zu meinem puren Entzücken, schloss er die Augen und öffnete sich dem Kuss. Unsere Zungen tanzten miteinander. Ich hielt ihn so eng, dass ich sein wild pochendes Herz spürte.

In der Leidenschaft unserer Vereinigung ritzten meine Zähne seine zarte Haut. Der süße Tropfen meines Lieblingsblutes schmeckte himmlisch. Innerhalb kürzester Zeit entfachte er in meinen Zellen ein Feuerwerk, welches mich zu verschlingen drohte. Ich saugte an der Wunde, labte mich an dem mächtigen Lebenselixier. Gabriel entwich ein leises Stöhnen.

Sein Geschmack und sein Geruch betörten mich mit reiner Lust. In meinen Armen bebte meine Beute. Sein Körper und seine Seele lechzten danach, genommen zu werden. Unter den halb geschlossenen Lidern hindurch sah ich seine Schlagader pochen.

Nur ein Biss. Hier. Jetzt.

Entfernt nahm ich andere Wesen wahr und Gabriels Namen, gesprochen in großer Sorge. Verzweifelt klammerte ich mich an einen Rest Vernunft. Ich erstarrte, wich leicht mit dem Kopf zurück.

Als ich hochsah, sahen mich helle braune Augen verwirrt und voller Hunger an. Ein Hunger, der auch mich nicht aus seinen Krallen entließ. Mit aller Macht wehrte ich mich dagegen. Und spürte doch, dass ich gegen die Versuchung verlor.

Ruckartig ließ ich meine Beute los und drehte ihm den Rücken zu. Schwer atmend eilte ich zur Bar.

Zenzi grinste mir entgegen. „Na, bist du etwa das erste Mal gescheitert?"

„Ja", antwortete ich barsch.

Er sah an mir vorbei und hob seine Augenbrauen. „Dabei wäre er eine lohnende Eroberung gewesen", Zenzis Gesicht verzog sich wollüstig, „auch für mich."

„Versuch du es doch", blaffte ich. Obwohl ich es nicht wollte, wandte ich mich zu Gabriel um. Er tippte sich mit dem

Zeigefinger gegen die Unterlippe, sah immer wieder ungläubig auf das Blut hinab. Zwischendurch schenkte er mir verstohlene Blicke. Dieser Chris musterte mich offen feindselig.

„Nur wenn wir ihn uns gemeinsam vornehmen", sagte Zenzi und grinste.

Wie konnte er es wagen? Ausgerechnet im Moment einer Niederlage beschmutzte er Giglios Andenken. „Fick dich", fauchte ich.

Mein Lebensgefährte runzelte die Stirn. „Was ist denn los mit dir?" Er ließ seine Augen über mich wandern. „Scheiße, der Hunger hat dich gepackt. Sogar ziemlich heftig, so wie dein Körper auf Hochtouren läuft."

„Sei ruhig!" Ich sah Gabriel an. Zorn musste in mir flackern, denn er schaute irritierend schreckhaft, als sich unsere Blicke begegneten. Dann, vollkommen unerwartet, spiegelte sich ein trauriger, fast verträumter Ausdruck in seiner Miene wieder.

Chris, dieser Möchtegernanführer, sprach mit den anderen beiden Begleitern. Sie diskutierten und bewegten sich kurz darauf zum Ausgang.

Mehrfach drehte Gabriel sich zu mir um, als könne er selbst nicht glauben nun zu gehen. Würde er umkehren und bleiben? Nein. Ich sah ihm hinterher, bis das leuchtende Hemd hinter den Vorhang verschwand.

Der Hunger würde nur langsam abebben. In den kommenden Nächten würde ich von meiner verlorenen Beute träumen. Darin würde er zu meinen Füßen sitzen. Mit dem Blick eines scheuen Rehs und gleichzeitig dem eines mutigen Mannes würde er zu mir aufschauen, bis ich ihn tötete.

„Nach dem Kuss und so, wie der dich angeguckt hat, wird er dich nicht vergessen. Der kommt wieder", sagte Zenzi.

Er wusste, wie ich, dass eine aktive Suche zu gefährlich war. „Hoffentlich", murmelte ich. Sollte es so sein, würde ich meinen Engel kein zweites Mal entwischen lassen.

--- Gabriel ---

Mein Wecker klingelte – schon elf Uhr morgens. Ich drehte mich auf der Matratze um, die auf dem blanken Boden lag. Kleine Wäschetürme stapelten sich an der Wand neben einer Kommode. Viel hatte mir Nicole vom Schlafzimmer nicht übrig gelassen. Noch eine Stunde bis sie vorbei kam.

Ich setzte mich auf und ließ mich gleich wieder zurückfallen. Mein Kopf dröhnte, mein Magen fühlte sich flau an. Eigentlich trank ich keinen Alkohol, mochte ihn nicht mal besonders. Aber am vorigen Abend wollte ich einfach vergessen, diese wirbelnden Gedanken zum Schweigen bringen.

Der Besuch in dem Gay-Club begann harmlos. Es war der Erste in meinem Leben. „Gabriel, der Name eines Engels ist gerade gut genug für dich", hatte einer der Männer gesagt, die mich gestern angesprochen hatten. Ich hasste die Phrase. Wie oft musste ich sie mir noch anhören? Schließlich wusste ich auch ohne den Unsinn, dass ich gut aussah und mich einige gar als schön bezeichneten.

Was würde diesen Typen wohl zu dem Namen Hans einfallen? Ich seufzte und starrte an die Decke. Nicht, dass ich mich beschwerte. Denn natürlich verhalf mir mein Aussehen zu einem steten Strom möglicher Partner und brachte mir selbst im Job Pluspunkte. Ich wäre dumm den Vorteil nicht zu nutzen.

In dem Club wurden mir einige Folgedates angeboten, auch mehrere Spontanficks hätte ich haben können. Obwohl ich genau deshalb dorthin ging, und mir nach sechs Jahren Heterosex endlich wieder einen Mann wünschte, wollte ich nicht. Selbst die nicht, welche ernsthaftes, verbindliches Interesse bekundeten.

Ob sich die Frau in der Bar ohne mein Äußeres überhaupt für mich interessiert hätte? Vermutlich nicht, da machte ich mir nichts vor.

Ich grummelte unwirsch. Wozu hatte ich mich betrunken, wenn sie schon wieder in meinen Gedanken herumschwirrte? Ich betastete meine Unterlippe, glaubte fast, den süßen Schmerz noch immer zu fühlen.

Einer von denen im Gay-Club hatte gemeint, mich herrisch ansprechen zu müssen. Angeblich sah er mir meine unterwürfige Natur an. Selbst wenn, so ließ ich nicht mit mir reden. Ich mochte devot und masochistisch sein, ich mochte es über die letzten Jahre nicht ausgelebt und mich danach gesehnt haben, aber ich allein entschied, wem ich gehorchte.

Dabei hätte ich es gerne ausprobiert: Harte Worte, die mich forderten, dazu Schmerz, der meinen Körper wie zuckende Impulse durchdrang. Hätte dieser Typ nicht freundlicher sein und mir wenigstens ein Mindestmaß an Wertschätzung entgegenbringen können? Ich warf mich doch auch nicht jedem vor die Füße, von dem ich verhauen werden wollte.

Die Frau in der Bar war freundlicher gewesen. Sinnlicher. Und trotzdem hatte ich sie verschmäht. Dabei hätte ich mich gerne mir ihr ausgelebt. „Was ist nur los mit mir?", murmelte ich.

Schreckte mich die erneute Bindung an eine Person, selbst wenn es nur zum Zwecke des Spiels war? Wäre ich denn bereit gewesen, wenn ich gedanklich mit Nicole abgeschlossen hätte?

Das war es nicht, gestand ich mir ein. Denn nach dem Wahnsinnskuss, vermengt mit meinem Blut, wäre ich mit der

Fremden gegangen. Doch sie verschwand wortlos und ich folgte ihr nicht.

Machte ich mir etwas vor? War es pure Angst, die mich abhielt, weil ich meine Bedürfnisse zu lange verdrängt hatte? Redete ich mir zu lange ein, dass es ohne ging, dass eine normale Beziehung mit einer normalen Frau für eine Zukunft ausreichte? Meine Eltern, meine Geschwister und Freunde würden sich auf jeden Fall freuen, wenn ich in ihren Augen normal bliebe.

Das Smartphone neben der Matratze klingelte. Der Ton hämmerte direkt in meine Kopfschmerzen hinein. „Ja, hier Bianchi", sagte ich, ohne vorher auf das Display zu schauen.

„Heute ist Samstag", blaffte eine gepresst wirkende Stimme in mein Ohr, „Zirkeltraining mit Powerplate. Wo warst du?"

„Hi, Chris." Unwillig schüttelte ich den Kopf. Seit dem Besuch im Havas letztes Wochenende rief er mich täglich an. Er zeigte plötzlich ein riesiges Interesse an meinem Befinden.

„Ich war gestern aus und nicht in Stimmung für Sport."

„Allein?", fragte er hörbar beunruhigt.

„Ja." Ihn und die anderen Jungs hatte ich im Fitnessstudio kennengelernt. Wir feierten und hatten zusammen Spaß. Jedoch besprach ich keine Probleme mit ihnen. Auch vom Gay-Club würde ich Chris sicher nicht erzählen.

„Aber du warst doch nicht im Havas, oder?", fragte Chris. Wieso klang seine Stimme nur so besorgt? „Es gibt schlimme Gerüchte über den Schuppen."

„Nein, dort war ich nicht", antwortete ich gereizt. Als ob ich mich da alleine hin traute. Bestimmt wäre diese Frau wieder da gewesen. Bei ihrem Kuss hatte ich das Gefühl mich zu verlieren, glaubte ich, dass sie mich für immer verschlang.

Würde ich ihr ein zweites Mal begegnen, würde ich ihr vermutlich ohne zu zögern folgen.

„Okay. Wenn du diese heiße Frau wiedersehen willst, dann lass uns zusammen hingehen. Heute Abend?"

Ich schwieg, um ihm nicht einzugestehen, dass ich in Gedanken ständig bei ihr war. Wann immer ich die Augen schloss, hörte ich ihre geflüsterten Worte. Seit sie mir beim Gehen ihren unverhüllten Zorn entgegengeschleudert hatte, fragte ich mich, was sie mit mir tun würde, um mich für die Abfuhr büßen zu lassen.

Moment. „Chris, sagtest du nicht gerade etwas von schlimmen Gerüchten?"

„Als Gruppe passiert uns schon nichts. Außerdem sind die Musik und das Ambiente geil."

„Ich kann sowieso nicht", antwortete ich wahrheitsgemäß, „ich fahre nachher zu meinen Eltern und komme erst morgen wieder."

Er schnaubte. „Dann nächstes Wochenende?"

„Sorry, mein nächster Einsatz beginnt am Montag und ich kehre frühestens Dienstag vor Fronleichnam zurück."

„Du bist wieder zweieinhalb Wochen unterwegs?", fragte er ungläubig. „Irgendwie kann ich Nicole schon verstehen."

„Ich auch", sagte ich und schaute auf den Wecker. „Sie wird übrigens in zwanzig Minuten hier sein. Zum letzten Mal."

„Ach, Mann. Okay", seufzte er, „dann bis bald."

„Bis dann." Ich war froh darüber, dass er meinen Hinweis verstand und ich ihn nicht abwürgen musste. „Warte", rief ich hastig, „geht ihr trotzdem ins Havas?"

„Klar", antwortete er und legte auf.

Mist, die gehen ohne mich. Dabei wollte ich noch einmal dieser Frau gegenüber stehen. Nur noch einen blutigen Kuss erleben, um darin zu vergehen. Würde sie sich für meinen Korb rächen? Wenn ja, was würde sie mit mir tun?

Allein bei der Vorstellung schoss mir das Blut in den Schwanz. Ich könnte vielleicht doch mitgehen.

„Nein", murmelte ich. Das war nicht ich! Meine Mutter feierte ihren sechzigsten Geburtstag, die gesamte Familie kam zusammen. Eine Absage würde sie sehr traurig machen.

Ich schlug mir die Hände vor das Gesicht. Gott, was war ich nur für ein furchtbarer Sohn? So etwas auch nur in Betracht zu ziehen. Es schien, als könnte ich seit einer Woche an nichts anderes außer Sex denken. Als wäre in mir eine Sicherung durchgebrannt, die sich nicht reindrücken ließ.

Irgendwie musste ich das nagende Gefühl loswerden. Fünf Minuten hatte ich noch, bis ich mich fertig machen musste. Ich ließ die Hand unter die Shorts gleiten, umfasste den allzu bereiten Ständer und pumpte.

Würde die Frau sich nehmen, was sie wollte, unabhängig von dem, was ich mir wünschte? „Ja", seufzte ich, „bitte." Seile, überall um meinen Körper wären ein Traum. Dazu Schläge oder ihre Krallen in der Haut, fiese Klemmen an den Nippeln. Alles sehnte ich herbei.

Und dieser Mann neben ihr, der mich beim Rausgehen mit gierigen Blicken verschlang, würde er auch da sein? Ich stöhnte und rieb heftiger an mir. Der großgewachsene Typ würde zuerst nur zugucken und mich dann ficken, so wie sie es wollte. Es wäre so unfassbar demütigend und geil.

Mein Schwanz fühlte sich von der häufigen Reibung, die ich ihm die letzten Tage zumutete, wund an. Oh Gott, was hatte die

Fremde mir angetan? Ihr Kuss und dann ihr offener, hochmütiger Zorn hatten in mir lang verdrängte Fantasien entfesselt.

Gleich. Ich keuchte, stellte mir vor, wie ich vor ihr auf meinen Bauch spritzte. Oder in seine Hand, während er in mir war und mich hart stieß.

Es klingelte.

„Nein", wimmerte ich, „nur noch eine Sekunde." Doch allein das Wissen, wer vor der Tür stand, ließ mich zusammenschrumpfen. „Scheiße."

„Augenblick!", brüllte ich. Ich sprang auf, richtete den Saum der Shorts und wischte mir die Schweißperlen von der Stirn. Dann ging ich durch den nahezu leer geräumten Flur.

Ruckartig riss ich die Tür auf.

„Oh", rief Nicole und ließ ihren Blick über meinen Oberkörper gleiten, „störe ich gerade?"

„Nur beim Work-out", sagte ich noch etwas außer Atem.

„Du machst zu Hause Sport?", fragte sie, während sie an mir vorbei in den Flur ging.

„Ich nutze jede Sekunde." Mir fiel ein, wie dumm meine Worte waren. Natürlich wusste sie, dass ich zwei feste Termine in der Woche im Fitnessstudio hatte.

Nicole steuerte die Küche an, den einzigen Raum mit vollständiger Möblierung und richtigen Stühlen. Sie schnüffelte, nachdem wir uns gegenüber saßen. „Du stinkst nach Alkohol."

Ich fuhr mir durch die Haare und ächzte. Ihr würde ich auch nicht erklären, wo ich war. Dabei hatte ich ihr vor vier Wochen noch alles erzählt, war sie meine wichtigste Vertraute.

„Ist es wegen uns?", fragte Nicole. Ihre Augen füllten sich mit Tränen, weil ich ihr offenbar leidtat.

Ich schüttelte den Kopf. „Nein. Es ist alles in Ordnung mit mir."

„Aber du trinkst normalerweise nicht!"

„Wie gesagt", antwortete ich seufzend, „mir geht es gut." Vielleicht hätte ich mir schon an der Eingangstür den Schlüssel geben lassen sollen.

„Gabriel", sagte sie in einem mitfühlenden Tonfall, „ich werde immer für dich da sein, wenn du mich brauchst." Sie tastete mich mit den Augen ab, ihr Gesicht bekam einen sehnsüchtigen Ausdruck. „Du wirst immer der schönste Mann sein, mit dem ich je zusammen war. Und auch der Freundlichste."

Toll, was sollte ich bitte mit der unsinnigen Information anfangen? „Ist okay", murmelte ich. Vermutlich gefiel ihr wirklich das am besten an mir. Dieses um mich bewundert und beneidet werden. Ich wollte, dass sie wieder ging und ich zurück ins Bett konnte. Zur Fremden. Zu ihm.

„Hier, der Schlüssel", sie legte ihn vor sich hin und schob ihn zu mir rüber. Das Schaben auf der blanken Holzplatte schien von den Wänden widerzuhallen. Nicole senkte den Blick. „Sorry, dass du für mich so viel weggeschmissen hast und du jetzt so leergeräumt da stehst."

„Schon okay." Ich versuchte zu lächeln. „Ich verdiene genug." Geh einfach, rief ich ihr stumm zu.

„Ich habe ein schlechtes Gewissen." Mit Tränen in den Augen sah sie mich an. „Dies hier wollte ich nie. Ich würde dir ja mehr lassen, aber ich brauche alles, was mir gehört. Wirklich."

„Ich habe Verständnis", versicherte ich und hoffte, dass ihr meine Einsilbigkeit auffiel.

Nun weinte sie doch noch. Ich unterdrückte ein genervtes Ächzen.

„Ich will, dass du es von mir erfährst: Ich habe einen neuen Freund. Ich glaube, ich habe mir bei dir etwas vorgemacht", sagte sie. „Er zeigt mehr", sie zögerte, „du weißt schon."

Ja, Leidenschaft für normalen Blümchensex. Aber selbst darüber konnte die verklemmte Nicole nicht reden. „Verstehe", sagte ich kühl, „wir hatten eine schöne Zeit."

„Ich vermisse unsere Gespräche, aber in letzter Zeit warst du eher wie ein", sie stockte erneut und fixierte irgendetwas hinter mir, „Kumpel für mich. Na ja, du weißt schon. Bleiben wir in Kontakt?"

„Klar." Vielleicht ging sie endlich, wenn ich ihr bestätigte, was sie hören wollte. „Du weißt, ich bin viel unterwegs."

Sie nickte, mit bebenden Lippen. „Ich werde deine", Nicole schluckte, „Leidenschaften für mich behalten. Egal, was kommt. Okay? Mach dir keine Sorgen."

Machte ich mir nicht. Vielleicht sollte ich mich outen, dann würde ich meinem Gegenüber Worte ersparen, die fast wie Erpressung klangen. Ich murmelte zustimmend. Was sonst?

„Hast du in letzter Zeit", sie biss sich in den Handrücken, „du weißt schon, mit Männern."

Ich runzelte die Stirn. „Was geht dich das an?"

„Nun", Nicole räusperte sich, „ich bitte dich, diskret zu sein. Ich will nicht, na ja, ich hab auch nichts dagegen, aber ich will nicht, dass meine Freunde dich mit einem Mann sehen. Jedenfalls nicht so kurz nachdem wir uns getrennt haben. Du verstehst?"

Wieso ist mir ihre Oberflächlichkeit früher nie aufgefallen? „Keine Sorge", erwiderte ich, „ich fliege morgen ohnehin nach Malaysia. Montage, du weißt schon."

„Gabriel, bitte", sagte sie leise, „ich meine doch nur, dass ..."

„Ja?", unterbrach ich sie.

„Du hattest nie viel Zeit für mich."

Nur weil es wahr war, gehörte es in diesem Moment nicht hier her. Konnte sie nicht einfach verschwinden? „Stimmt, ohne mich wirst du glücklicher sein." Ich rang mir ein bedauerndes Lächeln ab.

Wir sahen uns an, schweigend. Es gab nichts mehr zu bereden.

Nicole nickte. „Dann gehe ich mal."

Viel zu schnell sprang ich auf und geleitete sie zur Tür.

„Darf ich dich zum Abschied umarmen?", fragte sie. Eine Träne schimmerte in ihren Augen.

Nachdem sie auf mein Nicken nicht reagierte, trat ich zu ihr und legte meine Arme um sie. Nicole klammerte sich an mich, drückte ihre Nase an meine Schulter und streichelte mir den Rücken.

„Bis dann", presste sie heraus. Nach den Worten riss sie sich los und rannte davon.

Ich schloss die Tür und atmete tief durch. Ihr Weggang fühlte sich wie eine Erleichterung an. Sollte ich nicht trauriger sein, dass eine Beziehung von knapp anderthalb Jahren vorbei war? Gerade weil sie die Trennung wollte? Vor ein paar Wochen war ich ja auch wie am Boden zerstört gewesen. Aber jetzt?

Jetzt hoffte ich nur, dass die nächsten zweieinhalb Wochen schnell verflogen. Damit ich abends ins Havas gehen konnte – zu ihr, und zu ihm.

Bei Arbeitstagen mit vierzehn Stunden und ständiger Bereitschaft würde ich glücklicherweise kaum Gelegenheit zum Nachdenken haben. Immerhin würde sich mein wunder Schwanz erholen können. Die lange Flugzeit würde schrecklich werden. Zu viel Zeit für Fantasien und keine Möglichkeiten, mir Erleichterung zu verschaffen.

Doch noch hatte ich ein paar Stunden für mich. Mit einem Lächeln schlenderte ich ins Schlafzimmer und suchte mir Klemmen, Gleitgel und ein nettes vibrierendes Spielzeug heraus.

Ausgefüllt und mit ziehenden Schmerzen an den Nippeln, sah ich die zornigen Augen der Frau vor mir. Diese Empörung, gepaart mit Gier und dann diese auf mich gerichtete ungezügelte Wut. Ich musste sie wieder sehen, nur einmal. Hoffentlich verzieh sie mir, auch wenn ich erst drei Wochen später zu ihr zurückkam.

„Ich bring den Müll runter!", rief ich Zenzi zu.

Er lümmelte auf dem Sofa und las, seine Füße lagen auf dem Tisch. „Danke", antwortete er und winkte, ohne aufzublicken.

„Ich mache danach noch einen kleinen Spaziergang."

„Okay!"

„Stör ich dich?", fragte ich.

„Ja, beim Lesen. Jetzt geh endlich."

Ich lachte lauthals. Zum Glück gibt es mittlerweile E-Books, sonst würden sich seine Bücher überall stapeln. Kopfschüttelnd nahm ich mein Smartphone von der Kommode neben der Stahltür und steckte es ein. Es würde wieder eine wahre Freude sein, mit zwei vollen Müllbeuteln den wackeligen Aufgang hinunter zu balancieren.

Der Vorhang des Eingangsbereiches zum Club war aufgezogen. Die kahle Leere sprang mir entgegen. Ich seufzte und ärgerte mich erneut über das Tanzverbot in Hessen.

Wer feierte bitte Fronleichnam? Dieser Mittwoch wäre perfekt für unsere allwöchentliche Wochenmitte-Party gewesen. Aber nein, niemand durfte tanzen. Stattdessen hatte ich den heutigen Tag zum Ausmisten genutzt.

Quietschend öffnete sich der rechte Türflügel unter meinem Druck. Die Sonne warf lange Schatten, die mich zwischen den hohen Fabrikgebäuden nicht erreichten. Die hoch aufgetürmten Wolken färbten sich bereits in einem lieblichen Rosaton. Ich betrachtete das nuancenreiche Farbenspiel. Wer weiß, wie oft ich es hier noch erleben durfte.

An der abgewetzten Gebäudefront entlang, schlenderte ich zu den Mülltonnen um die Ecke. Dabei musterte ich die einzelnen Autos, die auf dem großen Parkplatz vor der Fabrikhalle standen. Seit wir hier lebten, haben wir die Angler gewähren lassen. Solange die ihre Karren nicht an Partynächten dort abstellten, störte es mich nicht. Könnte eines davon einem Beobachter gehören, demjenigen der uns weiterhin Drohbriefe schrieb?

Ich bog in die schmale Sackgasse ein, die durch mein zu Hause und das etwas kleinere angrenzende Gebäude gebildet wurde. Auch diese Halle gehörte uns. Zwischen ihr und dem Club gab es einen direkten Durchgang. Wir nutzten sie als Lagerraum, besonders der tiefliegende Keller war perfekt für eine kostensparende Getränkekühlung geeignet.

Der beißende Gestank der Mülltonnen wehte mir entgegen. Ich schob den Deckel auf und warf die Säcke hinein. Das Geräusch näherkommender Schritte ließ mich aufhorchen. Rasch drehte ich mich um.

Das rötliche Licht der Abendsonne verfing sich in den schwarzen Haaren eines Mannes. Darunter erkannte ich einen olivfarbenen Teint auf ebenmäßiger Haut, braune Augen und einen eleganten Anzug. Es war Pietro, der stehen blieb und mich anstarrte.

Ich seufzte. „Was willst du hier?"

„Dich sehen." So wie er sich mehrfach umschaute, wirkte er gehetzt, geradezu unwirsch. Er betrat die Gasse.

„War meine Antwort nicht klar genug?", fragte ich deutlich gereizt.

„Du hast nur einmal mit mir geredet und mich dann ignoriert. Den ganzen Abend!"

Ich lächelte. „Eben, und das war nicht klar genug?"

Pietro warf mir einen finsteren Blick zu. Ich sah praktisch, wie die Schräubchen in seinem Spatzenhirn ratterten.

„Nein, war es nicht", sagte er barsch. „So läuft das nicht, Katharina. Nicht mit mir."

Langsam drehte ich mich wieder zur Mülltonne und schloss den Deckel. Warum wussten Männer nie, wann Schluss war? Pietros einziger Zweck hatte darin bestanden mich abzulenken. Von Gabriel. Die Erinnerung an seinen Geschmack und seinen Anblick löste sofort ein schmerzhaftes Ziehen in meinen Eingeweiden aus.

Entgegen meiner Erwartung war er nicht gekommen. Weder am Wochenende nach unserer Begegnung, noch an den beiden Folgenden. Dabei war ich mir so sicher gewesen, ihn im Innersten berührt zu haben. Seit über drei Wochen blickte ich in jedes Gesicht, hielt jede Sekunde Ausschau.

Letzten Samstag hatte ich genug. Ich nahm mir einen der Männer, die scharf auf mich waren, als kleines Trostpflaster. Pietro.

Ich klopfte meine Hände ab und ging langsam auf den ungebetenen Besucher zu. „Ich sagte dir von Anfang an, dass es nur eine einmalige Sache ist."

Zwischen seinen Augen erschien eine senkrechte Linie. „Das glaube ich nicht!", brüllte er. Mit geballten Fäusten schnaufte er, um dann ruhiger weiterzureden. „Die Nacht mit dir war unglaublich. Ich habe mehr gespürt, als je zuvor." Seine Miene wechselte ins Flehende. „Katharina, da war etwas zwischen uns. Ich bin mir sicher. Du musst es doch auch fühlen."

Vermutlich kannte der gute Pietro bis zu unserem kleinen Intermezzo keinen Lustschmerz oder überhaupt je eine Frau, welche Eigeninitiative ergriff. Ich hatte ihn ans Bett gefesselt, wie ich es gerne tat, und ein bisschen mit ihm gespielt, wie ich es ebenfalls genoss. Sein dümmlicher, machohafter Stolz reizte mich. Irgendwann schrie er und bettelte darum, kommen zu dürfen. Offenbar war ihm dabei der Rest seines verfügbaren Hirns abhandengekommen.

„Ich habe nichts gefühlt und finde es eher traurig, dass du sonst nie guten Sex hast", sagte ich lächelnd und wollte an ihm vorbei gehen. So gerne ich diesem Hohlkopf eine Lektion erteilen wollte, so musste doch Vernunft in unserer Situation vorgehen.

Pietro stellte sich mir in den Weg. „Hat er dir den Kontakt verboten? Dieser Vinzenz, dein angeblicher Geschäftspartner?" Seine braunen Augen besaßen einen fanatischen Glanz. Zu oft hatte ich so etwas schon gesehen. Eiferer - gefährlich waren sie alle.

Ich schnaubte abfällig. „Nein, sicher nicht." Nach dem erfrischenden, aber blutleeren Sex mit ihm, hatte ich ihn aufgefordert zu verschwinden. Der Dummkopf hatte sich geweigert. Um nicht als Frau mit zu großer Stärke aufzufallen, hatte Vinzenz eingegriffen und ihn auf die Straße befördert. „Geh nach Hause Pietro. Bei mir bist du nicht willkommen."

Während ich mich vorbeischob, packte Pietro meinen Arm und hielt mich fest. Hätten uns nicht die Jäger im Nacken gesessen, wäre sein Leben damit verwirkt gewesen. „Lass mich los!", presste ich durch die Zähne hindurch.

„Versteh doch", sagte er, als wäre ich begriffsstutzig, „du musst mich begleiten. Lass den Club hinter dir und komm mit mir."

„Spinnst du?"

Ich ließ zu, dass Pietro mich an sich zog und sich zu meinem Ohr hinab beugte. „Du bist eine von denen", flüsterte er, „ich weiß es."

„Von denen?", fragte ich ruhig.

„Vampire." Er spuckte das Wort voller Abscheu aus.

Ich lachte, während sich mein Magen schmerzhaft verkrampfte. „Unsinn!"

Noch immer auf Vernunft bedacht, versuchte ich, ihn von mir zu schieben. Doch er packte mich fester und zog mich zu sich heran. „Du gehorchst diesen Vinzenz, richtig?", fragte er und ließ mir keine Zeit für eine Antwort. „Ist er dein Meister? Kannst du ihn nicht verlassen, so lange er lebt? Ich kann dich retten."

Ich schüttelte den Kopf. Wieso glaubten Menschen eigentlich jeden Mist, den sie irgendwo aufschnappten? „Du irrst dich Pietro, ich bin einfach nicht an dir interessiert."

„Über euch ist so viel bekannt." Er schnaufte und drückte härter zu. „Kannst du nicht mal zugeben, dass du lieber bei mir wärst?"

„Komm zur Vernunft!"

„Nein, nach der Nacht kannst du mir nichts vormachen." Er schüttelte den Kopf. „Nein. Ich riskiere gerade viel, um dich zu holen."

Er schüttelte mich, als würde mir das seine Worte einprägen.

„Ich gehöre zu den Jägern", erklärte er.

Ich schluckte. Verdammter Mist.

„Sie haben dich und deinen Meister auf dem Schirm. Ich sollte mich an dich heranmachen. Während wir", er schaute verlegen auf den Boden, bevor er mich musterte. „Nun, ich hatte einen Auslöser in meinem Mund. Jederzeit hätte ich den betätigen können, um sie zu rufen. Aber", er stockte erneut und holte tief Luft.

Sein Tod war unvermeidlich. Wir mussten hier so schnell wie möglich verschwinden.

Ein Seufzer, einem verzweifelten Schluchzer ähnlich, verließ Pietros Kehle. „Aber ich konnte dich nicht verraten", er riss mich dicht an seine Brust und schlang die Arme um mich. „Ich gehöre zwar zu den Neuen, aber ich weiß, dass ihr eine Seele habt. Katharina bitte, lehne dich gegen deinen Meister auf. Komm mit mir. Ich helfe dir und halte sie weiter von dir fern."

Wie konnte er sich über meine Art so sicher sein? „Ich habe nicht von dir getrunken", sagte ich wie abwesend. Denn nach den Drohbriefen waren wir sehr vorsichtig geworden.

„Ja, weil du mir nichts antun konntest", stellte Pietro mit Nachdruck fest, als müsse er sich selbst überzeugen. „Ihr seid nicht alle schlecht, nicht so, wie sie es sagen. Unsere gemeinsame Nacht hat es bewiesen. Bitte, Katharina. Ich will dich retten."

„Sie wissen nicht, dass du hier bist?" Ich legte den Kopf schief. Hoffnung keimte in mir auf. Wenn er zu ihnen gehörte und heimlich hier war, wurden wir vermutlich nicht beobachtet.

„Nein. Ich habe uns Zeit verschafft. Ich habe sie von deiner Spur abgebracht. Nun sind sie überzeugt, dass das hier nur ein zwielichtiger Club mit ein paar Irren ist." Er drückte mir seine Lippen auf die Stirn. „Bitte", nuschelte er dicht an meiner Haut, „kämpfe gegen deinen Meister an und begleite mich freiwillig."

Ich wich ein Stück zurück, ohne mich aus seinem Griff zu lösen. „Woran hast du es gemerkt?"

Pietro wirkte erleichtert. „Deine Art, deine Erfahrung, diese unglaubliche Präsenz und dein wunderschöner bleicher Teint."

Seine Augen glühten vor Begehren. „Außerdem habe ich einen Rest aus deinem Becher gekostet. Blut."

Ich fixierte seine pochende Halsschlagader. Zu gerne würde ich die Zähne darin versenken, aber es blieben noch zu viele Fragen offen.

Aus meiner Kehle presste ich tiefe Schluchzer heraus und drückte mich an ihn. „Du hast mit allem recht. Mit deiner Hilfe kann ich mich von Meister Vinzenz lösen."

Er nahm meinen Kopf zwischen die Hände, strahlte vor Glück. „Ich wusste es", sagte er.

„Wie willst du weg?", fragte ich schniefend. „Wohin willst du mich bringen?"

Erneut gab er mir einen ekelhaft feuchten Schmatzer, diesmal auf die Wange. Es kostete mich einiges an Beherrschung, ihn nicht niederzuschlagen. Seine Hände umkrallten meine Oberarme. Wäre ich keine Vampirin, würde er mir wehtun.

„Mein Auto steht auf dem Parkplatz", versicherte er mir, „und meine Eltern haben mehrere Ferienhäuser. Eines davon steht zum Verkauf und damit leer. Dort werden wir viel Zeit für uns haben." Gier trat in seine Augen.

Ich nickte und gab mir Mühe irgendwie glücklich auszusehen. Ein leerstehendes Haus war ein guter Ort, um ihn zu töten und seine Leiche zu verstecken. Ich würde eine auffällige Waffe benutzen, um eine blutende Wunde zu reißen. Das Auto mit meinen Spuren könnte ich irgendwo versenken.

„Was tun Sie da?", fragte eine Stimme, die mir seltsam bekannt vorkam.

Ich sah zum Eingang der Gasse.

Gabriel.

Während ich erstarrte, fing das Blut in meinen Adern Feuer. Der Hunger explodierte in mir und fraß meine Vernunft. Alles in mir lechzte nach der engelhaften Beute.

„Das geht dich nichts an. Verschwinde", rief Pietro und zog mich in eine feste Umarmung. „Sie gehört zu mir."

Gabriel wirkte wie vor den Kopf gestoßen. Er sah zwischen Pietro und mir hin und her. „Ist das so?", fragte er mich. Das rötliche Licht der Dämmerung ließ seine hellbraunen Augen flackern. Alles in mir kribbelte. Sein Blut, zu lange habe ich darauf gewartet. Ich musste von ihm kosten. Sofort. Sonst würde ich verbrennen.

„Wichser!", keifte Pietro. „Wenn du reden willst, dann mit mir. Verpiss dich!"

Wütend stieß ich mich von ihm ab. Als er nachfasste, schlug ich seine Hand weg. „Ich gehöre nicht zu dir."

Gleich nach der Fassungslosigkeit, zeichnete sich Wut in seinem Gesicht ab. „Fuck, wir hatten das geklärt."

Drohend kam er auf mich zu. Noch bevor er mich erreichte, stellte sich Gabriel zwischen uns und schubste ihn weg. „Hast du sie nicht gehört?"

Pietros blitzende Augen sahen über seine Schulter zu mir. Er beugte den Kopf und preschte wie ein wütender Stier vor. Ich schreckte zurück. Mein süßer Engel drehte sich im letzten Moment ein und verpasste ihm einen Kinnhaken.

Zusammengekrümmt und mit einem grimmigen Brüllen landete Pietro vor meinen Füßen. Er fixierte Gabriel, beachtete mich nicht weiter. „Ich reiß dir den Arsch auf", keifte er. Blut spritzte aus seinem Mund. Es heizte meine Sinne an.

„Lass einfach die Dame in Ruhe", antwortete Gabriel. Die Hände abwehrend vor sich erhoben, wich er langsam zurück.

„Ich habe einmal die Woche Boxtraining. Ich weiß, was ich hier tue."

Ich lächelte verzückt. Vermutlich verliehen Kraft, Mut und Geschicklichkeit, in Kombination mit Schönheit, seinem Blut diese wunderbar harmonierenden Nuancen.

„Fick dich", zischte Pietro und stand auf.

„Geh einfach", bat ihn Gabriel bewundernswert ruhig. Ich leckte mir die Lippen, konnte kaum erwarten seine köstliche Süße zu schmecken.

Ein Stoß traf mich, schob mich zwei Schritte zurück.

„He!", brüllte mein Engel und war bei mir, um sich vor mich zu stellen.

„Willst du ihn jetzt ficken, oder was?", schrie Pietro hasserfüllt.

„Fotze!" Mit zum Schlag erhobener Hand kam er auf mich zu.

Bevor meine Faust ihm den Kopf zerschmetterte, rammte sich Gabriel in seinen Leib. Die Wucht reichte aus, um sie gemeinsam stürzen zu lassen. Keuchend wälzten sich die Männer auf dem rissigen Asphalt. Sie rangen um die Oberhand. Ein Anblick, den ich durchaus zu genießen wusste.

Geschicklichkeit zeigte Pietro, als er sich unter dem Angreifer hervor wand und Abstand gewann. Sich keinen Augenblick aus den Augen lassend, standen beide wieder auf. Lauernd umkreisten sie sich. Pietro spuckte Gabriel Blut vor die Füße.

„Weißt du überhaupt, was sie ist?", fragte er abfällig.

„Eine Frau, die du angegriffen hast."

Pietros Oberlippe zuckte. „Willst die Schlampe ficken, hä?"

Unbeherrschte Wut stand meinem Engel unglaublich gut zu Gesicht. Er griff an, hart und brutal, wie ich es ihm nicht zugetraut hätte. Die letzte Schlagkombination ließ Pietro taumeln. Er stürzte, bis die Wand seinen Kopf stoppte und er reglos zu Boden sank.

Schwer atmend – in erregender Lebenskraft - stand Gabriel vor dem besiegten Gegner. Er beugte sich hinab und prüfte die Lebenszeichen, dann drehte er sich zu mir um. „Ist alles okay mit dir?"

Ich nickte stumm, immer noch erfüllt von Gabriels Anblick und dem Rausch, den seine greifbare Nähe in mir auslöste. Nur fünf schnelle Schritte fehlten, um zu ihm zu gelangen und sein Blut zu kosten.

Gegen mich hätte er keine Chance. Wenn ich seine Halsschlagader zerfetzte, würde er nach wenigen Schlucken vor mir auf die Knie sinken. Vernunft, mahnte ich mich, nicht hier draußen und nicht ohne diesen Mann vorher ausgiebig zu genießen. Mein Körper bebte von der Beherrschung, die ich mir selbst auferlegte.

„Du zitterst." Gabriel kam mir näher, blieb knapp einen Meter von mir entfernt stehen. „Hat er dir wehgetan?"

„Es ist alles in Ordnung." Sollte ich ihm die schluchzende Dramaqueen vorspielen? Nein, dazu hatte ich keine Lust. „Das Arschloch verstand kein nein", sagte ich, „wenn du nicht gekommen wärst, hätte ich ihm mein Knie zwischen die Eier gerammt."

Ein feines Lächeln umspielte Gabriels Mund. Offenbar hatte ich die richtigen Töne getroffen, um ihn in mein Bett zu locken. Wobei dies in Anbetracht seiner Anwesenheit vermutlich keine größere Hürde darstellte.

Im Licht der angehenden Außenbeleuchtung sahen wir uns an. Die Nacht war warm, entsprechend trug er nur ein dünnes Hemd, welches seine Muskeln verhüllte. Ob ich eine ähnliche

Sehnsucht ausstrahlte wie er? Ein Funken Bedauern keimte in mir auf. Ich würde ein solch schönes Wesen zerstören, nur um meinen Hunger zu stillen.

„Ich gehe davon aus, dass du nicht zufällig hier bist", sagte ich in die Stille.

Gabriel zuckte zusammen, als hätte ich ihn aufgeweckt. Wie ein scheues Reh senkte er den Kopf. Er ließ fast vergessen, dass er sich soeben, ohne zu zögern, auf einen Mann gestürzt hatte.

„Nein. Ich", er ächzte, schien nach Worten zu suchen. Sein Blick irrte vom Asphalt zum Ausgang der Gasse und dann zu mir. „Nun. Ich konnte dich nicht vergessen."

Sein Geständnis wirkte wie Balsam auf meine sich nach ihm verzehrende Seele. Ich trat nahe zu ihm, legte die Hand auf seine Schulter. Also hatte ich ihn doch erreicht und bereits mit unsichtbaren Fesseln an mich gebunden. Seine Wärme stimulierte mich, speziell der pulsierende Strom, der sie in seinem Körper verteilte.

„Die ganze Zeit habe ich mich gefragt: Was wäre wenn? Ich weiß ja auch, wir kennen uns nicht. Und trotzdem gehst du mir nicht mehr aus dem Kopf." Mit zusammengekniffenen Lippen schaute Gabriel an mir vorbei. „Besonders deine Worte."

Ich ließ ihn reden, genoss seine gefühlvolle Unsicherheit, die sich sicher auch exquisit auf sein Blut auswirkte.

„Ich war die letzten drei Wochen unterwegs, zweieinhalb davon beruflich im Ausland. Sonst wäre ich früher gekommen. Ich", er atmete durch, „nun, ich habe gehofft, dir zu begegnen und dass ich dir vielleicht noch einmal auffalle."

Sprachlos lauschte ich dem letzten Satz. Mein Instinkt hatte sich nicht getäuscht. Unsere Leidenschaften harmonierten miteinander, Gabriel war mein Gegenstück, welches mich

53

wieder ganz machen könnte. Er hätte sich sogar zurückgehalten, um allein mir die Entscheidung zu überlassen.

Die Erkenntnis beschleunigte mein Herz in einen wilden Rhythmus. Gabriel könnte mir so viel geben, vielleicht mehr als jeder andere seit ... Nein, schrie alles in mir, dieser Mann war nicht Giglio. Er war zu gefährlich, wie pures Feuer, in dem ich verglühen würde. Er musste sterben.

Pietro stöhnte. Ihn hatte ich vergessen. Gabriel schenkte mir ein scheues Lächeln und war gleich darauf beim Bewusstlosen. Mir war danach Pietro erneut niederzuschlagen, um die Aufmerksamkeit meiner Beute wieder auf mich zu lenken.

Mein schöner, gefährlicher Engel fühlte dessen Puls, prüfte den Atem. „Zur Sicherheit rufe ich einen Krankenwagen." Er griff sich in die Hosentasche.

Das konnte ich nicht zulassen. Nach seinem Geständnis musste Pietro möglichst lautlos entsorgt werden, genau wie sein Wagen vom Parkplatz. Nichts durfte auf den heutigen Besuch hinweisen.

Gabriel tastete seine Hose ab. „Ach, Scheiße", fluchte er, „ich habe mein Smartphone im Auto vergessen." Kniend sah er zu mir hoch. „Hast du eins hier?"

Die gesundheitliche Situation eines bewusstlosen Mannes, dem Blut aus der Nase lief, konnte ich wohl kaum beschönigen, um mit Gabriel gemütlich nach oben zu gehen. Meine Beute runzelte die Stirn, als ich nicht antwortete.

Ich könnte ihn niederschlagen, hochtragen und an mein Bett fesseln. Ich würde schon dafür sorgen, dass er alles um sich herum vergaß, bis er selbst starb. Aber so verabscheute ich dieses Spiel. Viel mehr würde ich es genießen, wenn er sich, zu unser beider Genuss, freiwillig unterwarf.

Leider stand das nicht mehr zur Auswahl. Unwillig setzte ich mich in Bewegung, um ihn bewusstlos zu schlagen. Der Verlust meiner Träume trieb mir die Tränen in die Augen.

„Was ist?", fragte meine bald so entsetzlich verschwendete Beute.

Ich nahm mein Smartphone aus der Tasche und hob die Hand. Der vertrauensvolle Blick aus den hellbraunen Iriden berührte meine Seele, für einen Moment hielt er den Hunger in Schach.

Pietro kam in einem Zusammenzucken zu sich, während Gabriel noch immer mich ansah. Bevor ich meinen Engel warnen konnte, umfasste ihn ein Arm und zog ihn ruckartig runter. Pietros Hand fuhr aus seiner Tasche. Etwas blitzte auf. Gabriel stieß einen abgehackten Schrei aus.

Mit meinen geschärften Sinnen sah ich eine Spritze in seinem Oberschenkel stecken, die sein Angreifer bis zum Anschlag runtergedrückt hatte. Übermenschlich schnell war ich bei Gabriel. Ich griff Pietros Ellenbogen und quetschte ihn zusammen. Unter lautem Brüllen lockerte er die Umklammerung.

Ich packte Gabriel und zog ihn ein paar Meter mit mir. Mit schreckgeweiteten Augen fasste er sich ans Bein. Er tastete an sich hinunter, bemerkte die Spritze, die noch in seinem Fleisch steckte. Er zog sie raus. „Was ist das?", stammelte er.

Pietro grinste durch das Blut auf seinen Zähnen. „Kein Fick für dich." Er spuckte aus, lachte heiser.

Ich sprang zu ihm und schlug ihm ins Gesicht, so dass das Nasenbein brach. Er sackte in sich zusammen, roter Saft strömte über seinen Mund und das Kinn direkt auf das teure Jackett.

Durst. Der intensive Geruch, gemeinsam mit meinem Zorn, berauschte mich. Ich näherte mich Pietros Hals.

„Hilfe", murmelte Gabriel brüchig.

Die Stimme rief mir ins Bewusstsein, wer das wahre Ziel war.

Ich sammelte meine Kraft, riss mich von Pietro los. Hastig eilte ich zu Gabriel. Er wankte, stützte sich an der Wand ab. In meinen Armen ging er in die Knie, zitterte so stark, dass seine Zähne klapperten. Seine Augen waren halb geschlossen.

Der Duft von Pietros frischem Blut, der unstillbare Hunger und dieser Mann, den ich so sehr begehrte – zerfetzten meinen Geist. Gabriels schlotternde Finger krallten sich in meinen Pullover.

Es gab keine Zurückhaltung mehr, keine unerfüllten erotischen Träume.

Nichts.

Außer fressen.

Ich bog Gabriels Kopf zur Seite, um den Hals freizulegen. Er wimmerte leise. Ich öffnete den Mund, spürte meine Zähne länger werden.

„Tira!", rief eine mir sehr wohl bekannte Stimme. „Was ist hier los?"

Nicht jetzt! Ein unartikuliertes Knurren entkam meiner Kehle.

Die Schlagader pochte verheißungsvoll unter der Haut, die sich minimal unter meinen Zahnspitzen eindellte.

Mein Arm wurde gepackt. Im letzten Moment riss Zenzi mich von meiner sicher geglaubten Beute los. Ich trat gegen ihn, fauchte und zischte wie wild.

„Tira!", brüllte mein Lebensgefährte, der mich im Schwitzkasten festhielt.

„Lass mich!", kreischte ich. „Er gehört mir!"

„Komm zu dir", rief mir Zenzi ins Ohr. „Willst du jeden in der Umgebung auf uns aufmerksam machen?"

Seine Stimme drang zu mir durch. Wenigstens den Kampf und das Rufen stellte ich ein. Schwer atmend hielt ich still.

„Schh", sagte Zenzi, „es ist alles gut. Niemand nimmt ihn dir weg."

Sämtliche Sinne richteten sich auf Gabriel. Sein köstliches Blut wartete, lockte mich mit unverminderter Kraft. Ich versuchte erneut, mich zu befreien, um zu ihm zu gelangen.

„Er ist es, oder?", fragte Zenzi, der keine Mühe hatte mich zu halten. „Der junge Mann, der den Hunger in dir geweckt hat."

„Ja", fauchte ich und zappelte in seinen Armen.

„Gottverdammt, Tira. Willst du hier draußen ein Blutbad anrichten? Hier, wo jederzeit jemand kommen könnte. Ich werde nicht der Einzige gewesen sein, der euer Brüllen gehört hat."

Ich grunzte frustriert. „Ich will ihn!", zischte ich.

„Verdammt, willst du die Jäger gleich auf unsere Spur hetzen?"

Die Jäger. Mein Hirn sprang langsam wieder an, lenkte die Auswirkungen des Hungers in kontrollierbarere Bahnen. Pietro. Durch ihn hatten wir eine Chance bekommen länger zu bleiben.

„Der Kampf, das Blut", ich schluckte, „es überkam mich. Ich wollte es nur noch zu Ende bringen."

Scham breitete sich in mir aus. Ich richtete den Blick auf Gabriel. Meine Beute lag zusammengekrümmt zu meinen Füßen, die Arme hatte er vor der Brust gekreuzt und um den

Körper geschlungen. Er stöhnte schmerzerfüllt, während sich Schweißperlen auf seiner Stirn sammelten.

„Seit Wochen erzählst du mir, wie sehr du ihn mit all deinen Sinnen genießen willst", schimpfte Zenzi, „und kaum siehst du ihn, willst du ihn wie ein Schlachtvieh auf der Straße ausbluten lassen? Du bist doch kein Tier."

„Der Hunger macht mich zu einem", antwortete ich leise. „Aber du hast recht, die beiden müssen hier sofort weg." Ich wartete. „Du kannst mich loslassen."

Zenzi schnaubte und entließ mich aus seinen Armen. „Wohin? Willst du sie im Keller haben?" Missbilligung zeichnete seine Züge. Er, die von mir ins Dunkel gezerrte reine Seele, hatte das Töten schon immer verabscheut.

Ich kniete mich zu Gabriel und berührte seine fiebrige Stirn. „Ihm wurde irgendetwas gespritzt." Mein Zeigefinger kringelte eine der Strähnen. „Er wollte mich wiedertreffen. Als er Pietro sah, der mich bedrängte, hat er sich auf ihn gestürzt, um mich zu verteidigen."

„Gut so", knurrte Zenzi und warf dem anderen einen wütenden Blick zu.

„Aber das wird diesen schönen Engel nicht retten", sagte ich hart. Für seine Leidenschaft und den Mut würde Gabriel sterben. Im Nachhinein war ich froh, dass Zenzi mich gestoppt hatte. Ein solcher Mann hatte ein würdigeres Ende verdient, als neben einer Mülltonne zu verrecken.

„Bring ihn hoch!", befahl ich. „Den anderen bringe ich erstmal in den Keller."

Mein Lebensgefährte nickte, dann beugte er sich zu meiner Beute und nahm ihn auf die Arme. Gabriel entfuhr ein leises

Wimmern, seine Wange fiel gegen Zenzis nackte Brust. In dessen Augen leuchtete es begehrlich.

„Mach dir keine Hoffnungen", sagte ich, „er wird sterben."

Nachdem ich Pietro in das Kellerloch geschafft und dort sicher gefesselt hatte, brachte ich sein Auto vom Parkplatz in die kleine Fabrikhalle. Erst nach einem aufmerksamen Gang über unseren Besitz, bei dem ich hoffte, niemanden anzutreffen, kehrte ich in das Loft zurück.

Der Vorhang des Panoramafensters war zugezogen. Die Lampe neben dem Sofa spendete ein wenig Licht in dem riesigen dunklen Raum. Ansonsten war keiner da. Hatte mein langjähriger, sonst so treuer Gefährte meine Beute fortgeschafft?

„Zenzi", rief ich zornig und hetzte zu seinem Wohntrakt. Ich riss die Tür auf. Stöhnen drang an meine Ohren. Erleichtert atmete ich aus und ärgerte mich gleichzeitig über mein dummes Misstrauen.

Ich hörte beruhigende Worte, als ich die Tür zum Schlafzimmer öffnete. Sofort fiel mein Blick auf das große Bett mit den beiden Männern darauf. Gabriel, den Zenzi sanft in seinem Schoß gebettet hatte, krümmte sich unter wimmernden Lauten. Seine zitternden Lippen waren halb geöffnet, die Lider geschlossen. Ein nasses Tuch lag auf seiner Stirn. Darunter wirkte die schweißbedeckte Haut wächsern, kleine feuchte Flecken bildeten sich auf dem Hemd.

Der Anblick meiner Beute, die hilflos und unfähig sich zu wehren auf mich wartete, kitzelte den Hunger in voller Wucht hervor. Mein Körper kribbelte, meine Zähne spürten schon festes Fleisch.

„Ich wollte ihn erst auf das Sofa legen", erklärte Zenzi und streichelte Gabriels Brust, „aber, na ja. Dort wäre er hinuntergefallen."

„Schon gut", sagte ich. Es spielte ohnehin keine Rolle.

Zenzi schüttelte den Kopf. „Was immer ihm gespritzt wurde, er verträgt es nicht. Das Fieber steigt. Wenn wir ihn in kalte Umschläge packen, kön..."

„Das wird nicht nötig sein", unterbrach ich ihn. Dies war der Moment es zu Ende zu bringen, bevor Gabriel noch mehr Zwietracht zwischen uns säte und näher an mein Herz rückte. Egal, ob ich dann auf den berauschenden Sex verzichten musste.

„Aber ..."

„Sei ruhig!" Der Hunger brachte mein Blut zum Kochen. Unmöglich ihn länger zu kontrollieren.

Ich setzte mich auf das Bett. Meine Hände glitten um Gabriels Knöchel, mit einem Ruck riss ich ihn aus Zenzis Schoß zu mir. Ein schmerzerfülltes Stöhnen entschlüpfte ihm, seine Lider flatterten. Meine Reißzähne fuhren aus dem Kiefer, um zuzuschlagen.

„Mir gefällt er auch", sagte mein Lebensgefährte erstickt.

„Das sollte er nicht." Ich krabbelte zu Gabriel, so dass ich bequem meine Zähne in seinen Hals schlagen konnte. Ich spürte die unnatürlich hohe Hitze. Ein letztes Mal kämpfte ich gegen den drängenden Durst an und strich ihm über die Wange. „Wie ein Engel", flüsterte ich. Es tat mir weh, so viel Schönheit, gepaart mit Mut und Stärke, auszulöschen.

„Katharina. Du musst das nicht tun."

Ich schlug die Zähne in die Haut meiner Beute. Da ich Zeit hatte, ließ ich die Schlagader vorerst unverletzt. Der erste Tropfen, der mich in einen Zustand maßloser Glückseligkeit katapultieren sollte, ätzte sich schmerzhaft in meine Zunge.

Mit einem Kreischen ließ ich von Gabriel ab und spuckte aus. Ein Nebel aus Blut verteilte sich auf der Matratze. Anders als üblich, schloss sich die Wunde nicht sofort.

„Was ist?", rief Zenzi.

„Gift", fauchte ich, „es fließt durch seine Adern."

Ich griff in Gabriels Nacken, verzweifelt, frustriert, dem unstillbaren, bohrenden Hunger ausgesetzt. Mir war danach sein Genick zu brechen, um die Folter zu beenden.

Zenzi sprang zu uns. Er schubste mich weg, so dass ich auf der anderen Seite vom Bett fiel. Dann schob er sich vor Gabriel.

Ich rappelte mich auf, starrte ihn an. „Was tust du?"

„Ihn schützen."

„Er ist wertlos geworden."

„Nicht für mich. Und wenn dein Hunger dich nicht so fest im Griff hätte, dann würdest du nicht so reden oder handeln."

Er irrte, verdrängte, was ich einmal war. Ich richtete mich auf. „Weg!", knurrte ich.

„Tira, das ist der Mann, von dem du mir seit Wochen vorschwärmst, der Mann, den du vor dir auf den Knien haben wolltest. Du wirst ihn nicht einfach nebenbei zerbrechen!", rief Zenzi. „Du würdest mir nie verzeihen, wenn ich dies zuließe."

Ich fauchte, umrundete lauernd das Bett. Das Blut rauschte mir in den Ohren, meine Zunge kribbelte dort, wo sie heilte. „Er gehört mir, Vinzenz."

„Im Moment ist er ungenießbar, für uns beide."

Nie würde ich meine Beute aufgeben. Ich ging in Angriffshaltung, bereit mich auf den Gegner zu stürzen. In einem Kampf hatte ich eine Chance, weil Zenzi mich vermutlich nicht verletzen wollte. Er war zu weich.

Was tat ich hier? Der Gedanke schoss wie ein glühender Pfeil in mein Denken. Ich stand kurz davor, meinen Lebensgefährten anzugreifen. Das war nicht ich. Das Entsetzen dämpfte sogar den Hunger in mir.

Ich sah zu Gabriel, der noch immer hilflos und wimmernd auf dem Bett lag. Ein Blutfaden lief an seinem Hals hinab. Er war es. Er war dafür verantwortlich. Nur er rief die niedrigsten Instinkte in mir hervor, als würde er bis zum Grund meines Seins tauchen und alles an Menschlichkeit aus mir herausreißen.

Tränen traten mir in die Augen. Ich sollte ihm die Kehle aufschlitzen, bevor er dies mit meiner Seele tat. „Ich will sein Blut", sagte ich leise und meinte doch eigentlich seine Leidenschaft, welche hinter dem scheuen Rehblick verborgen lag. „Daran wirst du nichts ändern."

„Dann hilf mir, sein Fieber zu senken. Hilf mir, ihn am Leben zu halten, bis sein Körper das Gift wieder losgeworden ist", flehte Zenzi und ließ mich nicht aus den Augen. „Und wenn er es schafft, dann ..."

„Was?", blaffte ich. „Er gehört mir, bis mein Hunger gestillt ist. Nichts wird daran etwas ändern. Auch du wirst ihn mir nicht wegnehmen."

Zenzi biss sich auf die Lippen und streifte Gabriel mit einem Blick. Dieser stöhnte in der Fieberhitze. „Du könntest ihm genug zum Überleben lassen. Bitte, Tira. Denk darüber nach."

Ich schnaubte abfällig. Als ob der Hunger mir eine Wahl ließe.

„Wir sind keine Tiere. Ich kann dir helfen."

„Klar, ausgerechnet du. So ganz plötzlich", ich bemerkte wie meine Worte Zenzi verletzten. „Ich bin nicht so sanftmütig wie du." Zu weich, Vinzenz war schon immer viel zu weich.

Mein Vertrauter schob sich hinter meine Beute und drehte dessen Kopf zu mir. „Sieh ihn dir an! Er ist etwas besonders, du hast es erkannt und ich auch. Aber du willst es nicht wahrhaben."

„Hör auf!"

„Nein! Du hast recht, er gehört dir und ich würde mich am Ende niemals zwischen dich und deine Beute stellen. Aber er wirkt auf dich und auf mich. Du weißt selbst, was das heißt."

Ja, Vampire spürten instinktiv, wer ihnen Interesse entgegenbrachte. Sie fühlten es bis ins Mark, wer sich erlegen ließ. Nur darauf basierte das Gerücht, wir wären legendäre Verführer, die jeden herumbekamen.

Nur, weil wir eine ausgeprägtere Libido besaßen, hatten wir diesbezüglich keine extra Fähigkeiten. Nein, wir schummelten nur, weil wir wussten, bei wem wir landen konnten. Und ja, natürlich wusste ich, was Zenzi meinte. Gabriel war, wie Giglio, beiden Geschlechtern zugeneigt. Etwas, was an sich nicht so selten vorkam. Selten war nur, dass wir beide auf die gleiche Person ansprangen. Trotzdem schüttelte ich den Kopf.

„Er könnte perfekt für uns sein", erklärte Zenzi. „Auch deine Gefühle sprechen dafür, sonst hättest du den Hunger nicht. Du musst sie dir nur eingestehen."

Verdammt, ich wollte das nicht! „Nein, Vinzenz. Verlang das nicht von mir."

„Giglio", sagte er eindringlich, „ist tot. Aber dieser junge Mann ist voller Leben. Sieh ihn dir an!" Zenzi wischte Gabriel eine Strähne aus der Stirn. Tiefes Bedauern beherrschte seine Miene, als er ihm einen Kuss aufdrückte. „Der Hunger speist sich aus dem, was du nicht wahrhaben willst, wenn du ..."

„Hör auf!" Ich knurrte ihn an. „Woher willst du das wissen?"

„Weil", er stockte. Schmerz lag in seinem Gesicht. „Er stirbt, während wir diskutieren. Lass uns zuerst dafür sorgen, dass er überlebt und dann sehen wir weiter."

„Selbst wenn ich ihn mit dir rette, wird das nichts ändern." Ich wusste schon jetzt, dass ich all meine Fantasien nicht umsetzen würde. Dafür war mir der schöne Engel bereits zu nahe. Er kratzte am rissigen Schorf, welcher tiefe Wunden bedeckte, die nicht aufbrechen durften.

„Ich habe Hoffnung, dass du deine Angst überwindest", sagte Zenzi, „und ich glaube an dich."

Ich schüttelte den Kopf. Was er sich wieder einbildete. Wie konnte er glauben, den Hunger besser zu kennen als ich oder viele andere Vampire, die ebenfalls schon hunderte von Jahren damit kämpften. „Ich nicht."

„Dann erbitte ich diesen Gefallen von dir", flehte Zenzi und wählte damit Worte, die er nur selten gebrauchte. Wie konnte Gabriel nur in uns beiden eine solche Sehnsucht auslösen? Vermutlich sprach er die Gefühle an, die wir vor zehn Jahren begruben, ohne sie wirklich aufzuarbeiten.

„Ich weiß, was du vorhast."

„Umso besser", antwortete Zenzi.

„Übertreib es nicht." Kopfschüttelnd ließ ich ihn ein verächtliches Lachen hören. Unsinn, als ob mich irgendetwas aufhalten könnte, Gabriel zu töten. Ich seufzte. Nichts würde Giglio je ersetzen.

Gabriel wälzte sich zur Seite, verkrampfte sich in einem gequälten Stöhnen. Er strahlte eine zunehmende Hitze ab, schwitzte. Wenigstens war das Zittern verschwunden.

Vielleicht starb er an dem Gift. Mein Engel, Gott wie sehr dürstete es mich nach seinem Blut. So schön, so hilflos lag er vor mir und so schrecklich ungenießbar.

„Hilf mir, ihn am Leben zu halten", forderte Zenzi und ich wusste, er tat es um mein Mitgefühl zu schüren. Damit sich mein Hunger in Gabriels Gegenwart abnutzte. Er begriff nicht, dass nichts je meine Entscheidung kippen könnte. „Bitte, Katharina."

Rein gar nichts, selbst wenn ich mit ihm Gabriels Leben rettete, würde sich an dem Durst ändern. Nur der Tod konnte ihn stillen. So war es schon immer. Es wurde Zeit Zenzi diese Lehre endgültig zu erteilen. Er musste lernen, unumstößliche Dinge nicht in Frage zu stellen. „Gut. Was soll ich tun?"

Mein Lebensgefährte atmete aus. „Zuerst müssen wir ihn ausziehen und versuchen das Fieber zu senken."

Gemeinsam entledigten wir Gabriel der Kleidung, nur die Shorts behielt er an. Wie er alles abwesend über sich ergehen ließ, während sein Puls raste, besaß nicht die geringste Erotik. Einzig der ungehinderte Blick auf seinen muskulösen, aber keinesfalls aufgepumpt wirkenden, Körper schenkte mir ein wenig Freude.

Nachdem Zenzi mehrere Tücher und eine große Schüssel mit in Wasser schwimmenden Eiswürfeln anschleppte, begannen wir Gabriel abzukühlen. Wir umwickelten seine Waden und die Handgelenke mit den getränkten Stoffen und wechselten sie ständig. Nach dreißig Minuten glühte er immer noch, schien sogar heißer zu werden.

Zenzi hob Gabriels Kopf an und zwang ihn in kleinen Schlucken zu trinken. Immer wieder redete er auf ihn ein, machte Geräusche wie zu einem Kleinkind. Zu meiner eigenen Überraschung tat ich es ihm nach, wischte meiner Beute über die hohe, gerade Stirn und die schweißnassen Haare.

Gnadenlos trieb mich Zenzi zu weiteren kalten Umschlägen an. Kaum erledigt, begann ich mit einem eisgefüllten Tuch über die ausgeprägten Muskelstränge von Gabriels Brust, Bauch und Oberschenkel zu fahren.

Der Wunsch dies zu tun, während er lusterfüllt stöhnte, nahm in mir zu. Mein Begehren dämpfte tatsächlich den Hunger in mir. Zwischendurch funkelte ich Zenzi wütend an. Dafür, dass er mich meinem Opfer näher brachte, in dem er mich zwang es zu retten und dafür, dass ich nun doch mehr wollte, als das Blut.

Nach ungefähr drei Stunden, die wir um Gabriels Leben kämpften, sank das Fieber plötzlich und unser Patient lag vollkommen ruhig da. Erschöpft saßen wir neben ihm auf der Bettkante.

„Meinst du, das war es?", fragte ich. Ich fuhr mit den Finger über Gabriels Hals und nahm etwas frischen Schweiß auf. Meine Zunge leckte es auf und wurde sofort pelzig. Ich spuckte aus. „Immer noch ungenießbar."

Zenzi schenkte mir ein kraftloses Lächeln. „Gut, dann kann ich ja duschen gehen, ohne Angst um ihn zu haben."

Ich verdrehte die Augen. „Als würde ich ihm nach der Tortur einfach die Kehle aufschlitzen."

Er schluckte. „Das heißt, du ..."

„Nein", fauchte ich ihn an, „du brauchst dir keine Hoffnung zu machen. Ich werde sein Blut nehmen, aber ich werde es langsam tun, während wir beide in Lust vergehen."

Traurigkeit zeichnete Zenzis Gesicht.

„Ich werde ihn nicht am leben lassen", sagte ich mit Nachdruck, mehr um mich selbst zu überzeugen als ihn. „Aber jetzt ist er noch sicher."

Das Wasser lief geräuschvoll im Bad. Die schnellen, klackernden Bewegungen zeigten Zenzis Misstrauen mir gegenüber. Es entsetzte mich, wie wenig Vertrauen ich plötzlich bei ihm genoss.

Versonnen betrachtete ich Gabriel. Ich setzte mich neben ihm auf das Bett. Er war wirklich schön, in allem. Auch wenn er sich nicht wie ein scheues Reh gebärdet und nicht so viel Mut gezeigt hätte, hätte ich ihn mir genommen.

Ich streichelte ihm sanft die Wangen, die sich nach dem Fieber unerwartet kühl anfühlten. In einer ruckartigen Bewegung fuhr Gabriels Hand zu meiner. Ein spitzer Schrei entschlüpfte mir.

Er öffnete die Augen. Benommen sah er sich im Raum um, bis sein Blick an mir haften blieb. Wärme erfüllte sein Gesicht. „Ich hab von dir geträumt", flüsterte er stockend, als müsste er sich auf jedes einzelne Wort konzentrieren, „jede Nacht, seit ich dich sah. Deine Worte", er schloss die Lider, „du hattest recht."

„Sag es, Gabriel", sagte ich leise, weil ich es hören musste, „womit hatte ich recht?"

„Ich wollte es", seine Miene verzog sich zu einer gequälten Maske, „die Fesseln, den Schmerz."

Unter meiner Berührung begann er leicht zu zittern. „Was ist los?", rief ich. „Gabriel! Rede mit mir."

„Diese Spritze", wenigstens hatte er noch die Erinnerung daran, „mir war, als wäre ich innerlich verkocht."

Ich nickte. „Du hattest sehr hohes Fieber." Das wunderschöne helle Braun in den Augen, es würde mit ihm vergehen. Die erregend pochende Ader an seinem Hals rief mir lockend zu. „Es ist vorbei, bald geht es dir besser." Dann werde ich dein Blut nehmen, und dich nie vergessen.

Die Kälte unter meinen Fingerspitzen nahm zu. Gabriel ächzte. Er kniff die Lippen zusammen, wollte sich aufrichten und fiel zurück.

„Was ist los?", fragte ich. Ich packte ihn an den Schultern. „Gabriel! Sag mir, was los ist." Er sollte nicht sterben, jedenfalls von nichts anderem außer mir.

„Meine Adern gefrieren", rief er und schrie. Er zitterte, wurde plötzlich bleich.

Er blinzelte, dann verzerrte Angst seine Miene, die mir direkt in den Magen fuhr. „Monster!", brüllte er. „Weg von mir!" Er wehrte sich, wand sich unter mir. „Fass mich nicht an!" Er bekam einen Arm frei, schlug nach mir, versuchte zu treten.

„Gabriel!" Ich setzte mich auf ihn, presste ihn auf die harte Matratze. Ich umfasste seine Hände, die ich neben seinem Kopf festpinnte. „Was ist los?"

„Du willst mich töten", japste er, „ich sehe es genau." Das Weiß seiner Augen trat hervor, sein Herz klopfte, als wollte es gleich zerspringen.

„Nein, ich will dich lebend", rutschte mir heraus. Die Worte irritierten mich. Aber ich hatte keine Zeit, mich darüber zu wundern, da Gabriel heftig zu zittern begann, als würde ihn irgendetwas von innen durchrütteln. Gleichzeitig wehrte er sich gegen mich. Obwohl ich auf ihm lag, bog er seinen Rücken durch und schrie. Er war erschreckend kalt.

„Zenzi", brüllte ich, „komm her!"

„Nein", kreischte er, „Monster!" Mit einer Kraft, die ich ihm nicht zugetraut hatte, buckelte er unter mir, warf mich fast ab.

Ich konnte Gabriel kaum bändigen, er kämpfte, ohne Rücksicht auf eigene Verletzungen.

Zenzi riss die Tür auf. Geschockt blieb er im Rahmen stehen und starrte mich an. „Was fällt dir ein?"

„Verflucht seist du", keifte ich, „ich halte mein Wort." Ich knurrte unartikuliert, als Gabriel mir seinen Kopf gegen das Schlüsselbein schmetterte. Ich presste ihn auf das Bett. „Er kam zu Bewusstsein und drehte durch. Hol ein paar Kabelbinder."

Zum Glück glaubte Zenzi mir und rannte los. Während ich Gabriel festhielt, kam er wieder hereingestürmt. Er fing Gabriels Füße ein, fesselte die Knöchel aneinander und setzte dann noch je einen Kabelbinder unter und über den Knien an.

Die erlegte Beute schrie und tobte. Ich erhob mich hastig. Noch bevor Gabriel etwas tun konnte, griffen wir beide nach ihm. Zusammen zwangen wir ihn auf den Bauch und banden ihm seine Handgelenke und Arme auf dem Rücken.

69

Während Zenzi ihn mit einer Hand im Nacken weiter in Schach hielt, schnaufte ich vor Anstrengung. Menschen sollten eine solche Kraft nicht besitzen.

„Gabriel", flüsterte mein Lebensgefährte, „du bist in Sicherheit. Beruhige dich. Ruhig."

Doch der nahezu nackte Körper wand sich geifernd.

„Was haben die ihm nur gegeben?"

„Was immer es war, Pietro hatte es wohl für mich gedacht", sagte ich.

Mein Engel schrie und jaulte zunehmend wilder, wehrte sich, ohne überhaupt eine Chance zu haben. Speichel troff von seinen Lippen, er verdrehte die Augen.

Die Kabelbinder schnitten nach kurzer Zeit ein. Bald würden sie in die Haut und in das Fleisch eindringen und die Gliedmaßen gänzlich abbinden.

Dieser Mann hatte etwas Besseres verdient. So hatte er nicht enden sollen. Ich weinte, vor Unvermögen und dem Verlust.

„Ich weiß nicht, was ich tun soll", keuchte Zenzi hilflos.

„Wir könnten zumindest dafür sorgen, dass er nicht mehr Schmerzen als notwendig erleidet", sagte ich dumpf.

Er sah mir gequält entgegen.

„Pack mit an!", befahl ich. „Wir bringen ihn zu mir rüber. Ich habe wenigstens vernünftige Fesseln, die ihn halten, ohne ihn zu verletzen."

Zenzi nickte.

Wir trugen Gabriel, der so schlecht zu fassen war wie ein glitschiger Aal, in mein Schlafzimmer. Mit vereinten Kräften gelang es uns, ihm breite Manschetten an Händen und Füßen anzulegen. Ich zog sie an den Pfosten des Bettes so stark an, das

Gabriels Körper fest gespannt war und er sich kaum noch rühren konnte.

Mit einer Hand auf der Stirn meines Engels sah mich Zenzi verzweifelt an. „Er ist eiskalt. Wir müssen ihn irgendwie aufwärmen."

Verdammt noch mal, meine Beute würde mir nicht einfach so wegsterben. Sein Leben gehörte mir, genau wie sein Blut. Nur ich allein durfte es beenden. Ich! Nach meinem Willen.

Pietro, dieses Dreckschwein, würde dafür leiden.

„Ich geh in die Küche", sagte ich und lief los.

Während sich Zenzi unter einer dicken Decke seitlich auf Gabriel legte, packte ich alle verfügbaren Wärmekissen in die Mikrowelle. Danach verteilte ich sie rund um den zitternden Körper.

Unser Vorgehen wirkte. Gabriel wurde ruhiger, zuckte nur noch hin und wieder. Sein Herzschlag normalisierte sich. Erschöpft legten wir uns je an eine seiner Seiten.

Mit einem Arm über die Brust unseres Patienten schlief Zenzi ein und schnarchte leise. Ich weigerte mich, die gleiche Vertraulichkeit zu zeigen. Gabriel war nicht Giglio, würde es niemals sein. Nein, im Gegenteil. Er würde bald sterben.

Ich stand auf und zog einen Sessel dicht an das Bett. Ebenfalls ausgelaugt nach der langen Nacht, ließ ich mich dort hinein sinken. Während sich das erste Licht des Tages hinter den schweren Gardinen ankündigte, wurden meine Augen von Gabriels Schönheit angezogen.

Auch nach den überstandenen Anstrengungen war sie atemberaubend. Dazu kam Gabriels Verletzlichkeit in den Fesseln. Selbst wenn er sie nicht freiwillig gewählt hatte, stellte dies die Situation dar, die ich mir erträumt hatte.

Ich musste mir eingestehen, dass sie mich berührte. Obwohl mich der Hunger nach seinem Blut gieren ließ, weckte der Anblick Begehren und, auch wenn ich es nicht wahrhaben wollte, meinen Beschützerinstinkt.

Langsam, so dass Zenzi nicht aufschreckte, beugte ich mich vor.

Mit dem Finger berührte ich Gabriels hohe Wangenknochen. Beim Kontakt entstand ein winziger Funke. Ich lächelte bei dem Gedanken, dass zwischen uns buchstäblich ein Blitz eingeschlagen hatte. Vorsichtig fuhr ich sein schmales Gesicht hinab, bis zu dem markanten Kinn mit der Kerbe darin.

Ich stellte mir vor, wie er sich unter meinen Berührungen wand und sich nach mehr verzehrte, wie diese Lippen meinen Namen stöhnten und um mehr bettelten. Würde er durch meine Schläge ebenso erzittert, wie unter dem Einfluss der Droge? Könnte es mit ihm so sein, wie mit Giglio?

„Du willst ihn", sagte Zenzi, während ich erschrak, „ich sehe es dir an." Auch in seinen Augen glitzerte Lust.

Leider kannte er mich zu gut. Offenbar hingen wir in diesem Moment denselben Erinnerungen hinterher. „Und wenn er nicht offen auf Männer steht?", rutschte mir heraus.

„Es reicht, wenn er auf dein Spiel steht." Mein Lebensgefährte grinste. „Dann würde er auf deinen Befehl hin, Stolz und Hemmungen hinunterschlucken und mir seinen Arsch entgegenstrecken." Zenzis Blick ruhte begehrlich auf Gabriel. „Und du würdest es doppelt genießen, uns zuzusehen." Er gluckste und rieb sich leicht an meiner Beute.

Die Vorstellung machte mich an und ließ mein Innerstes glühen. Giglio. Der Hunger, fast wollte ich an ihm festhalten.

„Wir sind keine Tiere, Tira. Auch, wenn einige von uns gerne welche wären. Wir haben für unser Handeln genauso wenig Ausreden, wie die Menschen."

Ich schüttelte den Kopf. Niemand würde Giglio je ersetzen. Allein der Gedanke gehörte bestraft. Aber ich sehnte mich nach so vielen Jahren danach, wieder meine Leidenschaft mit Zenzi zu teilen. Vielleicht, wenn ich vor Gabriels Gesicht ein anderes – ein totes - legte, dann könnte ich den Hunger kontrollieren. Nur für eine einzige Session, wie früher.

„Woran denkst du?", fragte mein Vertrauter. Ich sah die Hoffnung in seinem Blick.

„Bisher kenne ich nur Gabriels Körper und seinen Ausdruck", erklärte ich, „gegen seinen Willen werde ich nicht mit ihm Spielen." Beim Töten hast du weniger Skrupel, höhnte eine fiese Stimme in meinem Hinterkopf. Ich schüttelte sie ab, denn das war vollkommen verschieden.

„Was ist, wenn er nicht will?"

Ich sagte nichts. Wozu auch?

Zenzi atmete tief ein. „Und wenn er will?"

Ich schnaubte. „Wir werden sehen. Seine Antworten, wenn er wach ist und sich frei glaubt, werden alles Weitere entscheiden."

Zenzis Blick bedeutete nur eines: „Ein Anfang."

Mir war so, als hörte ich beruhigende Stimmen, während ich schlief. Trotzdem verfolgten mich Alpträume, von Feuer, welches mich verbrannte und eiskaltem Wasser, in dem ich langsam erfror. Rotäugige Monster mit spitzen Zähnen, wie einem billigen Vampirfilm entsprungen, stritten sich um mich.

Ein leises Schnarchen lag im Raum. Ich spürte einen atmenden Körper, der auf meiner linken Seite lag. Dazu befand sich ein Arm quer über meiner Brust. Um die Person nicht aufzuwecken, blieb ich still in der unbequemen, gestreckten Haltung liegen.

Ich öffnete die Augen. Dämmeriges Licht von heruntergedimmten kleinen Lampen empfing mich. Wo war ich? Was hatte ich gestern nur getan? Ich erinnerte mich an den Flug und dass ich zu ihr wollte, zu der Frau, die mir nicht aus dem Kopf ging.

Und danach? Bilder wirbelten in meinen Gedanken. Da war ein Kampf. Ein anderer Mann, und sie, die faszinierende Fremde aus der Bar. Ein Stich im Oberschenkel. Eine Spritze, in der irgendetwas war, was mich ausschaltete.

Später kamen die Alpträume.

Ich spürte in mich hinein. Außer einer tiefen Erschöpfung und einem unangenehmen Brennen am Hals empfand ich keine Schmerzen.

Wer war die Person neben mir? Ich zögerte, sie mir anzusehen. Für eine Frau fühlte sich der Körper zu groß, sehnig und rau an. Ich wollte mir mit der freien Hand über das Gesicht fahren. Sie ließ sich nicht bewegen.

Ich erschrak.

Instinktiv wollte ich aufspringen, aber auch meine Beine wurden an Ort und Stelle gehalten. Erst jetzt nahm ich die enganliegenden Fesseln wahr, die mich auf dem Bett aufspannten. Mein Puls stieg rasant, ich hechelte.

Die Person auf mir grunzte, dunkel und grantig. Ein Mann. Ich erstarrte und kämpfte gegen die aufsteigende Panik in mir, um ihn nicht aufzuwecken. Wieso war ich bis auf die Shorts nackt? Scheiße, was hatte er mit mir gemacht?

Vorsichtig sah ich zum Gesicht, welches auf meiner Schulter ruhte. Vor Überraschung schnappte ich nach Luft.

Ich kannte ihn. Es war der große, durchtrainierte Mann, der im Muskelshirt neben der Frau an der Bar gestanden und mir gierig nachgestiert hatte, während sie mich mit ihren zornigen Augen durchbohrte.

Ich sah mich um und entdeckte sie auf der anderen Seite von mir. Die braunhaarige Fremde mit dem eckigen Kopf schlief versunken in einem Sessel neben dem Bett. Ihre Unterschenkel lagen auf der Matratze, so nahe, dass mich die Zehenspitzen fast berührten. Das markante Gesicht mit den klaren Linien und den vollen Lippen zog mich wie magisch an.

Träumte ich noch unter dem Drogeneinfluss? Waren sie deshalb beide hier und ich in Fesseln? War ich mitten in einem erotischen Wunschtraum? Prüfend zog ich an den Manschetten, die meine Glieder hielten. Der Druck fühlte sich zu real für einen Traum an. Dabei war alles so, wie ich es mir vorgestellt hatte, wenn ich es mir selbst gemacht hatte. Nun ja, bis auf das, dass sie in meiner Fantasie nicht schliefen.

Wenn das hier echt war, sollte ich dann nicht Angst haben? Immerhin hatten mich zwei Fremde, deren Namen ich nicht kannte, an ihr Bett gefesselt. Sollten mir wirklich Drogen gespritzt worden sein, dann hatten sie mich hierhergebracht und ausgezogen, anstatt einen Krankenwagen zu rufen.

Dieses Verhalten sollte mich ernsthaft erschrecken.

Dummerweise war die Vernunft meinem zunehmenden Ständer vollkommen egal. Ich sah an mir hinunter. Dorthin, wo sich unter den Shorts eine deutlich sichtbare Beule aufbaute.

Wie peinlich. Wenn die jetzt auch noch aufwachten.

Spinat. Ich dachte an ekligen, schleimigen Spinat. Es funktionierte nicht. Im Gegenteil, die beiden Menschen aus meinen feuchten Fantasien, in Kombination mit dieser ausgelieferten Lage, pumpten das Blut in meinen Schwanz.

„Mist", fluchte ich leise. Wenn ich mich doch irgendwie verstecken könnte.

Der Mann regte sich. Verstohlen schaute ich zu ihm.

Ich zuckte zusammen, als sich unsere Blicke begegneten. Das Lächeln verlieh seinem, mit der schiefen Nase ein wenig brutal aussehenden Gesicht, Wärme.

„Guten Morgen", wisperte er, „schön, dass du endlich wach bist."

Bitte guck nicht nach unten, nicht nach unten sehen, wiederholte ich als stilles Mantra.

„Entschuldige die Fesseln", flüsterte er, „ich mache dich gleich los. Dieses Zeug in deinen Adern hat dich durchdrehen lassen und so war es sicherer für uns alle. Meine Güte hast du Kraft. Wir konnten dich zu zweit geradeso bändigen."

Die Erklärung reichte meinem Stammhirn offenbar. Denn ich dachte nur daran, wie es gewesen sein musste, diese beiden Körper auf mir zu spüren. Mein Schwanz zuckte, heischte um

Zuwendung. Peinlich berührt nickte ich. „Guten Morgen", sagte ich unsicher, „ich bin Gabriel und wir kennen uns noch nicht."
Was faselte ich da? Ich hätte mich ohrfeigen können, wenn ich eine Hand frei gehabt hätte.

„Pst", bedeutete er mir grinsend, „leise, wir wollen sie doch noch nicht aufwecken. Ich bin Vinzenz. Nenn mich Zenzi."
Er erhob sich. Als er sich zu den Fußfesseln beugte, hielt er plötzlich inne. Wie ein neugieriger Geier bewegte er seinen Kopf näher an die nunmehr stark angeschwollene Beule in meinem Schritt. Dann sah er mich an.

Ich spürte, wie mir unter seinem Blick die Hitze in die Wangen schoss. Wieso tat sich nicht der Boden unter mir auf und verschluckte mich? Vergeblich versuchte ich, mein Becken wegzudrehen.

Zenzi gluckste leise, schien meine Reaktion zu genießen. Jedenfalls sprachen die glitzernden Augen dafür. „Du magst das wirklich, richtig?", fragte er. „Wir beide um dich und auf dir. Du, hilflos und gefesselt."
Anstatt schmählich zusammenzuschrumpfen, hob sich ihm mein Ständer noch einen Tick mehr entgegen – so demütigend und unfassbar geil. Ein Hüsteln entschlüpfte mir.

Mach dich nicht lächerlich, sagte ich mir, Zeit für die Realität: Ich wurde nach einem Kampf mit Drogen vollgepumpt und von den Clubbesitzern nur gesichert, um mich nicht selbst zu verletzen.

Auch wenn das nicht erklärte, warum Zenzi eben nahezu nackt auf mir gelegen hatte. Nichtsdestotrotz war ich ein respektabler Ingenieur, der nicht mit Fremden fickte und sich schon gar nicht in spontane SM-Spiele verstricken ließ. Und das ganz unabhängig davon, wie sehr ich es mir wünschte und mein widerspenstiger Schwanz um mehr bettelte.

„Lösen Sie bitte die Fesseln", forderte ich und schaute ihm fest in die Augen.

„Wirklich?" Der Mann grinste belustigt, obwohl sich ein trauriger Schatten in seine Miene schlich. „Weißt du, sie hat sofort erkannt, dass dir das gefallen würde."

Mein Herz setzte ein paar Schläge aus. Ich traute mich nicht, diese verführerische Frau auch nur anzusehen. Ihre Worte in der Bar fielen mir ein. Meine letzte Session war so lange her. „Stimmt", hauchte ich leise, nicht fähig die Wahrheit abzustreiten.

Plötzlich lag Zenzis Hand auf meiner Brust. Mit einem Finger umkreiste er die Brustwarzen. Ich keuchte auf, als sich sein Mund um einen Nippel stülpte und er zu saugen begann. Trotzdem, es waren Fremde. Wir kannten uns nicht.

Das einsetzende Lecken zerschlug den lahmen Protest, der mir auf den Lippen lag.

Scheiß auf die Vernunft, dies hier war zu geil, zu nahe an meinen Träumen und den lang vermissten Erfahrungen. Angespannt schloss ich die Augen, um die Berührung intensiver zu genießen. Weg konnte ich ohnehin nicht.

Unter meinen lustvollen Seufzern küsste sich Zenzi den Weg hoch, bis unter mein Ohr. „Soll ich dich tatsächlich losbinden?", säuselte er.

Bloß nicht, dachte ich bei mir. Zu groß war die Sorge, mein Hirn könnte das Ruder wieder übernehmen.

Er kniff so fest in meine Nippel, dass ich keuchte. „Na, willst du mehr, schöner Mann?"

Als einzige Antwort hob ich ihm den Oberkörper entgegen. Zenzi gluckste. Dann schob er sich auf mich. Sein Knie drückte sich zwischen meine durch die Fußfesseln weit gespreizten Beine. Behutsam begann er es entlang meines zum Bersten gefüllten Ständers zu reiben.

Ich japste und stöhnte. Die Erschöpfung, die ich beim Aufwachen spürte, verflüchtigte sich. Bald bewegte ich mein Becken mit ihm im Rhythmus. Meine Hände suchten nach etwas, was sie umkrallen konnten, fanden aber nichts. Zu fest war ich aufgespannt.

„Du bist sicher kein Anfänger", murmelte Zenzi, „sonst könntest du es nicht so genießen."

Ich öffnete die Augen, um den Mann anzusehen. Seine platte Nase befand sich dicht über meiner. Er hatte sich mit beiden Armen neben meinem Kopf abgestützt und betrachtete mich mit freudiger Faszination.

Ihn über mir zu sehen, den muskulösen Körper auf mir zu spüren, ließ mich an ein reines Fantasiegebilde glauben. Bestimmt würde ich gleich aufwachen – in meinem Bett oder im Flugzeug. Jedoch war es so real. Vielleicht lag es an den Drogen oder befand ich mich in Wirklichkeit im Krankenhaus?

Ein erlösender Orgasmus kündigte sich an. „Träume ich?", hauchte ich, obwohl eine solche Frage in einem Traum selten dumm sein mochte.

Zenzi hielt inne und entlockte mir damit ein empörtes Seufzen. Er legte den Kopf schief und grinste. Dann beugte er sich tiefer, so dass seine Lippen mein Ohr berührten. Gleichzeitig presste er sein Knie schmerzhaft gegen meinen zuckenden Schwanz. „Gabriel", schnurrte er, so dass sich meine Haut kräuselte, „sieh zur Seite, sieh sie dir an."

Ich gehorchte. Mit den Augen streichelte ich die schlafende Frau in der bequemen Kleidung.

„Sie war wütend", sprach er weiter, „nachdem du sie abgelehnt hattest. Nun, da du gefesselt und hilflos vor ihr liegst, was wird sie mit dir anstellen?"

Mir wurde schwindlig, von all den erregenden Fantasien, die mir einfielen – ich mit ihr und mit ihm und wir gemeinsam. Ich schloss die Lider. „Gib mir mehr", forderte ich leise.

„Ich will auch mehr", sagte Zenzi heiser. Sein Knie bearbeitete mich erneut. Ich stöhnte wollüstig. „Spätestens, wenn ich mich in dich ramme, wirst du das hier nicht mehr für einen Traum halten."

Ein Versprechen oder eine Drohung? Die Vorstellung und ein harter Stoß in meinen Schritt entlockten mir ein Wimmern. Bei den Schmerzen war es kein Traum, ganz sicher nicht. Ziehend kündigte sich mein Höhepunkt an.

„Hört auf!", peitschte eine Frauenstimme vom Bettrand aus.

Ich zuckte zusammen, fühlte mich ertappt. So wie Zenzi erstarrte, ging es ihm ähnlich. War dieses surreale Spiel damit vorbei oder begann es erst?

„Bleibt genauso, wie ihr jetzt seid", forderte sie.

Ein Befehl, der wohl eher Zenzi galt, da ich eh kaum Freiheitsgrade besaß.

„Gabriel", so, wie sie den Namen aussprach, verkrampfte sich mein Magen, „wie lautet dein Safewort?"

Offenbar hatte sie uns lange genug beobachtet, um meine Erfahrung zu erkennen. Zu sehr geilte mich die Situation auf und zu sehr genoss ich sie. Auch wenn es ewig her war, wenn jemand Übung darin hatte, benutzt zu werden, dann ich.

Normalerweise geschah dies aber nur mit einem vertrauten Partner und mit einem bewussten Einverständnis.

„Sonnenblume", gestand ich und zwang mich, die Blickrichtung auf Zenzi beizubehalten. Wie konnte ich mich eben nur wie ein dummer Anfänger hinreißen lassen?

Die Stille wurde unangenehm. Trotzdem wagten Zenzi, der noch immer auf mir lag, und ich nicht die kleinste Bewegung.

„Es ist schon Jahre her, dass ich es verwendet habe", erklärte ich unsicher, um irgendetwas zu sagen. „Und ich ..."

„Schweig", sagte sie leise und so freundlich, als würden wir uns gerade über Belanglosigkeiten unterhalten, „ich stelle Fragen, du antwortest."

Ich kniff den Mund zusammen, starrte weiter in Zenzis Gesicht. Warum wirkte er beunruhigt? Nachdem ich fragend die Augenbrauen zusammenzog, schüttelte er nahezu unmerklich den Kopf. Stumm verharrten wir in der Position. Nur meinen unersättlichen Schwanz, der gegen Zenzi zuckte, kümmerte ihre Anweisung nicht.

„Sieh mich an, Gabriel!"

Mein Name von ihren Lippen ließ mich fast platzen. Zu gerne würde ich ihren wissen. Ich gehorchte mit einem kaum unterdrückten Seufzer.

Die Frau saß, mit vor der Brust verschränkten Armen, in dem Sessel, die Beine hatte sie übereinandergeschlagen. Ihre braunen Augen und ihr Gesichtsausdruck ließen mich nach Luft schnappen. Darin lag so viel Gefühl, dass ich nicht wusste, woran ich war. Ich erkannte Lust und Begehren, Traurigkeit und Neugierde, sowie Wärme und gleichermaßen Distanz gepaart mit starker Beherrschung. Doch da war auch etwas anderes, etwas Lauerndes und Dunkles, was mir eiskalt in die Eingeweide fuhr.

„Zenzi, runter von ihm!", befahl sie schneidend. Ein tiefer Groll schwang in ihrem Ton mit, dessen Ursache ich gerne gewusst hätte.

Sofort glitt der Mann an meine Seite. Die weitere Tuchfühlung mit ihm gab mir ein Gefühl von Sicherheit. Insbesondere, weil sich ihr nun eine steinharte Stoffbeule entgegenstreckte.

Die Zurschaustellung unkontrollierbarer Körperfunktionen empfand ich schon immer als peinlich und gleichzeitig erregend. Lady Jenna genoss es jedes Mal aufs Neue, mich in eine solche Situation zu bringen. Sie liebte es, mich vorzuführen, um mich mit diesem Widerspruch zu quälen.

„Gabriel", sagte die Frau in einer seltsam gepressten Stimmlage, „dass du eine devote Neigung besitzt, habe ich dir auf den ersten Blick angemerkt. Bist du auch masochistisch?"

Ich stellte mir vor, wie sie mir mit einer Peitsche süßen Schmerz schenkte. „Ja", gab ich hoffnungsvoll zu, „aber ..."

Sie, und allen voran ihre Hand, kam auf mich zugeschossen. Schon meinen verblüfften Schrei dämpften ihre Finger auf meinem Mund. Überraschend kräftig drückte sie meinen Kopf auf die Matratze. Ganz langsam überstreckte sie mir den Hals, so dass meine Kehle bloß vor ihr lag. Ich spürte ihren heißen Atem auf der Haut, hörte ihr abgehacktes Keuchen.

„Bitte, T..."

„Still Zenzi!", fauchte sie.

Die plötzliche Unbeherrschtheit machte mir Angst. Umso peinlicher war es, dass sie mir direkt in den Schwanz fuhr.

„Los", sagte sie nach einer unendlich erscheinenden Zeitspanne gepresst, „die Brustwarzen."

Sofort spürte ich eine große Hand auf mir, die hastig meine rechte Brust bedeckte. Gleich darauf umschlossen Zenzis Lippen die linke Brustwarze. Er saugte. Jeden Moment erwartete ich einen unbarmherzigen Biss. Mein ganzes bewusstes Gefühl glitt in diesen einen Nippel.

Ich hungerte dem Reiz entgegen und wand mich in den Fesseln.

Er kam, aber von der anderen Seite, wo Zenzi die extrem empfindliche Haut zwischen seinen Fingernägeln brutal zusammen quetschte.

Zenzi ließ von mir ab. Der verblassende Schmerz weckte in mir den Wunsch nach weiteren Impulsen, die mich mit sich rissen.

Unwillkürlich wippte ich mit dem Becken hin und her, in der irrigen Hoffnung auf einen Widerstand zu stoßen. Der längst nass getropfte Stoff der Shorts fühlte sich quälend rau auf der prallen Eichel an, reichte aber nicht für diesen letzten entscheidenden Anreiz.

Plötzlich beugte sich die Frau über mich und schaute mich an. Ein grausamer und doch belustigter Zug umspielte ihre Mundwinkel. Aus ihren gefährlich glitzernden Augen leckte Gier.

„Bleib so", sagte sie beiläufig. Die Hand, die eben noch meinen Mund bedeckte, glitt in einem sanften Streicheln an meine Kehle. Dort umfasste sie meinen überstreckten Hals. Auch, wenn mir der Druck nur geringfügig die Luft abschnürte, war er stark genug, um sich bedrohlich anzufühlen.

„Hinter dir liegt eine anstrengende Nacht", erklärte die angenehme Stimme, „nutze dein Safewort, wenn du nicht mehr kannst."

Ich formte ein stummes „Ja".

„Und du Zenzi, mach weiter!"

Sein erster Biss ließ mich zusammenzucken. Gleich darauf malträtierten mich weitere und wechselten sich mit festen Kniffen ab, erst auf den Nippeln und dann auf der Haut darum herum. Dann leckte seine Zunge in sich verändernden Kreisen, nur um von den scharfen Zähnen abgelöst zu werden.

Genussvoll, und meist mit geschlossenen Augen, spürte ich den köstlichen Schmerzen nach. Ich atmete schwer, wimmerte erstickt. Soweit es die hart gespannten Fesseln zuließen, hob ich mich den Berührungen entgegen. Innerlich flehte ich darum, bald kommen zu dürfen, um den peinigenden und doch unsagbar geilen Druck zu entkommen.

„Sieh mich an", sagte sie. Gleichzeitig hielt Zenzi inne.

Ihre Worte brachen in meine Welt, die nur noch aus geschickten Zuwendungen, Erregung, lustvollen Schmerzen und ihrer Hand auf meiner Kehle bestand.

Ich gehorchte. Als sich mein verschleierter Blick klärte, sah ich direkt in ihre Augen. Die Begierde darin fuhr mir prickelnd unter die Haut.

„Beim nächsten Mal wirst du mich anschauen!", befahl sie.

Das nächste Mal, ich hoffte, dass es eines geben würde. Ich nickte hastig. Zenzi kicherte.

Die Frau nahm ihre Hand von mir und lehnte sich ein Stück zurück. Ich holte tief Luft und betrachtete sie stumm.

„Eine Frage muss ich dir vor allen anderen stellen", begann sie. Dann sah sie zwischen mir und dem Mann hin und her. „Du bist bisexuell, richtig?"

„Definitiv", rief Zenzi, bevor ich antworten konnte. „Diese leidenschaftliche Schönheit, mit dem enormen Ständer, weiß uns beide zu schätzen." Mit leuchtenden Augen streichelte er über die nun wirklich bis zum Anschlag gefüllte Beule in meinen Schritt.

Während ich laut aufstöhnte, hob ich ihm mein Becken entgegen, um mehr von der Berührung zu erhaschen. Es fehlte nur noch ein kleines Bisschen, nur noch der letzte kleine Schubs, bis ich kam.

„Hände weg, Zenzi!", befahl sie.

Empört wollte ich protestieren, biss mir aber rechtzeitig auf die Zunge.

„Ach, Gabriel", sagte sie in einem bösartig bedauernden Tonfall, „ich würde dir ja gerne ein paar Fragen stellen, aber du bist so spitz, dass du mir vermutlich nicht zuhörst."

Mehr als ein flehendes Wimmern brachte ich nicht zu Stande.

„Also müssen wir das wohl beenden."

„Was?", kreischte Zenzi seltsam schrill, während ich mir erneut auf die Zunge biss.

So mies es auch wäre, mich so stehen zu lassen, die beiden hatten mir schon mehr gegeben, als ich mir je erhofft hatte. Außerdem wäre es nicht die erste Session, die ich unerfüllt beendete. Ich schloss die Augen, um sie meine Enttäuschung nicht sehen zu lassen.

„Mach dir keine Sorgen", sagte die Frau mit einem Lächeln in der Stimme, „ich bin noch nicht fertig mit ihm."

Hoffnung breitete sich in mir aus.

„Allerdings kann ich ihn auch nicht so lassen." Sie summte, tat, als würde sie nachdenken.

Von allem schien mir ihr Zögern die größte Folter.

„Zenzi, da unser schönes Spielzeug etwas indisponiert ist, hilfst du ihm am besten."

Ein kehliges Lachen folgte. Kurz darauf schlüpften Zenzis Finger unter meine Shorts. Fest packte er den Schaft. Noch bevor er richtig Druck ausübte, bäumte ich mich mit einem unterdrückten Schrei auf und ergoss mich.

Ihr spöttischer Blick machte mir bewusst, wie beschämend meine Vorstellung gewesen war. Aber selbst wenn sie mich nun fortschickte, in diesem Moment konnte ich nicht anders. Da ich nichts mehr daran ändern konnte und mir eh nichts blieb, als in den Fesseln zu verharren, genoss ich die bleierne Müdigkeit, die der Orgasmus mit sich brachte.

Ich bekam nur noch mit, wie die beiden miteinander flüsterten, und schlief ein.

„Gabriel", sang eine Frauenstimme in mein Ohr, „wach auf."

Ein hartnäckiges Kitzeln am Hals ließ sich nicht wegschieben, weil meine Hand feststeckte. Oh Gott, die Session – schoss es wie ein Blitz durch mich hindurch. Erschrocken riss ich die Augen auf.

Über mich beugten sich zwei Köpfe. Er und sie, beide grinsend. Schweiß brach mir aus allen Poren. Erst hatte ich mich wie ein notgeiler Teenager aufgeführt und nun war ich auch noch mittendrin eingeschlafen. Wenn sie mich jetzt loswerden wollten, würde ich mich nicht wundern. Aber wieso hatten sie mich dann nicht losgebunden?

Ich schluckte und bemerkte, wie trocken meine Kehle war. Auch mein Magen fühlte sich flau an. Wie spät es wohl war? Der fensterlose Raum lieferte keinen Anhaltspunkt.

Ohne Ankündigung hob Zenzi meinen Kopf an und legte ein Glas an meine Lippen. Kühles, klares Wasser benetzte meine Zunge.

Ich seufzte wohlig, froh nicht ihr gesamtes Wohlwollen verspielt zu haben. „Es tut mir leid", sagte ich, nachdem ich ein zweites Glas geleert hatte, „mein Verhalten von eben ist unentschuldbar."

Die Frau gluckste. Etwas von diesem bedrohlichen Glimmen war aus ihr verschwunden. Sie wirkte ruhiger, irgendwie geerdeter. „Eben?"

Oh je. Ich hüstelte. „Wie lange habe ich geschlafen?"

„Ungefähr acht Stunden", antwortete Zenzi.

Ich sah zu den Fesseln um meine Handgelenke und bewegte die Finger. Kein Taubheitsgefühl, auch nicht an den Füßen.

„Ich weiß, was ich tue", sagte sie belustigt und ließ den Blick über meinen noch immer fast nackten und vollkommen ausgelieferten Körper gleiten.

Allein die Situation so bewusst wahrzunehmen, führte zu einem Kribbeln in meinen Lenden. Mein Schwanz meldete sich zurück, in dem er sich leicht gegen den einengenden Stoff hob.

„Das wollte ich nicht in Abrede stellen", antwortete ich verlegen. „Das vorhin", fügte ich beschämt hinzu, „tut mir sehr leid. So etwas ist ..."

Sie legte mir den Zeigefinger auf die Lippen. „Alles andere hätte mich überrascht. Du wurdest unter Drogen gesetzt und", sie zögerte, als suche sie Worte, „nun, du warst geschwächt.

Mach dir also darüber keine Gedanken. Außerdem tat uns die Ruhe nach der langen Nacht ebenfalls gut."

Erleichtert atmete ich aus und lächelte. „Das war mein erster Drogenrausch. Wie schlimm war es denn?"

„Du hast uns für Monster gehalten", erwiderte sie und zwinkerte mir zu, „und hast gegen uns gekämpft."

„Oh", ich räusperte mich, „das tut mir natürlich auch leid."

Ein dunkles Kichern drang aus ihrer Kehle. Es klang so anregend wie erschreckend.

Plastik knispelte neben mir. Dann hielt Zenzi mir etwas weißes, rechteckiges ins Blickfeld. „Traubenzucker. Mund auf!"

Gehorsam ließ ich mir das süße Zeug auf die Zunge legen. Ich hätte gerne etwas Richtiges gegessen, aber ich wagte nicht darum zu bitten. Zu sehr wünschte ich mir, dass das Spiel nicht endete.

„Ah", stieß die Frau gekünstelt aus, während sie an mir heruntersah, „da scheint wieder jemand Lust zu bekommen."

„Der Kleine ist unersättlich", stimmte Zenzi zu. Seine Hände legten sich auf den Stoff über meinem halbsteifen Schwanz. Er grinste zunehmend breiter, als dieser sich unter der Berührung aufrichtete.

„Und jetzt, mein schöner Gabriel", sagte sie lauernd, „was soll ich mit dir machen?"

„Also", mischte sich Zenzi ein, „ich möchte weiter mit ihm spielen, bis er dich anbettelt von mir gefickt zu werden."

Sie schaute mir in die Augen. Ich konnte mir nicht helfen, schon dieser Blick jagte mir mehr Blut zwischen die Beine.

„Gefällt dir sein Vorschlag?"

89

Seine Hand glitt unter meine Shorts. Ich keuchte und hob ihm das Becken entgegen. „Zenzi, Hände weg, wenn ich mit ihm rede", fauchte sie.

Der Mann rückte ab. Es fühlte sich an wie ein Verlust.

„Antworte, Gabriel!", forderte sie.

„Es wäre schön", sagte ich. Für die nächsten Worte senkte ich den Kopf und beobachtete sie nur noch durch die Wimpern hindurch: „Es wäre wie in einer meiner Fantasien." Meine Wangen fühlten sich plötzlich heiß an.

Mit dem Zeigefinger fuhr sie über meine Nase. „Ich denke auch, dass dir das sehr gefallen würde. Schade für dich, dass es eine Fantasie bleiben wird." Sie wandte sich an den Mann. „Nimm ihm die Fesseln ab. Gabriel, du rührst dich nicht, bis ich dir andere Befehle gebe."

Hatte ich etwas Falsches gesagt oder zu viel gehofft und ersehnt? Demütig hielt ich still und schwieg.

Aus ihrer gerade noch ernsten Miene sprang ein Grinsen. „Deine Enttäuschung steht dir deutlich im Gesicht."

Zuerst löste Zenzi die Manschetten um meine Knöchel, dann an den Handgelenken. Er ließ es sich nicht nehmen, währenddessen über mich zu rutschen und seine riesige Erektion gemächlich an mir zu reiben. Ich genoss den starken Körper auf mir, bedauerte, ihn nicht in mir spüren zu dürfen.

„Zenzi", sagte sie in einem leicht genervten Tonfall, „beeil dich."

Er musterte sie halb betrübt, halb flehend und zog sich viel zu weit entfernt von mir auf die Bettkante zurück.

„Gabriel", begann sie, „setz dich bitte auf. Ich habe ein paar Fragen an dich."

Ich atmete tief ein und gehorchte. Selbst im Schneidersitz, angelehnt an das Kopfende, fühlten sich meine Glieder noch schwer und erschöpft an. Ich strich über meine Handgelenke und die Knöchel. Dann ließ ich die Arme so auf den Knien ruhen, dass sie einen Großteil meines Ständers verdeckten.

„Wie lautet dein voller Name und wie alt bist du?"

Mein Herz machte einen Sprung, obwohl es distanziert klang. Wenn sie mehr über mich wissen wollte, schickte sie mich zumindest nicht weg. Außerdem erinnerte ich mich daran, mit Lady Jenna ein ähnliches Gespräch geführt zu haben. Allerdings wesentlich angezogener. „Gabriel Bianchi. Ich bin neunundzwanzig."

„Sprichst du Italienisch?"

„Wenig." Ich schüttelte den Kopf. „Eher nicht. Also mein Schulfranzösisch ist besser als mein Italienisch." Es war mir wirklich peinlich. „Meine Eltern wuchsen schon in Deutschland auf und sprachen es eigentlich nur mit meinen Großeltern."

„Was hast du gelernt, beziehungsweise was arbeitest du?"

Gerade kippte die eben noch erotische Stimmung in die Atmosphäre eines skurrilen Bewerbungsgesprächs. Immerhin beruhigte sich so die Erektion etwas. „Ich bin Maschinenbauingenieur im Bereich Messtechnik", antwortete ich. „Ich arbeite international in vollautomatisierten Fabriken."

Sie hob anerkennend die Augenbraue. Sogar Zenzi hörte auf, mit den nackten Füßen über den Boden zu scharren. Auch in seinem Gesicht sah ich Überraschung.

„Was habt ihr denn erwartet?", fragte ich. Den Hauch von Trotz bekam ich nicht aus der Stimme.

„Model", antwortete Zenzi prompt, „oder arbeitsloser Schauspieler."

Ich schnaubte. „Nur weil ...“

„Dein Safewort, Gabriel“, unterbrach sie mich, „wie lautet es?“ Irritiert sah ich sie an. Ich schluckte den Ärger hinunter. "Sonnenblume.“

„Nun“, begann sie mit einem zufriedenen Lächeln auf den Lippen, „auch wenn du dich etwas erholen konntest, hast du eine harte Nacht hinter dir. Dein Körper ist noch geschwächt. Wenn du das Gefühl hast, dass du nicht mehr kannst, dann zögere nicht, es zu verwenden.“

Vorfreude explodierte in mir wie tosendes Feuerwerk. Die Session würde weitergehen. Sofort schwoll mein Schwanz ein Stück weiter an. Verräterisches Mistding. Ich verkniff mir das Grinsen. „Das werde ich“, versprach ich ernst.

„Wenn ich spiele, dann tue ich, was mir gefällt. Daran solltest du jederzeit denken. Aua oder ähnliche Äußerungen sind für mich kein Grund aufzuhören.“

Es klang verheißungsvoll nach dem, wonach ich mich sehnte. Ich nickte.

„Deine Tabus?“

So unerotisch dieses Gespräch insgesamt auch war, ich fühlte mich dadurch wesentlich entspannter. Was immer kommen würde, sie schien zu wissen, was sie tat. Mit jedem Wort freute ich mich mehr darauf, mich in ihre Hände zu begeben. Ich öffnete sogar die Deckung, mit der ich meinen Schritt verbarg.

„Ich bin für vieles offen“, sagte ich zögerlich. „Nur Exkremente, die in die Toilette gehören, sollen bitte dort landen und nicht in oder auf mir.“

„Was ist mit Blut?“

„Ist okay, so lange mir genug zum Leben bleibt.“ Der kleine Scherz musste einfach sein.

Zenzi machte sich mit einem Hüsteln bemerkbar. Um ihre Mundwinkel zuckte es verdächtig, als würde sie sich ein Lachen verkneifen. Dafür blitzten ihre Augen und schienen mich wieder zu verschlingen.

„Wie viel Zeit hast du mitgebracht?", fragte sie. „Vermisst dich jemand? Möchtest du jemanden anrufen und mitteilen, wo du bist?"

Als ob ich das hier jemanden erzählen würde. Aber allein das Angebot gab mir zusätzliches Vertrauen, mich einer Fremden hinzugeben. „Nein." Meine Eltern hatte ich nach der Landung angerufen. Vor dem Wochenende meldeten sie sich nicht bei mir. Meine Kumpels würden mich nicht vor dem Sporttermin vermissen, nur Chris würde vielleicht nachfragen, wo ich blieb. „Vor Samstagabend rechnet niemand mit mir."

„Also haben wir viel Zeit."

Meine Kehle verengte sich. Mit großen Augen sah ich sie an, und dann ihn. Wollten sie wirklich das gesamte lange Wochenende mit mir verbringen? Im Spiel? Die Vorstellung war so wundervoll und erregend, dass ich es nicht glauben konnte.

Zenzi lehnte sich zurück und strich mir über den Oberschenkel. Seine Küsse bedeckten meine Knie und näherten sich den Knöcheln.

„Du bist so ein schöner Mann", sagte sie zweifelnd, „und trotzdem ganz allein?"

Nicole. Ich wollte nicht an sie denken. „Ja. Seit ein paar Wochen."

„Verstehe. Steht dein Auto auf dem Parkplatz vor dem Club?"

„Nein, ein Stück die Straße runter."

„Was ist es für einer?"

Ich runzelte die Stirn. „Wieso?"

„Diese Gegend ist nicht wirklich sicher", antwortete sie. „Zenzi wird es gegebenenfalls später herholen und in das Nebengebäude stellen."

Ich schaute zu Zenzi. Überraschend grimmig fixierte er die Frau. Seine Kiefer mahlten sichtbar aufeinander. „Es ist nur ein alter Opel Astra, in Rot", sagte ich zögerlich. „Ich kann das selbst machen, so schwach bin ich nicht." Wegen mir sollte er sich nicht ärgern.

Ihre Fingerspitzen berührten mich dicht unter der Linie des Kinns. Ich folgte dem Druck, der mein Gesicht in ihre Richtung zog. „Glaubst du wirklich, dass du dazu noch in der Lage sein wirst, wenn ich mit dir fertig bin?"

Mein Herz setzte aus, nur um dann rasend schnell weiter zu schlagen. Ja, bitte tue, was du willst. Ich verbiss mir die Worte. Plötzlich war mir so heiß, als würde ich in Flammen stehen. Doch ein Traum.

„Gabriel", sagte sie eindringlich und strich mir mit dem Daumen über die Lippen. Als ich sie leicht öffnete, drang sie ein.

Ihre Berührung kitzelte auf der Zunge. Meine Brust zog sich zusammen. Ihr Tonfall, das Knistern in der Luft – zu lange hatte ich darauf verzichtet. „Ja?", hauchte ich und saugte an ihrem Finger.

„Leg dich wieder auf den Rücken", befahl sie sanft, „die Arme hältst du so, als würdest du noch die Fesseln tragen. Winkel die Beine leicht an und spreize sie so weit, dass es dir gerade noch angenehm ist."

Beschämend übereifrig gehorchte ich. Sie lächelte breit, während Zenzi sitzen blieb und mich trotz seiner finsteren Miene lüstern anstarrte.

„Was immer geschieht", sagte sie nachdrücklich, „du bleibst reglos liegen."

Ich nickte stumm und hielt meine Aufmerksamkeit auf ihr Gesicht gerichtet.

Im Schneidersitz saß sie dicht an meinem Oberkörper. Ihre Hand streichelte über meine Seite, bis zu meinem sich stark abzeichnenden Ständer. Ihre Berührung fühlte sich wie ein glühendes Eisen an, mit dem sie mich verbrannte.

Ein trauriger Schatten verdüsterte ihre Züge. „Ich werde mir viel zu viel von dir nehmen."

Zenzi schnappte nach Luft.

War das eine Frage? „Ich habe ein Safewort", antwortete ich selbstsicher.

Sie lächelte. „Und wenn ich mich darüber hinwegsetze?"

„Ich vertraue dir", sagte ich leise, „obwohl ich nicht mal deinen Namen kenne." Ich meinte es so, auch wenn sie eine Fremde für mich darstellte. Da war etwas zwischen uns, vom ersten Augenblick an, zwischen ihr, ihm und mir.

„Schließe die Augen."

Ich tat es. Natürlich hatte sie recht, sie könnte das Safewort ignorieren. Spätestens, wenn sie mir wieder Fesseln anlegte. Selbst wenn nicht, ich bildete mir nicht ein gegen die beiden eine Chance zu haben. Nicht, dass ich das überhaupt wollte. Nein. Mein gesamtes Sein, angefüllt mit lang verdrängten Wünschen, lechzte danach mich in ihren Willen fallen zu lassen. Unabhängig von allen Konsequenzen.

Stoff raschelte. Ich spürte ihren Atem dicht am Hals. Ein Kuss traf die leicht schmerzende Stelle dort. „Du willst das wirklich?", flüsterte sie.

„Fang endlich an", warf Zenzi grummelnd ein, „dein Gesäusel erträgt ja keiner."

Deutlicher hätte ich meine Bitte nicht formulieren können. Mein leises Lachen ging in ein gequältes Keuchen über, während sie mir ihre spitzen Fingernägel in die Brust schlug. Der Schmerz zog mir direkt in die Lenden.

Ihre Krallen, die bestimmt wunderschöne rote Spuren hinterließen, glitten bis zum Bund meiner Shorts. „Unser untervögeltes Spielzeug hat eindeutig zu viel an", sagte sie spöttisch und fuhr einmal die gesamte Härte entlang.

Schon die Bezeichnung ließ meinen Schwanz zucken, durch ihre Berührung reckte er sich ihr zusätzlich entgegen.

„Zenzi, du bist dran." Sie griff in den Stoff und zerriss ihn mit einem Ruck.

Während ihr mein steifes Glied entgegensprang, fuhr ich erschrocken zusammen. Diese brutale Kraft mischte Angst in mein Begehren. Würde sie ihn sofort über mich herfallen lassen? Bevor mir meine Zuwiderhandlung bewusst wurde, hatte ich mich aufgerichtet und sah sie an.

Abrupt drehte sie sich zu mir um. Unsere Augen begegneten sich und versanken ineinander. Ich wusste nicht genau, was ich in ihren sah, da sich zu viele Gefühle miteinander stritten. Am Ende gewann eine seltsame Weichheit die Oberhand.

Sie streckte ihre Hand zu meiner Brust aus und drückte mich zurück auf die Matratze. „Liegenbleiben und keine Bewegung", sagte sie leise, „ich denke daran, dass es bei dir lange her ist."

„Danke", erwiderte ich erleichtert. Auf Partys hatte ich schon Frauen wie Männer erlebt, die eine harte Strafe für einen solchen Ungehorsam ausgesprochen hätten. Zum Glück gehörte sie nicht zu denen.

„Und jetzt Gabriel, Augen zu." Ich kniff die Lider zusammen.

„Zenzi!"

Seine Hände glitten von meinen Knien aus bis zum Schlüsselbein. Er nahm sich Zeit, pustete auch mehrfach gegen meine feuchte Eichel. Mit abwechselnd sanften Küssen, Saugern und Bissen verwöhnte er mich, bis ich stöhnte.

„Ich freue mich schon darauf, mich in dich zu versenken", flüsterte er und knabberte an meinem Ohrläppchen. Sofort zuckte mein Schwanz, was sie mit einem Glucksen kommentierte.

Daraufhin stürzte er sich auf meinen Rachen, als würde er ihn wie eine Festung erobern wollen. Ich öffnete mich ihm bereitwillig. Er saugte, unsere Zungen rangen spielerisch. Bisse peinigten meine Lippe, bis ich Blut schmeckte. Gleichzeitig begann sie mich entlang der Innenschenkel zu streicheln und neckisch zu kneifen.

Überall schienen Hände, Finger und Münder zu sein, mal zärtlich, mal hart. Jede Berührung glich einer Versuchung, ihren Befehl zu missachten. Keinen Quadratzentimeter Haut schienen sie auszulassen. Sie waren mal über mir, mal seitlich oder zu meinen Füßen. Ich stöhnte zwischen den zusammengebissenen Zähnen hindurch, zwang mich, ohne zu blinzeln zu verharren.

Einmal flüsterte sie ein Wort, einen Namen, der ähnlich wie meiner klang. Kurzzeitig breitete sich ein unangenehmes Gefühl in mir aus, welches durch ihre geschickt saugenden Lippen auf meinen Brustwarzen schnell verwischt wurde.

Mein Glied berührten sie höchstens beiläufig, obwohl er sich ihnen um Aufmerksamkeit heischend entgegenstreckte. Die schnöde Missachtung ließ ihn noch heftiger pulsieren und der kleinsten Berührung entgegenfiebern.

Ich hatte Schmerzen erwartet, Schläge mit Peitschen aller Art, oder Gerten oder sonstiges. Dieses liebevolle, sehnsüchtige Liebkosen, als wären sie ebenso ausgehungert wie ich, riss mich in einen lustvollen Strudel, wie ich ihn bisher nicht erlebt hatte.

Eine Hand umschloss meinen Schaft, so überraschend, dass ich aufschrie. Ich wollte mehr. Unwillkürlich ließ ich das Becken auf und ab rollen, um durch die Enge zu gleiten.

„Ach, Gabriel", sagte sie dunkel, „so wie du schon wieder leckst und tropfst, wirst du keine Minute mehr durchhalten." In ihren bedauernden Tonfall mischte sich Hohn.

Trotz der Erregung breitete sich ein eiskalter Klumpen in meinem Bauch aus. Pure Enttäuschung, die meiner Härte keinen Einhalt gebot. Im Gegenteil, die Demütigung schärfte sie.

Sie lachte keckernd. „Schau Zenzi, da tropft es schon wieder aus dem kleinen Loch."

Er ließ von mir ab. Gleich darauf spürte ich sie auf je einer Seite von mir sitzen, auf Höhe meines Beckens. „Mmh, ja. Vielleicht sollte ich den Schlauch ein bisschen stopfen."

„Könnte helfen."

Wäre ihr Befehl nicht gewesen, wäre ich zurückgewichen. Verdammt, die beiden machten sich einen Scherz aus meiner unerfüllten Gier. Das Blut, welches unglaublicherweise noch zwischen meinen Beinen Platz fand, wunderte mich, genau wie die offensichtliche Tatsache, dass ich auf dieses Spielchen ansprang.

Die zustechende Zungenspitze an der Eichel ließ mich zischend aufkeuchen. Es kostete mich all meine Kraft, still liegen zu bleiben und ihm nicht die volle Ladung ins Gesicht zu spritzen. Selbst nachdem er von mir abließ, blieb es schwierig. Denn die Vorstellung, dass sie beide neben mir hockten und mich kritisch beäugten, war erschreckend geil.

„Mein lieber Gabriel", sagte sie honigsüß, „du hättest dich mehr in Beherrschung üben sollen. Sieh ihn dir an, Zenzi. Wenn du jetzt in ihn stoßen würdest, würde er sofort kommen."

Der Muskel meines Eingangs zuckte. Ich wollte es. Zu lange war es her, dass ich einen Mann in mir gespürt hatte. Der Gedanke, dass sie dabei zugucken würde, heizte mich an. Ich kippte das Becken, um ihn ohne Worte dazu aufzufordern.

Ein qualvolles Schnippen gegen die pralle Eichel ließ mich aufheulen. Ich schnappte nach Luft, hielt aber gehorsam die Augen geschlossen.

„Mmh", summte er, „ja, da hast du recht. Aber so wollüstig, wie der Kleine ist, steht der bestimmt ziemlich schnell wieder. Auf jeden Fall bevor ich mit ihm fertig bin."

Ich nickte. Am liebsten hätte ich ihr wie ein Hund „Jajaja" entgegengehechelt. Ich hasste die Demütigungen, genauso wie ich es liebte, so behandelt zu werden. Bitte, formten meine Lippen stumm, bitte, fick mich.

„Nein Zenzi, so wird es nicht laufen."

„Verdammt", fluchte er, „meine Eier platzen gleich."

„Ach", stieß sie aus und lachte gehässig.

In diesem Moment begriff ich, dass er, genau wie ich, ein Teil ihres Spiels war. Sie quälte ihn, so wie mich. Auch er stellte eine Marionette an ihren Fäden dar.

„Ich gönne euch beiden eine kleine Pause, damit ihr runterkommt und ein wenig abkühlt."

Ein enttäuschtes Stöhnen entglitt Zenzi und mir gleichzeitig.

Sie lachte dunkel. „Gabriel, du darfst die Augen öffnen und dich bewegen. Trink und iss etwas Traubenzucker. Wenn ich wieder da bin, machen wir weiter."

Noch bevor sich mein Blick geklärt hatte, war sie zur Tür hinaus entschwunden.

In ihrer Abwesenheit bekam ich Gelegenheit mich in dem großen Schlafzimmer umzusehen. Es beinhaltete ein ausladendes Bett mit vier mächtigen Pfosten, auf der sich nur eine Bettdecke befand. Der Raum besaß keine Fenster, dafür ein Oberlicht mit mattem Licht. Der Boden wurde von einem hellen Laminat bedeckt. Kleine Teppiche lagen darauf. Ein sehr breiter Kleiderschrank und eine Kommode boten Stauraum. An einer Wand prangte ein riesiger Fotodruck eines Sonnenaufgangs über dem Meer.

„Komm her und knie dich vor mich", befahl sie sanft. Durch Zenzis Fürsorge gestärkt und sofort wieder steif wie ein Holzpfahl, gehorchte ich ihr. Trotz der Ruhe zitterten meine Glieder ein wenig, während ich mich möglichst elegant vor ihr niederließ. Die Drogen schienen stärker in mir gewütet zu haben, als ich dachte.

Wie ich es bei Lady Jenna gelernt hatte, senkte ich den Kopf, spreizte die Beine etwas und faltete die Hände hinter dem Rücken. Bei der Gelegenheit stachen mir ihre perfekt manikürten Füße ins Auge. Die Zehen forderten mich geradezu auf, an ihnen zu lutschen.

„Wow, der Kleine ist gut abgerichtet", staunte Zenzi.

Stolz breitete sich wie eine warme Welle in meiner Brust aus. Bewegungslos verharrte ich in der unterwürfigen und damit so erregenden Position. Nichts geschah, außer dass sich mein Schwanz weiter verhärtete. Ich hörte nur ihre zunehmend schnelleren Atemzüge. Aufzusehen, wagte ich nicht.

Nach einer gefühlten Ewigkeit legten sich mir ihre Hände auf die Schulter. Die Daumen streichelten meinen Hals. Ich seufzte. Dann ging sie. Eine Schublade wurde geöffnet und wieder geschlossen. Mehrere zusammengelegte Bündel aus flauschig aussehenden Hanfseilen fielen um mich herum zu Boden. Bei näherer Betrachtung bemerkte ich die unterschiedlichen Längen.

Mein Herz hüpfte. Schon das Anlegen der Seile fühlte sich normalerweise an wie ein sinnliches, verheißungsvolles Vorspiel. Besonders liebte ich den sich langsam aufbauenden Druck auf der Haut, welcher in einem unnachgiebigen Halt mündete.

Der erste Lusttropfen seit der kleinen Pause landete lautlos neben einem Seil.

Zenzi gluckste. „Sieh, du scheinst ihm eine Freude zu bereiten."

„Schauen wir mal wie lange die anhält."

Wenn sie mir Angst machen wollte, gelang es ihr nicht.

„Gabriel", sagte sie, „hebe den Kopf an und lege die Hände vorne flach aufeinander, so ähnlich wie zu einem Gebet."

Ich tat es. Mit niedergeschlagenen Augen sah ich zu, wie sie erst meine Handgelenke fest miteinander verband, und dann ein schmales Seil um die aufeinandergepressten Finger schlang. Geschickt prüfte sie die Knoten.

Sie hatte wirklich Ahnung. Denn die Fäuste nicht ballen oder sie in etwas krallen zu können, verstärkte das Gefühl der

Hilflosigkeit um ein Vielfaches. Zu gerne hätte ich ihre Gedanken gelesen, um zu erfahren, was mich erwartete. Alles schien möglich. Die Unwissenheit brachte mein Innerstes zum Flattern.

Nach den ersten Handgriffen trat sie ein Stück von mir weg.

„Wie ein köstlicher Büßer in einer Zelle", schwärmte sie.

Mich wunderte der genießerische Ton in ihrer Stimme. Da es keine Frage war, schwieg ich.

„Bei den prächtigen Aussichten bin ich über das Fehlen des sackartige Gewandes froh", witzelte Zenzi. Die Schritte kamen näher, ich wünschte mir seine Wärme auf der Haut.

„Finger weg", sagte sie barsch. „Hilf ihm lieber beim Aufstehen."

Er grunzte mürrisch, als er mir aufhalf.

„Gut", in ihrem Ton schwang ein Lächeln mit, „du darfst mir assistieren, aber bis ich mit ihm fertig bin, fasst du ihn darüber hinaus nicht an."

Gleich darauf legte sich ein weiteres Seil um meine Oberarme. Sie führte es vor meiner Brust zu den Handgelenken und von dort über den Nacken nach hinten. Dabei schaute ihre feuchtglänzende Zungenspitze zwischen den Lippen hervor.

Ohne ein Wort oder eine Anweisung an Zenzi arbeiteten sie zusammen. Gemeinsam knüpften sie einen Harnisch aus dem weichen Hanfseil, der meinen Oberkörper einschloss. Mit jedem Knoten fühlte ich mich eingeschnürter und hilfloser, obwohl bereits die gefesselten Hände jedwede Gegenwehr sinnlos gemacht hätten.

Nachdem die Frau mit dem Grundgerüst fertig war und mich kritisch beäugt hatte, begann sie mit Zenzis Hilfe zusätzliche Seile einzuarbeiten. Währenddessen gaben sie mir das Gefühl, für sie nicht mehr als ein Objekt zu sein, an dem sie ihre Leidenschaft auslebten – ein Ding, welches sie verpackten, um ihm mehr Ästhetik zu verleihen.

Die ganze Zeit stand mein Schwanz senkrecht von mir ab und streifte manchmal ihre legere Kleidung oder seine weiten Shorts. Sollten sie die gelegentliche Tuchfühlung bemerken, so ließen sie es sich nicht anmerken.

„Bist du gläubig, Gabriel?", fragte sie, als mein Oberkörper bereits in einem dichten Netz eingeflochten war. Ein Umstand, der sie und Zenzi nicht davon abhielt, weiter an mir zu zupfen und zu knoten.

„Nicht wirklich", antwortete ich, bis zum Rand angefüllt mit gespannter Erwartung, „aber meine Eltern sind erschreckend katholisch." Meine sittenstrengen Eltern waren gerade das Letzte, an das ich denken wollte.

Sie gluckste vergnügt hinter meinem Rücken. „Bei deinem Namen dachte ich mir das schon." Ihre Hände glitten von der Seilkonstruktion und umfassten je eine meiner Pobacken. „Glaubst du an Dämonen und Engel, an Vampire, die Kreaturen der Nacht, die dich zu unnatürlicher Wollust verführen?"

Zenzi, der derzeit prüfte, ob zwischen Fesseln und Fleisch noch ausreichend Raum war, um Blut fließen zu lassen, schnurrte. „Oh ja, zur schrecklichen Sodomie."

„Nein", sagte ich mit fester Stimme, „daran glaube ich nicht. Gäbe es sie, gäbe es längst belastbare Beweise."

Ihre Finger ließen von mir ab. Ich glaubte, ein abfälliges Schnauben zu hören. Dann trat sie vor mich, an Zenzis Seite. Beide musterten mich von oben bis unten, während ich hin und wieder einen Blick durch die Wimpern riskierte.

„Ein Meisterwerk", schwärmte Zenzi. Er streckte die Hand aus und strich über die Fesseln. Wie gebannt folgte er dem Verlauf des weichen Hanfes hinunter bis zum letzten Seil um meine Taille. Endlich fuhr er auch tiefer. Ein langgezogener Seufzer entschlüpfte mir, als seine Fingerspitzen über meinen Schaft tippelten und die pralle Eichel streichelten.

Sie holte tief Luft. „Kein Wunder, bei diesem makellosen Körper."

Ihre Worte erfüllten mich mit Stolz. Gerne hätte ich mich für das Kompliment bedankt oder ihr wenigstens ein dankbares Lächeln geschenkt. Doch ich hielt den Kopf gesenkt und harrte dem, was sie mit mir tun würde. Am liebsten hätte ich dem leckenden Schwanz befohlen sich ihr weniger fordernd entgegenzustrecken.

„Darf ich ihn jetzt endlich ficken?", fragte Zenzi. „Meine Eier schmerzen schon seit Stunden."

Ja, dachte ich, bitte. Ich wünschte es mir auch. Dazu ein paar köstliche Schläge, die mich in den Himmel trugen.

Sie lachte. Es wirkte wie das erste Mal aus freier Seele. „Sieh mich an, Gabriel", sagte sie so herrlich boshaft, dass sich meine Eingeweide zusammenzogen. „Möchtest du, dass er dich fickt? Womöglich, während ich dich mit einer fiesen kleinen Gerte bearbeite?"

Konnte sie Gedanken gelesen? Ich schluckte peinlich berührt.

„Ich", begann ich zögerlich und senkte dann den Kopf. Ein weiterer Tropfen leckte von meiner zum Bersten gefüllten Eichel.

Behutsam fasste sie mich unter das Kinn und hob es an. „Ab jetzt, will ich dein Gesicht sehen."

Ich nickte stumm.

Sie ließ mich los. „Sag es!"

„Ich würde es sehr genießen. Beides", ich stockte, „zusammen."

Ihre Augen blitzten über einem raubtierhaften Grinsen. „Wahrlich, ein Masochist."

„Nur zu Erinnerung, ich bin keiner", warf Zenzi ein.

Ihr helles, beißendes Lachen tönte laut durch den Raum. Ich liebte es.

„Gabriel", sagte sie. Ich streckte mich in dem beengten und lustspendenden Gefängnis durch. „Knie dich mittig und hoch aufgerichtet auf das Bett, Gesicht Richtung Fußende. Zenzi, sicher ihn, damit er mir nicht umfällt."

Mit etwas übereifriger Hilfe platzierte ich mich wie gefordert auf der Matratze. Erwartungsfroh blieb Zenzi ein Stück hinter mir sitzen.

„Darf ich unter ihn?", fragte er.

Ohne zu antworten, griff sie hinter sich auf die Kommode und hielt plötzlich eine dünne Gerte in der Hand. Entschlossen und so erotisch, wie ich noch nie zuvor eine Frau empfand, schritt sie zur Bettkante.

„Beine breiter!", befahl sie.

Es zischte in der Luft. Ein scharfer Schmerz auf dem Innenschenkel ließ mich zusammenzucken. Ich keuchte und sah ihr wie befohlen ins Gesicht. Die Schonzeit war offenbar vorbei. Fast entschlüpfte mir ein zufriedenes Seufzen.

Rascher, als ich es in meiner lustvollen Benommenheit mitbekam, stand sie neben mir. „Arsch hoch! Zenzi will dein Loch bewundern." Ein harter Schlag traf meinen Po. „Es darf ruhig brennen in den Oberschenkeln."

Ich gehorchte. Sie würde schon sehen, wie fit ich war. So schnell brannte bei mir nichts.

Etwas Festes schob sich unter mein Kinn. „Mach dich gerade, Gabriel. Oder sind deine Bauchmuskeln nur zur Zierde da?"

Ganz sicher nicht. Aber mit einem gefesselten Oberkörper, der sich nur als kompakte Einheit bewegen ließ, war es nicht so einfach.

„Zenzi, steh auf und stell dich vor das Fußende."

Zwischen raschelnden Stoff hörte ich ihn mürrisch schnauben. Trotzdem gehorchte er.

Die Matratze dellte sich neben mir ein. Dann packte sie mich grob an den Haaren und zwang meinen Kopf von sich weg zum Fußende des Bettes. „Zeig, was du hast, mein Lieber."

Zenzi entledigte sich schwungvoll seiner Shorts.

Ich japste unwillkürlich und merkte, wie sich meine Augen weiteten. Dieser große Schwanz würde mir wehtun, selbst mit der besten Vorbereitung. Bestimmt. Es war zu lange her. Ich konnte mich nicht von den pulsierenden Adern und der feuchten Spitze abwenden. Vorfreude und Furcht kribbelten gleichermaßen in meinen Lenden.

„Mein kleines Spielzeug scheint ein wenig Angst zu bekommen", sagte sie mit einem fiesen Lächeln in der Stimme.

Zenzi lachte. „Wirklich?"

Ich schluckte und hielt mich an dem Befehl fest, nur ihre Fragen beantworten zu dürfen.

„Antworte, Gabriel!"

„Ja", presste ich aus der zugeschnürten Kehle, „es ist schon etwas her."

„Jetzt Zenzi, darfst du dich unter ihn legen. Deine Füße zum Fußende bitte. Gabriel senke den Blick." Sie ließ mich los und ich fixierte das Bett.

Während Zenzi sich unter mir drapierte, begann ich zu zittern. Keine Ahnung, ob es wegen der Erregung oder der ermüdenden Muskeln geschah. Vermutlich Letzteres. Es fing an, in meinen Oberschenkeln zu ziehen, als sein kräftiger Leib meine Beine noch weiter auseinander zwang.

Seine Eichel tippte frohlockend gegen meinen Eingang. Würde ich so, ohne Vorbereitung, auf ihn sinken, wäre es reine Folter. Mit meinem vor Erschöpfung vibrierenden Körper kämpfte ich um Halt, so dass mir Schweißperlen auf der Stirn standen. Lange konnte ich mich nicht mehr über ihm behaupten.

Anders als Lady Jenna damals, traute ich dieser Frau tatsächlich zu, dass sie mir das antat. Die Gewissheit jagte erneut ein paar Tropfen Blut zwischen meine Beine und hob mich in eine mir unbekannte Sphäre aus sehnsüchtigem Verlangen. Trotzdem suchte ich flehend ihr Gesicht.

Ihre Augen glitzerten. Ihr ohnehin von einem Grinsen verzogener Mund wurde noch breiter, als sich unsere Blicke begegneten. Geradeso, als hätte sie auf meinen stummen Hilfeschrei gewartet.

Sie reichte Zenzi eine Flasche Gleitmittel. „Bereite ihn vor. Ausführlich, bis ich dir mehr erlaube", sagte sie.

Ich atmete erleichtert auf.

Es klickte. Dann rieb Haut aufeinander. Zwei starke Hände drückten und kneteten meine Pobacken, was wenigstens etwas meine Beine entlastete.

„Hach", rief Zenzi aus, „was für ein prachtvoller Arsch."

Feuchte Finger fuhren in meiner Spalte hoch und runter. Kurz darauf stieß Zenzi sanft in mich. Dieses glitschige Gefühl, samt der saugenden Geräusche, ließ mich lustvoll aufstöhnen. Zu lange hatte ich darauf verzichtet.

Die Finger, mal einer, mal zwei, drangen tiefer und härter in mich. Die andere Hand schob sich zwischen meinen Schenkeln hindurch und begann meine Eier zu massieren.

Da ich fast auf dem Arm sitzen konnte, nahm es den brennenden Druck aus meinen Oberschenkeln. Ich schloss die Lider und genoss die Zuwendung, die Fesseln und die Vorfreude, ihn bald in mir zu spüren. Die Furcht war verflogen, ich seufzte im Takt seiner Bewegungen.

„Zenzi halt. Gabriel", sagte sie leise. „Gabriel!", wiederholte sie, als ich nicht reagierte. Ich schlug die Augen auf und sah sie an. Wie benommen erkannte ich, dass sie sich einen Stuhl am Fußende des Bettes zurecht geschoben hatte. Mit übereinandergeschlagenen Beinen sah sie uns zu.

„Mach dich mal ein bisschen gerade, Gabriel."

Ich streckte den nach vorne gesunkenen Oberkörper durch. Ein schmerzhafter Blitz fuhr in meine überlasteten Beinmuskeln. Um nicht zu schreien, presste ich die Lippen aufeinander.

„Ab jetzt wirst du mich ansehen, Gabriel."

Ich nickte und wusste nicht, wie das möglich sein sollte. Da ich die volle Konzentration schon brauchte, um das Fickverbot einzuhalten. Durch die aufrechtere Position fiel nun auch Zenzis stützender Arm als Hilfe weg. Meine Oberschenkel zitterten. Die verlockende feuchte Spitze drückte gegen meinen Eingang.

„Bitte", flehte ich, „ich habe keine Kraft mehr."

Sie antwortete nicht mit Worten. Nur ihre lüsterne Miene zeigte deutlich, wie sehr sie meinen aussichtslosen Kampf genoss. Aus den dunklen Augen troffen Gier und Verlangen.

Mein bebender Körper gab langsam nach. Der zuckende, von Sehnsucht erfüllte Muskel, den ich anspannte, um ihr zu gehorchen, schien der einzige Widerstand zu sein, der noch hielt. Auch er brach. Zenzis Eichel dehnte mich und spießte mich Millimeter für Millimeter auf.

„Ist das geil", jaulte Zenzi unter mir. „Gott, Junge, wo warst du die letzten Jahrhunderte?"

Ich wollte es auch. Nach so langer Zeit, wollte ich mich von ihm besitzen lassen. Nur ihr Befehl und ihr zwingender Blick, die mich stärker banden, als jede Fessel, hielten mich davon ab, mich lustvoll fallen zu lassen. Ich kämpfte weiter gegen die eigene Schwäche, gegen das unkontrollierbare Beben, bis mir die Tränen über die Wangen liefen.

„Zenzi, halt ihn fest!"

Feuchte Hände packten sofort meine Hüfte, nahmen mir den schmerzhaften Druck aus den Beinen.

Ihre braunen Iriden schienen zu glühen. „Flehe mich an", säuselte sie und lächelte.

„Bitte, ich will ihn fühlen", rief Zenzi lauthals.

Belustigung blitzte in ihren Augen. „Dich meinte ich nicht."

„Bitte, bitte", sagte ich kehlig, „bitte, ich flehe dich an."

„Um was?"

Zenzi knurrte. Ich stöhnte. Seine Eichel steckte schon zur Hälfte in mir und dehnte mich ziehend. Jede kleine Bewegung löste einen Lustimpuls in mir aus. Ich wollte ihn endlich in mir haben, den süßen Schmerz spüren.

„Er soll mich ficken. Bitte."

„Wie lautet dein Safewort, Gabriel?"

„Was?" Die Worte wirkten wie ein kalter Wasserguss.

„Sag es!"

„Sonnenblume."

„Fick ihn, Zenzi."

Er packte mich und zog mich tiefer. Da ich die verbliebene Kraft brauchte, um mich aufrecht zu halten und nicht vorne über zu sinken, bestimmte er allein die Geschwindigkeit. Er machte es so quälend langsam, dass ich japsend um mehr flehte. Stück für Stück füllte er mich aus, so groß und hart, dass ich nichts außer dem schiebenden Glied wahrnahm.

Zenzi riss sich zusammen, behielt das Tempo bei. Zweifellos, um mir nicht wehzutun. Etwas, das mir in meinem Lustlevel vollkommen egal war. Ich blinzelte, keuchte und schwankte zwischen seinen Händen. Nach einer lustvollen Ewigkeit traf mein Po auf sein Becken.

Danach begann Zenzi mit einem behutsamen Wechselspiel von hoch und runter. Sanft wippend bewegte er sich in mir, berührte geschickt meine empfindliche Stelle. Gefesselt und gleichzeitig ohne Kraft in den Oberschenkeln, gebrauchte er meinen Körper nach seinen Wünschen.

Wann immer ich die Lider öffnete, sah ich in ihre Augen, die mein Verlangen spiegelten. Ihn in mir zu fühlen mit ihren Blicken auf mir, ohne die geringste Möglichkeit etwas zu beeinflussen, war unendlich erregend. Nie zuvor, trotz all der Erfahrung, fühlte ich mich derart ausgeliefert und benutzt wie jetzt. Nie war es so geil. Lusttropfen leckten an meinem prallen Ständer hinunter.

Alles war perfekt. Selbst in den kühnsten Träumen hatte ich nicht gewagt, mir eine solche Session auszumalen. Von Lust und tiefen Frieden erfüllt, ließ ich mich fallen. Der Höhepunkt kündigte sich mir in ziehenden Wellen an. Ich wollte mich in dem Zucken und Stöhnen von Zenzi und mir auflösen.

Ein scharfer Schmerz biss mich in den Oberschenkel. Er schleuderte mich aus dem Hoch. Ich schrie. Zenzi ließ mich vor Schreck ein kleines Stück auf sich niedersausen. Erschrocken riss ich die Augen auf, schnappte gleichzeitig nach Luft.

Sie stand vor mir. Schweißperlen glänzten auf ihrer Haut. Ihr bleicher Teint hatte etwas Farbe bekommen. Mit der Gerte am ausgestreckten Arm strich sie mir lächelnd eine Strähne aus der Stirn. Langsam stieg sie auf das Bett zwischen Zenzis Beine und setzte sich vor mich.

„Gabriel", sagte sie so messerscharf artikuliert, dass mir ein kalter Schauer über den Rücken lief, „du bist hier zu meinem Vergnügen. Ich befahl dir, mich anzusehen, was du nicht getan hast. Außerdem habe ich dir ausreichend Erfahrung unterstellt, um zu wissen, dass du nur mit meiner Erlaubnis kommen darfst."

Ich nickte hastig, wappnete mich für die Konsequenzen.

Ein weiterer Schlag verfehlte meinen Schwanz um Haaresbreite, traf aber den Oberschenkel. Der Nächste folterte die empfindliche Eichel. Schmerzen durchzuckten mich, so stark, dass mich die Kraft verließ und ich nach vorne sackte.

Blitzschnell packte sie meine Kehle. Während sie mir den Atem abdrückte, schob sie mich in die aufrechte Position zurück. Nachdem sie von mir abließ und ihre Finger in das Seilgeflecht auf meiner Brust verkrallte, japste ich nach Luft.

Auf die Hüfte trafen mich je Seite vier Schläge, die deutlich über meiner Schmerzgrenze lagen.

„Zenzi, bisher war es zwar schön anzusehen, aber du hast mehr unserem Spielzeug gedient, als dir oder mir." Die Spitze der Gerte tippte leicht gegen meinen Schaft. Innerlich flehte ich, dass sie nicht noch einmal zuschlug. „Mach es ihm doch bitte wesentlich ungemütlicher. Und Zenzi, da du gerade versagt hast, kommst auch du erst, wenn ich es dir erlaube."

Er grunzte missmutig, widersprach jedoch nicht. Vermutlich wäre er eben genauso gerne gekommen, wie ich. Da nichts seine Erregung gedämpft hatte, würde alles Kommende für ihn pure Folter bedeuten.

Mit seinen starken Armen hob er mich ruckartig hoch und hielt mich über seiner mich frech antippenden Spitze. Ich vermisste die lustvolle Dehnung und Fülle augenblicklich, seufzte sehnsüchtig.

Das hämische Haifischlächeln in ihrem Gesicht machte mir auf eine erschreckend aufregende Weise Angst. Abwarten, schien es mir zuzurufen. Die Unwissenheit darüber, was mich erwartete, trieb meinen Ständer zu neuer Härte.

Unvermittelt, ohne mich abzufedern, ließ mich Zenzi fallen und pfählte mich. Ich kniff die Augen zusammen und keuchte. Der Übergriff tat weh, unabhängig davon, wie sehr ich das noch einmal wollte.

„Gabriel", sagte sie kühl, „Sieh mich an."

Gott, war diese Frau scharf.

„Nochmal!"

Zenzi gehorchte. Beim Aufklatschen legte ich den Kopf in den Nacken. Obwohl ich um den Blickkontakt kämpfte, schaffte ich ihn nicht.

„Nochmal", forderte sie. Dabei griff sie an mein Kinn, um mich in Position zu halten.

Zenzi, der unter mir fluchte, ließ mich erneut fallen. Es war zu viel.

„Wie lautet dein Safewort, Gabriel?", fragte sie.

„Sonnenblume", presste ich zwischen hechelnden Lauten heraus.

„Zenzi, hebe ihn hoch und halte ihn knapp über dir."

Der Mann tat, was sie verlangte. Keine Ahnung, wo er die Kraft hernahm, mich wie eine ausgehöhlte Puppe zu bewegen. Ein Leichtgewicht war ich nicht.

Während nur noch seine Spitze in mir steckte, griff die Frau in die Tasche ihrer Schlabberhose. Sofort enthüllte sie den Inhalt ihrer Hände. Wäre ich dazu in der Lage gewesen, wäre ich beim Anblick der Krokodilklemmen zurückgewichen. So blieb mir nur ein ungläubiges Keuchen.

Sichtlich genüsslich weidete sie sich an meiner Reaktion. Dann zog sie meine, sich zu festen Kugeln zusammengezogenen, Nippel vor und setzte die Klammern an. Sie bissen so brutal zu, wie ich sie in Erinnerung hatte.

Zu meinem Entsetzen zog sie die Schrauben an und betrachtete mich lauernd. Erst als ich aufjaulte und mir Tränen in die Augen schossen, nickte sie zufrieden.

Nachdem sie ihren Kopf schief legte, wie jemand der eine Ware taxierte, griff sie in die andere Hosentasche. Die herausbeförderte Kette befestigte sie zwischen den Klemmen. Boshaft grinsend zog sie daran, bis sich mein qualvolles Wimmern in einem Schrei entlud. Als Antwort hing sie noch ein Gewicht in das mittige Kettenglied ein.

Ihre Hand umfasste meinen Schwanz, wo sie mit dem Daumen die aus mir sickernden Lusttropfen verrieb. „Ich wusste, es gefällt dir", sagte sie versonnen, fast schon verwundert. „Du magst es heftig."

Ja, dachte ich still, besonders ihre Gnadenlosigkeit machte mich an. Dieses nie wissen können, was mich erwartete und wie weit sie gehen würde. Und das, obwohl ich Schmerzen trotzdem als Schmerzen wahrnahm. Nur, dass sie mich zusammen mit der Qual erregten und höher trugen.

„Zenzi", äußerte sie wie beiläufig, „sei so gut und nimm ihn hart ran."

Er folgte ihrem Befehl. Mit den Pranken um meine Hüften war es nicht annähernd so krass wie eben. Doch die Stimulation an den Nippeln hielt das Schmerzlevel hoch und steigerte meine hochkochende Lust. Gemeinsam stöhnten Zenzi und ich im Takt, wenn er tief in mich eindrang. Trotzdem gelang es mir, mich aufrecht und den Blick gehorsam auf ihr Gesicht zu halten.

„Brav, Gabriel", frohlockte die Frau und tätschelte meine Wange. „Zenzi, schonst du eigentlich ihn oder dich? Ich sagte, du sollst ihn hart ficken und nicht liebevoll kitzeln."

„Fuck", fluchte Zenzi und grunzte misstönend. Wie ertrug er nur diese Tortur? Auch er müsste zum Bersten gefüllt sein, zumindest dem Gefühl nach.

Ich erwartete, dass er ihr eine Beleidigung entgegen schmetterte. Stattdessen zog er das Tempo an. Immer wieder hob er mich hoch und ließ mich fast ohne Stütze auf sich fallen. Obwohl er mich gnadenlos pfählte, traf er zielsicher die empfindliche Stelle in mir. Ich stöhnte und stieß abgehackte Schreie aus, die ihr, dem Gesichtsausdruck zur Folge, sehr gefielen.

Das wippende Gewicht an der Nippelkette jagte zusätzlich Schmerzimpulse durch meinen Körper. Es dauerte nicht lang, bis ich die Konzentration auf sie verlor. Ich bebte, japste und fühlte den verbotenen Orgasmus in mir heranrollen.

„Bitte. Ich kann nicht mehr", keuchte ich.

Zenzi zögerte. Er hob mich hoch, so dass seine Fülle fast aus mir verschwand.

„Mach weiter", donnerte die Frau, „das war kein Safewort."

Wieder rutschte ich mit Wucht an Zenzis harten Schwanz hinunter. Gleich würde ich explodieren. Ich spürte es, die Ladung war bereit aus mir herauszuschießen. Sie würde direkt die Frau treffen, die ich damit enttäuschen würde. Der qualvolle Schmerz der Beherrschung und die Angst vor ihrer Verachtung brauten sich in mir zu einem unaufhaltsamen Sturm zusammen.

„Sieh mich an, Gabriel!"

Die Stimme schnitt durch meine lustverhangene Welt. Ich tat es. Blinzelte. Dann fühlte ich einen höllischen Schmerz an der Brust, wo sie heftig an dem Gewicht der Kette zog. Mein langgezogener Schrei kam tief aus dem Bauch. Tränen schossen mir in die Augen. Die Lust kühlte nur minimal ab.

„Weiter, Zenzi", befahl sie, „fick ihn. Und du, sieh mich an!"

Gezogen durch mein Eigengewicht fiel ich wieder auf den Schwanz, welcher bis zum Anschlag in mich eindrang. Ich wimmerte. Der Druck auf meine Eier und meinen prallen Ständer war schrecklich. Mein letzter Rest Verstand drehte sich darum, nicht zu kommen und sie anzublicken.

Gnadenlos ging es hoch und runter. Rotz und Wasser flossen mir über das Gesicht. Einmal kippte ich nach vorne. Sofort fing sie mich auf und schubste mich zurück. Zenzi setzte seine Hände danach etwas höher an.

„Bitte", flehte ich, „bitte. Jetzt." Ich kämpfte gegen meinen Körper, der sich entladen wollte. Ich wand mich und konnte doch nichts machen, als mich hilflos bewegen zu lassen. Ich schien mich in meinen eigenen Lauten aufzulösen, bis nichts mehr von mir übrig war, was ich ihr nicht vollkommen überließ.

„Halt", sagte sie, als ich erneut zu bersten drohte.

Zenzi hob meinen kraftlos zitternden Körper, der nicht mehr wusste wohin mit der Lust, an. Außer Atem japste ich nach Luft.

Ich hatte wieder vergessen, sie anzusehen, fiel mir siedend heiß ein. Würde sie mich dafür bestrafen, in dem sie alles beendete? Ich riskierte einen Blick in ihr Gesicht.

Sie grinste lüstern. Dieses Glitzern in ihren Augen machte mir Angst. Im Augenwinkel sah ich ihre Finger zu den Klemmen greifen. Ich wusste, was es bedeutete. Zum ersten Mal kam mir das Safewort in den Sinn, um sie aufzuhalten.

„Stillhalten!", befahl sie. Dann fasste sie in das Seilgeflecht und erlöste einen meiner Nippel.

Das Blut schoss in die empfindlichen Zellen zurück. Brutaler Schmerz durchzuckte mich, riss alles mit sich fort. Ich brüllte, atmete den Reiz weg. Sie hielt mich.

„Nun die Zweite", sagte sie lächelnd und streichelte mir über die Haare. „Du machst das gut. Ich bin stolz auf dich."

Ihre Worte wärmten mein Innerstes. Doch wenn es die Möglichkeit gäbe, dem Schmerz mit einem Safewort zu entkommen, hätte ich sie genutzt. So kniff ich nur die Lippen zusammen und bereitete mich auf die Hölle vor.

Sie tat es schnell. Ich brüllte, wäre gekippt, wenn sie mich nicht gehalten hätte. Sternchen tanzten mir vor den Augen. Ein sanfter Klaps traf meine Wange. Ich kämpfte darum, ihr Gesicht zu sehen, welches sich mit Anerkennung und Wertschätzung füllte.

„Gabriel? Möchtest du dein Safewort benutzen?"

Mein Blick klärte sich. „Es geht schon", sagte ich und sah an mir hinunter. Mein Ständer streckte sich ihr zwar noch entgegen, aber ich war weit davon entfernt zu kommen.

Sie nickte zufrieden. „Zenzi, winkle die Beine an. Wenn ich jetzt sage, dann dringst du tief in ihn ein."

Ich keuchte. Instinktiv mobilisierte ich die letzten Kräfte in den Oberschenkeln, um mich oben zu halten. Eine weitere Runde würde ich nicht überstehen.

Sie grinste kopfschüttelnd. Mit dem Zeigefinger wischte sie mir den Schweiß von der Stirn. „Du bist wundervoll", sagte sie und hauchte mir den ersten Kuss seit dem einen in der Bar auf die Lippen.

Ich öffnete mich ihr. Meine Zungenspitze fuhr über ihre Haut.

„Später", versprach sie. Ihre Augen strahlten eine Wärme aus, die ich bisher nicht in ihr vermutet hatte. „Zenzi, jetzt. Aber sanft."

Ich jaulte auf, als er ihren Befehl befolgte. Ich spürte ein fieses Brennen, während er sehr behutsam in mich eindrang. Auch Zenzi keuchte. Ein Wunder, dass er es bis hierher ausgehalten hatte.

„Entspann dich, Gabriel", flüsterte sie. Dann legte sie ihre Hände um meine Schultern und drückte mich nach hinten. Zenzi zog mich zu sich heran. Außerhalb meines Sichtfeldes stieg sie vom Bett.

Gleichzeitig ließ ich mich auf die breite Brust des Mannes fallen. Seine Haare kitzelten mir den Rücken. Der veränderte Winkel seines Glieds drückte sich noch enger an meine erregende Stelle, ohne dass er sich überhaupt bewegen musste. Meine Oberschenkel wurden überdehnt. Doch der Schmerz fügte sich nur nahtlos in den anderen.

Erst in dem Moment, in dem sie meinen überreizten Schwanz packte, begriff ich, was sie vorhatte. Ungläubig sah ich zu, wie sich ihr entblößter Leib auf mich senkte. Trotz meines erschöpften, malträtierten Körpers seufzte ich wohlig, als ich von ihrer überfließenden Feuchtigkeit umfangen wurde. Ich hoffte, ihr einen angemessenen Empfang zu bereiten.

Sie wippte auf mir. Zenzi, der ein extrem erfahrener Sexgott sein musste, hob uns beide mit schier unmenschlicher Kraft an. Auch er begann das Spiel von neuem, nur wesentlich sanfter als zuvor.

Zwischen den beiden Körpern löste ich mich auf. Sie schoben, hoben und senkten mich, wie es ihnen gefiel. Ich wurde endgültig zu einem Spielzeug, welches allein ihrer Lust diente. Denn alles an was ich dachte, war die Beherrschung, die ich halten musste, um ihr zu Willen zu sein.

Zenzi zwirbelte meine überempfindlichen Nippel, während ihre Brüste vor mir auf- und abhüpften. Sein Stöhnen im Ohr, das Saugen am Hals, dazu ihre Krallen, die sich neben den Fesseln in meine Haut bohrten, zerrten an mir. Schmerzen, so süß, so mitreißend, so tosend in meinem Inneren.

Vibrationen durchströmten plötzlich meinen Unterkörper, von dort, wo sie sich zusätzlich stimulierte. Ich hörte ihr zunehmendes Jauchzen tief aus der Kehle.

„Du darfst kommen, Gabriel", stöhnte sie, „du auch Zenzi."

Der Mann stieß einen erleichterten Schrei aus, der mich erahnen ließ, wie sehr er litt. Schlagartig erkannte ich, wie sehr sie uns beide mit unserer Lust gefoltert hatte. Obwohl es sein Schwanz war, der mich quälte, seine Hände, die mich erbarmungslos hoben und senkten, fühlte ich mich ihm verbunden. In diesem geilen, so perfiden Spiel, standen wir auf derselben Seite – unterworfen von ihr und ihrem Willen.

Indessen Zenzi sich wieder schneller in mich schob und sie mich als Werkzeug benutzte, löste jede Bewegung Schmerzen aus. Aber es war egal, denn sie verwandelten sich in die eine, so drängend von mir ersehnte Leidenschaft. Die Lust war so durchdringend und umfassend, wie noch nie zuvor in meinem Leben. Ich gab mich hin: ihm, und vor allem ihr.

Zenzi kam zuerst. Er hielt mich eine Handbreit über seinem Becken und jagte nur noch sich selbst in mich. Wild schreiend pumpte er seine Ladung tief in mich hinein. Der glitschige Saft verteilte sich zwischen uns.

Da ich danach eng auf ihn gepresst zu liegen kam, blieb sein, selbst im schlaffen Zustand, großer Schwanz in mir und zwängte meinen Eingang auseinander.

Kaum gab sich Zenzi der Erschöpfung hin, beugte sie sich zu mir hinunter. Ihr stürmischer Kuss stach direkt in mein Herz. Die Muskeln um meinen Ständer zog sie bewusst enger. Immer wieder und schneller.

Es war endgültig zu viel. Der Orgasmus, der schon mehrfach sein Recht verlangte, kündigte sich mit dunklen Wellen an. Ich zuckte und wiegte mein Becken unkontrolliert unter ihr. Lüstern lachend richtete sie sich auf, um mich wild zu reiten.

Wir explodierten gemeinsam.

Ich unterschied nicht mehr, wer von uns beiden schrie und wessen Zucken gerade unsere Körper durchlief. Mit einer schmerzhaften Erleichterung, die ich so umfassend noch nie gefühlt hatte, ergoss ich mich in ihre Enge.

In Glück und Erfüllung aufgelöst, gleichzeitig wund und mit der Kraft am Ende ruhte ich auf Zenzi. Ihre verschwitzten Leiber auf und unter mir hielten mich, gaben mir Wärme. Ihre Nachbeben durchdrangen mich. Jeder schien bei sich und doch teilten wir die gleiche intensive Nähe. Obwohl ich mich vollkommen leer und ausgepumpt fühlte, hätte ich nicht glücklicher sein können. Wenn ich die Wahl hätte, würde ich für immer zwischen ihnen bleiben.

„Gabriel?", hauchte sie. Wir schauten uns an. Ich fragte mich, ob ich ebenfalls so strahlend aussah wie sie.

Zenzi hob die Arme und legte sie um uns beide herum. „Das war der geilste Sex meines Lebens", sagte er und klang beschwingt und ausgelaugt.

„Für mich auch", gestand ich. Mit dem Abklingen der Lust spürte ich, wie die Erschöpfung nach mir krallte. Bewusst hielt ich die Augen offen, die mir zuzufallen drohten.

Sie stützte sich mit dem Ellenbogen auf den gespannten Seilen ab. Ihr Daumen strich über meine linke Augenbraue, dann über meine Lippen. „Du bist unglaublich, Gabriel."

Schwang da Trauer in ihrem Tonfall mit? Oder Bedauern? Nein, nach dem Sex musste es Einbildung sein.

Wehmütig betrachtete ich Gabriel. In vollkommener Erschöpfung sah er genauso schön aus, wie in Leid, Hingabe und Lust. Die schweißverklebten Haare und die abklingende Röte auf seiner olivfarbenen Haut machten ihn sogar noch begehrenswerter. Ich streichelte ihm über die Wange. Er blinzelte mich selbstvergessen an und zeigte ein erschöpftes, glücksverschleiertes Lächeln.

Ich hatte nicht darauf verzichten können ihn so zu sehen. Dieses vollendete Gesicht und dieser Körper, der sich von mir wie ein perfekt auf mich abgestimmtes Instrument spielen ließ. Ich küsste ihn, obwohl ich mir eigentlich den Hals vornehmen wollte. Wieder reagierte er auf mich, als hätte er ein Leben lang sehnsüchtig auf mich gewartet.

Dieser Kuss, genau wie der von vorhin, war Wahnsinn. Denn ich tat es nicht zielgerichtet, um ihn zu locken oder in Sicherheit zu wiegen oder um meine Rolle zu spielen. Nein, ich berührte seine Lippen, weil ich es mir wünschte zu wissen, wie sie sich anfühlten. Ich hätte es nicht tun dürfen, genauso wie alles andere. Das machte es nur noch schwerer.

Ich löste mich von ihm und glitt mit dem Zeigefinger auf die hart pochende Schlagader an seinem Hals. Die Spuren von Blut in seinem Mund und die geheilte Bisswunde hatten es mir angezeigt: Gabriels Leib hatte sich vom Gift gereinigt. Süß und köstlich lief die Nahrung durch die Adern meiner besonderen Beute.

Bisher wirkte die Erfüllung nach und ich konnte mich zusammenreißen, aber das würde sich bald ändern. Schon jetzt drang der wieder aufkeimende Durst durch die wohlige Schwere in mir. Es wurde Zeit.

Gabriels mattes Lächeln stach mir in die Brust. Er erinnerte mich an einen satten, schnurrenden Kater, der sich zufrieden auf meinem Schoß zusammenrollen wollte. Ein wundervolles Geschöpf, welches mir vertraute. Sein Tod würde mir auf ewig das Herz brechen.

Aber der Hunger kannte keine Gnade – so war es bisher und so würde es immer bleiben.

Es hatte mich selbst überrascht, wie sehr er im Angesicht von Gabriels Lust am Spiel um Schmerz und Hingabe verblasste. In dem Moment, als ich die Männer heimlich beobachtete, wandelte sich mein Verlangen nach Blut in ein gänzlich anderes. Ich wollte endlich wieder erleben, was ich so lange vermisst hatte – eine richtige Session, mit allem, was dazu gehörte. Anfangs stellte ich mir noch Giglios Gesicht über dem von Gabriel vor.

Als ich die Befehle gab und beide prompt gehorchten, erfüllte mich pures Glück über die Macht, die sie mir zusprachen. Insbesondere durch Gabriels stolze Unterwerfung packte mich ein Begehren, welches den brennenden Instinkt vollends verdrängte.

Dafür, dass mich Zenzi reingelegt hatte, in dem er über Gabriel herfiel, hatte ich ihn ebenfalls leiden lassen. Seltsam war es trotzdem. Woher wusste er, dass sich ein dämpfender Balsam auf den Hunger legen konnte? Einer, der sogar in der Pause, in der Gabriel schlief, vorhielt.

Doch ich machte mir nichts vor, der Hunger würde wiederkommen. In der gleichen Gier, die alles auffraß, bis

Gabriels Leben endete. Aber noch nicht, noch blieb mir Zeit zum Genuss.

Ich erhob mich von den beiden Männern. Mit meiner Hilfe glitt Gabriel, der rundum von Schweiß und Körperflüssigkeiten glitschig war, von Zenzi. Der Duft von Sex breitete sich intensiver im Raum aus. Es roch so dreckig und schwül, wie es sein musste.

Mein Lebensgefährte legte sich auf die Seite und kuschelte sich an Gabriel. Er versenkte seine Nase in das dichte schwarze Haar und umfasste ihn besitzergreifend mit einem Arm.

Auch ich tat es ihm gleich und quetschte mich auf die Bettkante an Gabriels andere Seite. Keiner von uns sprach. Diese Ruhe nach dem Sturm und die Überflüssigkeit jedes Wortes im Zustand der Erfüllung, empfand ich als die absolute Krönung einer Session. Ich hätte mir das um keinen Preis nehmen lassen wollen.

Die Minuten verstrichen. Ich genoss die Wärme des menschlichen Körpers an mir, der tief ein- und ausatmete. „Gabriel", sagte ich in sein Ohr. Ich war viel zu nahe an dem verlockenden Pulsieren des Blutes.

Er zuckte zusammen und riss die Augen auf. Kurz darauf schreckte auch Zenzi hoch. Ich sah beiden Männern die Erschöpfung an. Das Wissen, dass ich dafür verantwortlich war, machte es mir unmöglich, das Lächeln zu verbannen.

„Gabriel", sagte ich erneut, „ich werde dir jetzt die Fesseln abnehmen."

Er nickte schwerfällig.

„Zenzi, hilf mir, ihn aufzurichten."

Gemeinsam hoben wir Gabriel, der schmerzerfüllt ächzte, auf die Knie. Nur mit Hilfe konnte er sich halten, er blinzelte.

Ich begann die Knoten zu lösen. Behutsam streichelte ich ihn bei jeder Gelegenheit. Meinem früheren Ritual folgend, ließ ich dabei die Session vor dem inneren Auge ablaufen.

Anfangs kämpfte ich darum Giglios Gesicht vor mir zu sehen, selbst wenn ich mit Gabriel redete. Doch dann, als ich die von Zenzi hervorgekitzelte Lust in dem jungen Mann bemerkte, wuchs mein Interesse. Ich wollte bald nichts anderes, als jede von Gabriels Facetten zu genießen. Ihn wollte ich spüren, in seinen Genuss und seine überbordende Entzückung abtauchen.

Und dann schaffte es Gabriel, mich zu beeindrucken, als er sich formvollendet vor mir hinkniete. Erst da wurde mir die umfassende Erfahrung bewusst, über die er verfügen musste. Außer ihn anzustarren, konnte ich einen Augenblick lang nichts tun.

Eine Session war für mich wie ein Fluss. Ich machte mir einen groben Plan über das, was ich tun wollte und folgte dem im Großen und Ganzen. Details ergaben sich dann spontan im Spiel. Mit Giglio, mit dem ich meine Leidenschaft im gegenseitigen Einvernehmen wiederentdeckte, funktionierte es so jahrelang erfolgreich.

Doch Gabriels selbstbewusst, devotes Verhalten und sein Verlangen nach echtem Schmerz stellten alles auf den Kopf. Er änderte meine Pläne, ohne sich dessen bewusst zu sein. So etwas hatte ich weder bei Giglio noch bei anderen oberflächlichen Spielereien nach ihm je erlebt - freiwillig hatte sich auch im Mittelalter keiner zur Folter gemeldet. Ich erkannte die ungeahnten Möglichkeiten, die sich mir eröffneten.

Mit Gabriel konnte ich weiter und tiefer gehen, als ich je wieder erwartet hätte.

Besonders fiel mir der Unterschied zwischen den beiden Männern auf, als ich die Krokodilklemmen hervorholte. Diese Dinger hatte ich für Giglio gekauft. Beim ersten Anblick war er so erschrocken, dass ich sie weglegte, aber es aus einem seltsamen Gefühl heraus nie schaffte, sie wegzuschmeißen. Mehr als Wäscheklammern waren bei Giglio nicht drin gewesen. Außerdem hätte er nach dem ersten harten Schlag sein Safewort verwendet.

Bei Gabriel dagegen wirkte alles so natürlich und ungezwungen, als läge es in seinem Sein vergraben, sich mir zu unterwerfen.

Ich schüttelte den Kopf. Durch die Erfahrungen mit Gabriel wirkte das Vergangene, meine gesamten Erinnerungen an Giglio, blass. So als ob ich mir etwas eingebildet hätte, was nie wirklich da gewesen war.

Wie konnte das nur geschehen? Verärgert zupfte ich härter an einem Knoten, als ich es tun müsste. Zenzi warf mir einen fragenden Blick zu, den ich mit einem Schulterzucken abtat.

Neben meinem Missmut beunruhigte mir noch etwas, ein Gefühl, welches ich nie erwartet hätte: Eifersucht. Auf diejenigen, die früher mit Gabriel spielen durften, die ebenfalls sein Gesicht in der Ekstase und im wollüstigen Schmerz erblickt hatten.

Wenn ich die Wahl hätte, würde ich Gabriel nicht töten. Ein Gedanke, der schmerzte, aber nun mal der Wahrheit entsprach. Wäre der Hunger nicht, würde ich ihn an mich ziehen, um ihn nie wieder loszulassen. Denn eines wusste ich bereits, er war mein Gegenstück - so wundervoll, leidensfähig, voller Lust und Neugierde.

Flossen mir gerade Tränen über die Wange?

„Was ist?", fragte Gabriel leise, während Zenzi mich trübsinnig anschaute.

„Nichts", schniefte ich, „es war einfach nur schön." Die Wahrheit, zumindest ein Teil davon. Es war schöner als mit ... nein, ich wollte nicht daran denken.

Entschlossen begann ich die letzten Knoten zu lösen. Die Seile klatschten auf den Boden.

„Ich würde sie gerne weiter tragen", sagte Gabriel in dem verwaschenen Ton tiefer Erschöpfung, „es war so lange her."

Für mich auch, hätte ich am liebsten herausgeschrien. Ich streichelte seine Haare, spürte den Wunsch, es öfter zu tun.

„Die Durchblutung muss wieder angeregt werden."

Die roten Abdrücke der Seile auf seiner ebenmäßigen, olivfarbenen Haut gefielen mir ausgesprochen gut. Wieso verblassten sie so schnell? Ich wollte neue Abdrücke auf ihm hinterlassen. Immer wieder und wieder wollte ich meine Leidenschaft und Ideen an ihm ausleben.

Wie hypnotisiert beobachtete ich Gabriel dabei, wie er die Spuren betrachtete, wie seine Miene Stolz und Dankbarkeit ausstrahlte. Er fuhr sich selbst mit den Fingern über die roten Punkte, die sich wie eingedrückte Perlenschnüre über seine Haut zogen. „Schön", murmelte er, „schade, dass sie so schnell verblassen."

Zenzi ließ es sich nicht nehmen, Gabriel ebenfalls zu streicheln. Er betastete die tiefroten Striemen an der Hüfte. „Von denen wirst du noch ein bisschen was haben."

„Zum Glück." Gabriels Lächeln war müde und trotzdem entwaffnend.

Wie gerne hätte ich ihn umarmt, aber ich traute mich nicht. Denn ich bemerkte, wie der dunkle Hunger sich unter den abbauenden Endorphinen hervorwagte. Wie ein Schatten kroch er unter einem Bett hervor, um mich hinterrücks zu überfallen.

„Könnte ich etwas Wasser haben?", fragte Gabriel. „Ich habe riesigen Durst."

Ich auch, dachte ich bei mir. Diesen Mann zu töten, würde das Schwerste sein, was ich je in meinem Leben tun würde. Das Geringste, was ich für ihn tun konnte, war ihn schmerzlos umzubringen. Bald, so lange der Hunger noch nicht so stark war, dass er mich zwang ihn zu zerfetzen.

„Geh dich waschen", sagte ich schroff, „Zenzi zeigt dir, wo die Dusche und Handtücher sind. So müde, wie du aussiehst, solltest du etwas schlafen."

„Ja", murmelte Gabriel, während mein Lebensgefährte ihn mit sich zog.

Zenzis Augen blickten voller Sorge und Verzweiflung auf mich. Er legte den Arm um Gabriel, der breitbeinig stakste und bei jedem Schritt die Luft scharf einsog.

„Gabriel", rief ich. Meine Beute drehte den Kopf zu mir. „Zenzi wird dir mit einer Creme helfen, die das Brennen lindert." Natürlich spielte es keine Rolle. Wusste ich doch, wie unnötig es war, sein Leiden zu behandeln. Aber Zenzi würde sich dadurch entspannen und ihm in Ruhe helfen.

Die Dankbarkeit in Gabriels Blick ertrug ich nicht. Schmerzhaft krallten sich die Fingernägel meiner geballten Fäuste in die Handflächen. Ich musste hier raus, meine Gedanken klären.

„Ich bin kurz weg", rief ich den beiden Männern hinterher. Ich zog mich an und rannte die Stufen hinunter. Draußen begann die Dämmerung. Der perfekte Zeitpunkt für einen kleinen Spaziergang.

Ich holte tief Luft. Die Erinnerung an die letzten Stunden war sehr präsent in mir. Gabriel – er war unglaublich.

Wie konnte ich nur diese Session zulassen, ihn küssen und ihn reiten? Verflucht, am Anfang wollte ich nur zusehen und genießen. Aber er war die pure Versuchung, ich musste ihn spüren.

Ich trat auf die Straße, überlegte, ob ich nach Pietro im Kellerloch sehen sollte. Nein, der würde meinen Frust nicht lange überleben und ich brauchte noch Antworten von ihm.

Der Hunger drängte sich aus der Deckung hervor und überschwemmte mich. Es gab gar keine Entscheidungsmöglichkeit, stellte ich fest, weil sie längst in meinem Blut festgeschrieben war.

Ich betrat das Schlafzimmer, Zenzi sah mir entgegen. Er lächelte und streichelte über Gabriels Haare. „Er hat sich nur einmal umgewälzt", sagte er, „ansonsten geht es ihm gut." Mein Vertrauter suchte meinen Blick, schien Angst vor der Stille zu haben.

Die Beute, mein schöner Engel, lag auf dem Rücken, ein Bein unter der Decke angewinkelt und die Augen geschlossen. Sein Brustkorb hob und senkte sich in tiefen Atemzügen. Die Ader am Hals pochte und rief mich. Meine Reißzähne fuhren aus dem Kiefer. Wasser lief mir im Mund zusammen, alles in mir zog mich zu ihm.

Trotzdem zögerte ich. Der Gedanke, etwas so Wundervolles zu zerstören, ließ mein Herz zerspringen. Auch der Hunger änderte nichts an meiner zugeschnürten Kehle oder den Tränen, die sich in den Augenwinkeln sammelten.

„Er war sehr erschöpft", erzählte Zenzi hastig. „Also, bisher ist mir noch nie ein Mann weggeschlafen, während er meinen Finger im Arsch hatte. Auch wenn es nur Salbe war." Er kicherte unnatürlich laut.

Ich näherte mich dem Bett, sagte nichts.

Zenzis Augen weiteten sich. „Tira, nein."

Ich streckte ihm die flache Hand entgegen, um ihn zum Schweigen zu bringen. Es gab nichts zu bereden, keine Entschuldigung und keine Worte, die meinen Schmerz ausdrückten.

„Tira, bitte nicht", flehte derjenige, der mich seit fünfhundertfünfzig Jahren begleitete und mich besser kannte, als irgendjemand sonst. „Hast du denn nicht gemerkt, wie perfekt Gabriel zu uns passt?"

Doch, aber der Hunger pochte auf sein Recht.

„Wie kannst du ignorieren ..."

„Sei still", zischte ich, „oder willst du die Beute aufwecken?"

„Gabriel", flüsterte Zenzi unter Tränen, „sein Name ist Gabriel. Er hat dich berührt, er hat dich erfüllt, dir mehr gegeben als je ein Mann zuvor. Gabriel, er ..."

„Pst!", unterbrach ich ihn. Es spielte keine Rolle, dass Zenzi recht hatte. „Alles, was ich von ihm will, ist sein Blut. Erst mit seinem Tod wird der Hunger gestillt sein."

„Quatsch", fauchte er. „Du bist kein Tier!"

„Der Hunger macht uns zu Tieren!"

Zenzi schüttelte den Kopf. „Das stimmt nicht."

„Sieh mich nicht an, als wäre ich ein Monster! Du hast mich gebeten dich zu einem Vampir zu machen, um mich für immer zu beschützen."

Auch wenn die Worte nicht ganz der Wahrheit entsprachen, schwieg Zenzi. Er richtete den Blick auf Gabriel und streichelte ihm weiter über die Haare. „Du musst ihn nicht töten."

Wut und Frust schäumten in mir über: „Vergiss nicht, warum wir isoliert von anderen unserer Art leben." Ich trat an die Bettkante heran. „Du erträgst es nicht, wie sie mit Menschen umgehen. Du!", fügte ich lauter hinzu. „Weil ich mir meiner Verantwortung für dich bewusst bin, töte ich sie seltener, als mir danach ist, und meide die Folter trotz meiner Natur."

„Ich weiß", flüsterte Zenzi.

Ich durchbohrte ihn mit Blicken. Er war mein Begleiter durch die Jahrhunderte, ein loyaler Lebensgefährte und Beschützer, den meine anfänglichen Lügen in diese Existenz gelockt hatten. „Trotz deiner Unfähigkeit zu jagen, liebe ich dich Vinzenz, seit du als ein ehrenvoller Ritter in mein Leben getreten bist. Und auch, wenn ich um meine Schuld an dir weiß, so lasse ich nicht zu, dass du dich zwischen mich und meine Beute stellst."

Sein Schlucken klingelte mir unnatürlich laut im Ohr. „Weißt du", sagte er, „der Hunger zwingt dich zu gar nichts. Nur weil dich der Drang ruft, Leben auszulöschen, musst du es nicht tun. Du kannst dich auch dagegen entscheiden, so wie du es Jahrhunderte getan hast."

Unsinn. Ich grummelte missmutig.

„Sieh dir Gabriel an", flehte Zenzi leise. Er bebte.

Ich konnte es nicht.

„Er hat dein Herz berührt, dich sogar Giglio vergessen lassen. Ich weiß es einfach." Im letzten Satz betonte er jedes Wort einzeln.

Stimmt, Gabriel war mir schon viel zu nahe gekommen. Wenn ich es jetzt nicht zu Ende brachte, würde ich es nie tun.

Ich krabbelte auf die Matratze und hockte mich dicht an seinen Oberkörper. Die Körperwärme spürte ich wie ein Ziehen an der Seite. Wie ein verzehrendes Feuer loderte das Verlangen in mir, jeden Tropfen des berauschenden Blutes zu schmecken.

„Bitte, Tira."

„Was?", zischte ich leise, um das friedlich schlafende Opfer nicht doch noch aufzuwecken. Ich fixierte den Hals. Das rhythmische Pochen lockte mich. Meine Zähne waren längst ausgefahren.

„Gabriel kann uns wiedergeben", sagte Zenzi eindringlich, „was uns beiden fehlt."

Die wundervollen Erinnerungen überfluteten mich. Sie erlösten mich so weit von der Blutgier, dass ich zu Zenzi sehen konnte. Seine graublauen Augen waren nur knapp einen Meter von mir entfernt. Er wirkte, als würde er sich gleich auf mich stürzen. Ich wartete, bereit, zu kämpfen.

Nach einem Duell, welches wir nur mit Blicken vollführten, senkte Zenzi den Kopf. Während er weiterhin die schwarzen Haare kraulte, lief ihm eine Träne über die Wange.

Es wurde Zeit. Der Hunger lenkte meine Aufmerksamkeit auf das, was wirklich zählte: Das köstliche Blut meiner Beute.

„Mit ihm war es wie damals, wie mit ..."

„Nein", kreischte ich und sah zu Zenzi hoch, als die Worte einen empfindlichen Nerv in mir trafen, „es war nicht so wie mit Giglio."

Der Name auf den Lippen ließ meine Brust zusammenkrampfen. Plötzlich drängte er den unglaublichen Durst in eine tiefere Kammer meines Seins. Meine Gedanken wirbelten, riefen lang verschlossenen Schmerz an die Oberfläche. Tod, dazu verlorene Liebe und gezügelte Leidenschaft, glorifiziert in meiner Erinnerung.

Nein, mit Gabriel war es nicht so, wie mit Giglio – es war besser. Hemmungsloser. Härter. Es war das, was ich mir schon früher gewünscht hatte, mit einem anderen. Das Eingeständnis, brannte sich wie glühende Eisenspäne in meine Eingeweide.

Ich sah wieder hinab zu Gabriel. Eine Strähne hing ihm im Gesicht, die Zenzi in seiner Ungeschicklichkeit dorthin gewischt hatte. Ich strich sie fort. Gabriel, ein passender Name. Perfekt für einen schönen Engel.

Am Ende verlor ich immer, was ich liebte. Auch wenn der Hunger nicht wäre, Gabriel musste schon deshalb sterben, weil er den schützenden Panzer um mein Herz angekratzt hatte.

Grob griff ich in seine Haare und schob den Kopf zur Seite, so dass sein Hals frei lag. Sollte er aufwachen, wäre ich schneller als er.

„Tira", flüsterte Zenzi flehend. Er taugte nicht als Jäger, das wusste ich schon immer. Zu weich. Zu ehrenhaft. Zu sensibel. Er hätte nie ein Vampir werden dürfen. „Es sind die Gefühle, die wir unterdrücken, die den Hunger so stark machen. Nimm an, was gewesen ist und lass los, so kannst du ihn besiegen."

Unsinn!

Meine Hand zog eine Linie von Gabriels Schläfe hinab zum Hals, dorthin wo unter meinen Fingerspitzen die Halsschlagader pochte. Im Schlaf verzog sich sein Mund zu einem seligen Lächeln. Wunderschön und wohl das letzte Mal in seinem jungen Leben.

„Bitte." Zenzis Stimme hatte sich in ein Schluchzen gewandelt. „Er könnte uns so viel geben. Er ist nicht für deinen Schmerz verantwortlich."

Nein, aber Gabriel würde mich ebenso verletzen, wenn ich ihm die Gelegenheit böte. Vielleicht würde er mir noch einen tieferen Stoß in mein Herz versetzen. Nie wieder durfte so etwas geschehen. Außerdem musste ich sein Blut haben.

Langsam beugte ich mich zu ihm hinunter. Mit der Nasenspitze berührte ich die zarte Haut. Genüsslich sog ich den Geruch ein.

„Tira", schniefte Zenzi, „ich weiß, du hältst mich für schwach, aber ich habe den Hunger bereits besiegt, weil ich gelernt habe, mit ihm umzugehen. Er hat mich schon so oft getroffen, öfter als dich. Ich habe mich damit auseinandergesetzt. Bitte." Er legte seine Hand auf meine Schulter.

Ich knurrte ihn an, so dass er sie wegzog. Warum biss ich nicht endlich zu?

„Du bist nicht davon abhängig. Das glaubst du nur."

Nein. Ich wollte ihm nicht zuhören. Es war der Hunger allein, der mich antrieb. Mehr nicht. Eine Welle aus Blutgier schwappte über mir zusammen. Mein Mund berührte die warme Haut, meine Zunge kribbelte und mein ganzer Körper lechzte nach dem süßen Blut.

Gabriel stöhnte leise, während meine Zähne sich unbarmherzig, aber behutsam in sein sehniges Fleisch gruben. Zenzi entschlüpfte ein hilfloser Schluchzer. Überraschend schlief meine Beute weiter, so als sollte ihm ein gnädiger Tod geschenkt werden.

Die ersten Tropfen benetzten meine Lippen. Glückseligkeit linderte all die Qualen und brachte jeden Gedanken zum Erliegen. Ich schnurrte wohlig. Da sich mein Opfer ohne Gegenwehr seinem Schicksal ergab, ließ ich die Schlagader unverletzt. So würde kein Tropfen verloren gehen, jeden einzelnen Schluck konnte ich mir auf der Zunge zergehen lassen.

„Es liegt an dir", sprach Zenzi erneut. Ich bewunderte seine sinnlose Hartnäckigkeit. „Lass ihm genug zum Überleben."

Ich trank genussvoll, wie es ein solch wunderschöner Mann verdiente. Zu lange hatte ich gewartet. Die Augen geschlossen, ließ ich langsam das Leben aus meiner Beute rinnen.

Vergangene Eindrücke wirbelten mir im Kopf herum. Gabriel, der sich schämte, als mir sein Schwanz entgegensprang; Gabriel, der wie ein Anfänger errötete und sich das letzte bisschen Beherrschung abrang, um mir zu Willen zu sein.

Wie immer, wenn ich frisch aus einem Körper trank, spürte ich eine berauschende Nähe zum Opfer. Jedoch übertraf diese hier alles, was ich je erlebt hatte. Der Wunsch unsere Leiber immer wieder und wieder zu vereinen, schien in einem gemeinsamen Einklang zu pulsieren und eine einzigartige Verbindung zu schaffen.

Mit seinem Blut in meinen Adern teilten wir seine letzten Erinnerungen. Erneut erlebte ich seine Ekstase, nur diesmal aus seiner Sicht. Unfassbar, wie sich seine Hingabe und Dankbarkeit auf mich und Zenzi richteten. All sein Begehren und die lang verdrängte Lust setzten sich in mir frei.

Jeder meiner Züge führte uns beiden das Erlebte vor Augen. Er stöhnte leise, ohne aufzuwachen. Unendlich lustvoll vermischten sich in mir seine Erlebnisse. Ich bemerkte erst jetzt, wie ich mich fest an ihn schmiegte.

„Lass ihn leben", sagte Zenzi. „Du bist kein Tier, der Hunger zwingt uns zu gar nichts. Du glaubst das nur, weil du nie versucht hast ihm zu widerstehen. Ich kann es. Tira, ich kann dir helfen."

Es konnte nicht sein. Dieses köstliche Blut auf der Zunge war alles, was zählte.

Widersprüchliche Gefühle kämpften in mir um die Vorherrschaft.

Das Glück und die tiefe Zufriedenheit, welche so deutlich in Gabriel nachklangen, trafen auf meine unerfüllten Sehnsüchte. Wir waren uns so schrecklich ähnlich. Das rote Lebenselixier rann mir in die Kehle, erfüllte meine Zellen mit frischer Kraft und fremden Empfindungen.

Mit jedem Quäntchen davon wünschte ich mir, mehr von Gabriel zu bekommen als sein bloßes Blut. Ich wollte mehr, als nur das eine Mal über ihn verfügen, mehr solcher Erinnerungen auf diese intensive Art mit ihm teilen.

Giglio trat vor meine Augen – sein Tod. Es schmerzte zu sehr. Nie wieder durfte so etwas passieren. Ich trank und litt und lebte Gabriels Lust der letzten Stunde, bis meine Wangen nass vor Tränen waren. Erst das zweite Mal im Leben als Vampirin weinte ich. Beim ersten Mal wartete ich darauf, dass Giglios Körper aus den Fluten aufstieg.

"Lass den Hunger nicht dein Glück zerstören", sagte Zenzi leise. Ich spürte seine Hand auf meinem Rücken. „Er lässt uns nur das jagen und töten, was uns gefährlich werden kann.

Versteh ihn als einen uralten Schutz unserer Art gegen Menschen. Der Hunger soll verhindern, dass sie Macht über uns gewinnen."

Die Worte sickerten in meinen Verstand. Könnte Gabriel mir gefährlich werden? Ja, er hatte mich längst berührt.

„Aber wäre es denn so schlimm?", fragte Zenzi.

Ja, weil es weh tat und mich schon Giglios Tod zerrissen hatte.

„Wenn du dir deine Gefühle eingestehst und die Gefahr akzeptierst, kannst du den Hunger lindern. Tira, Gabriel muss nicht sterben."

Ich setzte ab. Gabriels Wangen schienen mir bleicher als zuvor, obwohl ich nur knapp einen Liter von ihm getrunken hatte. Noch könnte er den Blutverlust ausgleichen, wären nur Müdigkeit und Durst die Folge des Raubes.

Ich schüttelte den Kopf. Gabriel war schon mit dem ersten Augenaufschlag tief in mein Herz eingedrungen. Ein kleiner Blutfaden lief aus der Wunde am Hals. Ich hielt mich selbst vom Ablecken ab.

Musste ich meinen Engel auslöschen? Könnte ich ihn nicht behalten und öfter den Lebenssaft genießen? Hunger und Begehren, Vernunft und die Triebe der Jägerin kämpften miteinander in gleicher Stärke.

„Du bist es, die über deine Instinkte entscheidet", flehte Zenzi eindringlich. Sein Mund war dicht an meinem Ohr. „Nur du, nicht deine Natur oder deine Art. Wir sind nicht wie Tiere. Ist es denn falsch, wenn dein Herz berührt wird, falsch wenn du dich öffnest?"

Auch Giglio war die ersten Jahre ein Mensch gewesen, bei ihm konnte ich mich beherrschen, spürte nie dieses Verlangen nach seinem Blut. Er genoss es sogar, wenn ich im Liebesspiel von ihm trank. Dabei zeigte er nie so viel Dankbarkeit wie Gabriel.

In mir riss eine Mauer ein, die Trauer, aufgestaute Wut und unerfüllte Lust in mein Bewusstsein fließen ließ.

Nein! Ich durfte dem nicht nachgeben.

In einem letzten Aufbäumen schlug ich meine Zähne in das Fleisch. Gleichzeitig mit Zenzis Schrei schreckte Gabriel hoch. Erschrocken von mir selbst, wich ich zurück und sah in weit aufgerissene, hellbraune Augen.

Das Entsetzen in seiner Miene wandelte sich in Wärme, als sich unsere Blicke begegneten. Er blinzelte schlaftrunken. „Du", murmelte er und ließ sich auf das Kissen zurückfallen. Sein vertrauensvolles Lächeln setzte ein Messer an meine Brust und die Hand, welche er auf meine Wange legte, stieß es in einem Ruck hinein. Der unstillbare Hunger löste plötzlich sein Band um mich.

In nur einem Augenblick hatte Gabriel meine Seele bis auf die Knochen entblößt und Zenzis Worten Sinn verliehen. Ich schluckte. Die unterdrückten Gefühle, die in einer unvorstellbaren Macht an die Oberfläche drängten, schmerzten.

Ich umfasste Gabriels Hand. „Schlaf", flüsterte ich, „schlaf weiter."

Er nickte und schloss die Augen.

Ich betrachtete ihn. Er gab mir Hoffnung auf etwas, was ich für immer verloren glaubte. Ein Engel, bei dem ich es nicht fertig brachte, ihm die Flügel auszureißen. Jedenfalls nicht ohne den erwachenden Keim von Lebensfreude in mir selbst zu ersticken. Raus, ich musste hier raus und meine Gedanken ordnen. Nach einem tiefen Atemzug stand ich ruckartig auf, so dass ich Zenzi

unbeabsichtigt von mir schubste. „Kümmere dich um ihn!",
blaffte ich.

Zenzi lächelte.

Ich ballte die Fäuste, warf einen Blick auf Gabriel. Die Wunde
an seinem Hals heilte bereits. Er würde leben, trotz des
Schattens, der vom Hunger in mir übrig geblieben war.

Für ihn würde ich diesen letzten Rest im Zaum halten, um
vielleicht mehr von ihm zu bekommen. Doch bevor ich mich
erneut Gabriel widmen konnte, hatte ich noch etwas zu
erledigen. Ein klein wenig würde dies das blutrünstige Tier in
mir zufriedenstellen.

Aus dem Messerblock der Bar suchte ich mir die schärfste
Klinge aus. Dann ging ich durch den leeren Club zum
Verbindungsgang, der zu der kleineren Fabrikhalle führte. In
meiner Erinnerung war die Zeit mit Giglio vollkommen
gewesen. Da gab er mir alles, was ich mir wünschte. Und jetzt?

Plötzlich fielen mir so viele Kleinigkeiten ein, die mich damals
an ihm ärgerten, teilweise sogar richtig störten. Giglios
Arroganz zum Beispiel, seine Launen, welche ich zu
besänftigen suchte. Oft drehte sich eine Session eher um seine
Wünsche, stellte ich meine hinten an. Ich machte ihn zum
Vampir, weil er mich darum anbettelte, weil er ewig jung
bleiben und Macht besitzen wollte.

Mit seinem Tod waren Frust und Ärger vergessen. Da meine
Unachtsamkeit Giglios Tod verursachte, spielte es keine Rolle

mehr. Bis eben glaubte ich, mit ihm und Zenzi außergewöhnliche Leidenschaft und unerreichbares Glück gefunden zu haben.

Nun, verändert hatte mich die Beziehung mit Giglio schon. Doch ich hatte mir etwas vorgemacht, mich selbst neuer Chancen beraubt. Zehn Jahre lang, in dem ich etwas angeblich Perfektem hinterher trauerte. Gabriel, der Giglio ähnlich sah, schaffte es, bei unserer ersten Begegnung diese Erinnerungen ins Wanken zu bringen.

Ich riss die Tür zur Halle auf und schmiss sie hinter mir zu. Wie konnte ich mich in meinem Alter nur solchem Selbstbetrug hingeben? Liebe, sie würde immer bedrohlich sein. Wollte ich mich wirklich erneut dieser Gefahr aussetzen?

Geradeaus ging ich die Treppen hinab, deren Ecken aus ausgefranstem Beton bestanden. Das grelle Neonlicht im niedrigen Gang schaltete sich automatisch an. Angenehme Kühle empfing mich. Kurz vor dem großen Raum, in dem sich die Getränkekisten stapelten, zweigte links eine Tür ab.

Ich öffnete das Vorhängeschloss. Bevor ich das Türblatt aufstieß, verbarg ich das Messer hinter meinem Rücken. Eine nackte, uralte Glühbirne, welche an einem Kabel von der Decke hing, beleuchtete den kahlen Raum. Es stank nach Schimmel und Urin.

Auf einer Plane, die ich für alle Fälle ausgebreitet hatte, lag Pietro nun seit fast vierundzwanzig Stunden. Eine schmale, feuchte Linie führte von ihm aus zum Abfluss in der Mitte des Bodens.

Er hob den Kopf. Angst und Wut blitzten in seinen Augen. Verkrustetes Blut bedeckte die Hälfte seines Gesichts. Ein Seufzer entglitt mir. Halb hatte ich gehofft, dass er einfach schon tot wäre und ich es nicht selbst erledigen müsste. Wenigstens erhielt ich so noch ein paar Antworten.

„Katharina", sagte Pietro heiser, „mach mich los."

Er wand sich in dem Panzertape, ohne aus der seitlich liegenden Position entkommen zu können. Kein Wunder, die Fesselung war gründlich. An den Knöcheln, um die Knie und um die Oberschenkel befanden sich breite Streifen. Die Arme hatte ich auf dem Rücken gebunden. Schwarzes Tape schlang sich um seine Handgelenke und kurz über den Ellenbogen. Eine extra Sicherung drückte ihm die Arme an den Körper.

„Gib mir etwas zu trinken", plärrte Pietro, „oder willst du mich hier unten verrecken lassen?"

Ich reagierte nicht, betrachtete ihn bewusst ungerührt. Mal sehen, ob er auf meine geplante Befragungstaktik ansprang.

„Warum wurdest du auf mich angesetzt?", fragte ich kühl.

„Katharina, gib mir Wasser", flehte Pietro.

„Erst reden wir, dann darfst du trinken."

Er leckte sich über die spröden Lippen. „Von mir erfährst du nichts", sagte er trotzig.

Ich seufzte theatralisch. Zwei Schritte von ihm entfernt hockte ich mich hin und hielt das lange Messer in sein Blickfeld.

Pietro starrte mit weit aufgerissenen Lidern darauf. „Hast du unsere Nacht vergessen", jammerte er. „Entdecke deine Gefühle. Löse dich von deinem Meister."

Schon wieder die gleiche Leier. Ich verdrehte die Augen. „Es gab nie Gefühle und Vampire haben keinen Meister. Also, warum wurdest du auf mich angesetzt?"

Sein Versuch auszuspucken, verkam zu einem trockenen Japsen. „Ich verrate nichts über die Jäger. Niemals!"

Aufschneider. Die Angst in seiner Miene sprach eine andere Sprache.

Mit einem Lächeln drehte ich die Klinge hin und her, so dass er sich darin spiegeln konnte. „Keine Sorge, über die Jäger weiß ich bereits alles Wissenswerte. Die Geschichte, eure Organisationsstrukturen, wie ihr euch finanziert und so weiter und so fort."

Pietro runzelte die Stirn. Selbst im geschwollenen und von schwarzen Krusten verunzierten Gesicht ließ sich der Unglauben deutlich ablesen.

Vermutlich wusste ich über die Jäger weit mehr, als er jemals erfahren könnte. Sie entstanden in der ersten Hälfte des neunzehnten Jahrhunderts, zusammen mit der Gerichtsmedizin. Damals begannen die Menschen den Todesursachen nachzuspüren. Einigen fielen blutleere Leichen auf und vermuteten Vampire dahinter. Doch ihre Meldungen an die weltliche Macht wurden belächelt. Unter sich tauschten die Betroffenen Informationen aus und beschlossen selbst aktiv zu werden.

Im Laufe der letzten zweihundert Jahre entwickelte sich eine privat finanzierte Wohltätigkeitsorganisation, die offiziell zum Erfahrungsaustausch diente. Noch heute kamen viele ihrer Mitglieder aus dem Bereich der Rechtsmedizin, und noch heute behielten sie das Wissen um echte Vampire vor dem Staat geheim.

Ihr Netzwerk reichte weit. Sie organisierten sich in kleinen regionalen Gruppen, die sich aus wohlhabenden Bürgern rekrutierten und gegenseitig halfen. Manch eine dieser Zellen, besonders die in Großstädten, besaß den Charakter einer gut ausgerüsteten Privatarmee.

„Ich frage mich", sagte ich und sah Pietro schief an, „seit wann es eine Jägerzelle in Offenbach gibt. Bisher genügte euch doch die in Frankfurt. Lange kann es euch nicht geben."

Er kniff die Lippen zusammen und blickte zu Boden.

Ich schnalzte mit der Zunge. So ganz kam ich nicht umhin diese Situation zu genießen. „Pietro, wenn du hier in einem Stück rauskommen willst, solltest du besser meine Fragen beantworten."

„Ich hoffe, dein Stecher hat ordentlich gelitten. Fotze", schob er hinterher.

Das saß. Mich packte der Wunsch, ihn zu sofort quälen, so wie er Gabriel gequält hatte. Noch nicht, ermahnte ich mich, noch nicht.

„Ich finde einen Neuen", antwortete ich gelassen. „Aber mir war gar nicht bewusst, dass mittlerweile Jäger ausgesandt werden, um Menschen zu töten."

Jäh sah Pietro zu mir auf. „Was? Warte."

„Ja?", fragte ich betont ruhig.

„Er sollte nicht sterben. Das", stammelte er, „das wollte ich nicht. Es sollte ihn nur betäuben."

„Ja", seufzte ich, „welch ein Pech. Für Menschen ist das Zeug wohl ziemlich tödlich."

„Es wurde gemacht, um Vampire zu betäuben", erwiderte Pietro mit Nachdruck. „Das wollte ich nicht."

Sein sichtlicher Schock und sein Gewissen überraschten mich. Sie eröffneten neue Möglichkeiten. „Zu spät. Zum Glück habe ich die Spritze mit deinen Fingerabdrücken sichern können."

„Ich", stotterte er und brach den Satz ab. „Was? Du verdammtes Miststück!"

Es fiel mir wahrlich schwer, mir das Lächeln zu verkneifen. „Die Gelegenheit für eine Abmachung: Du verrätst nichts von dem, was hier geschehen ist. Dafür behalte ich die Beweise an einem Mord für mich."

Pietro atmete schwerfällig. Ich sah praktisch, wie seine Hirnwindungen glühten. „Einverstanden", sagte er.

Gut, nun sollte er echte Hoffnung hegen, dies hier zu überleben. Dumm genug dafür war er. „Dann kommen wir jetzt zu meinen Fragen", verkündete ich freundlich.

„Moment", warf Pietro ein, „dies war kein Teil der Abmachung. Ich verrate gar nichts."

Blitzschnell war ich dicht bei ihm und schlitzte ihm das Hemd auf.

„Spinnst du!", schrie er, dabei hatte ich ihm nur ein klein wenig in die Haut geritzt.

Der Duft von Blut lag in der Luft. Er weckte meinen Durst. „Wie ich bereits sagte, wenn du in einem Stück hier raus willst, dann solltest du besser anfangen zu reden."

„Nein!", keuchte Pietro.

Die Messerspitze näherte sich seiner Brust. „Wie du wissen solltest, sind Vampire nicht für ihre Gnade bekannt." Außer vielleicht bei schönen Engeln schoss es mir durch den Kopf.

„Ich darf dir nichts sagen", jammerte er. „War es nicht schön? Hatten wir nicht eine tolle Nacht? Es war doch magisch!"

Er brüllte, als ich ihm die Klinge einen daumenbreit ins Fleisch stieß. Ich ließ meinen Finger in das herausquellende Blut gleiten und schleckte ihn ab. Nach Gabriels Süße war das der reinste Fraß. Aber ich verbat mir den angeekelten Gesichtsausdruck, um ihm nicht die Angst zu nehmen.

„Also. Ich will Antworten." Zenzi und ich hatten uns eine perfekte Tarnung geschaffen – offen lebende, pressescheue Freaks. Zu offen, um verdächtig zu sein. Ich musste herausfinden, was die Jäger auf unsere Spur geführt hatte.

„Unsere Zelle wird erst seit fünf Wochen aufgebaut", stammelte Pietro.

„Und wer hat einen Armleuchter wie dich angeworben?", fragte ich. „Wer steckt noch drin? Wer ist der Kopf der Zelle?"

„Ich weiß es nicht ..."

Er kreischte misstönend, als ich ihn erneut mit der Messerspitze stach. Sein zappelnder, hilfloser Körper in dem Tape gefiel mir. Gabriel sähe bestimmt auch sehr schön in so etwas aus. Ich könnte ihn tröpfchenweise mit Kerzenwachs übergießen und es dann Stück für Stück von seiner ebenmäßigen Haut schlagen.

Konzentration, mahnte ich mich. „Versuch es noch mal!", befahl ich Pietro.

„Ich bin neu", schluchzte dieser, „dies hier war meine erste Aufgabe. Ich kenne niemanden, außer meinen Kontaktmann und den nur in Maske."

„Mich zu bespitzeln sollte deine Aufnahmeprobe sein?" Ich schnalzte mit der Zunge. „Hast ordentlich versagt. Mmh? Das heißt, du willst mir erzählen, dass du nichts weißt?"

„Ja. Bitte, wirklich. Ich weiß nichts."

In diesem Punkt glaubte ich ihm. „Warum gibt es überhaupt eine Zelle hier?"

„Es wurden Leichen gefunden", brabbelte er hastig. „Viel vampirische Aktivität. Mehr", er schluckte, „mehr weiß ich nicht. Bitte."

„Wieso wurde ausgerechnet so ein Dummkopf wie du ausgesucht, um mich zu ködern?"

Pietro liefen Tränen über das Gesicht, welche das Blut darin aufweichten. „Der Kerl meinte, du stehst auf Typen wie mich."

Seltsam, dabei hatte ich keinen besonderen Typ. Ich vögelte jeden Mann, der mir gefiel. Wurde ich beobachtet, wie ich Gabriel im Club küsste? Pietro sah ihm tatsächlich ungewöhnlich ähnlich.

„Woher wusste der das?"

„Keine Ahnung", wimmerte Pietro.

Ich ließ das Messer um seine linke Brustwarze kreisen. „Wenn ich mich recht erinnere, bist du hier sehr empfindlich." Ich lächelte nachsichtig über den schockierten Blick. Wäre ich ein nettes, liebreizendes Wesen hätten Zenzi und ich nicht so lange überlebt.

„Bitte. Nicht."

„Woher?", fragte ich mit Nachdruck.

„Ich weiß es nicht!"

Der Schnitt um die dunklere Haut war tief. Pietro kreischte und zappelte, doch die Fesseln ließen ihm nicht die geringste Möglichkeit zur Flucht. Ich hob den blutigen Hautlappen ab und sägte ihn vom Fleisch los. Blut sickerte in einem dünnen Strom aus der Wunde.

Pietro rotzte und weinte und wimmerte. „Ich weiß es nicht!"

Ich beschloss, ihm zu glauben. Offenbar war der Kopf der neuen Zelle sehr misstrauisch und hatte vorsorglich für Anonymität gesorgt.

Trotzdem, mir fehlte das Mitgefühl für Pietro. Was hätten er und seine Kumpane wohl mit Zenzi und mir gemacht? Das Schwein gehörte einer Organisation an, die Vampire jagte und mit uns experimentierte. Dabei lebten wir größtenteils friedlich, meist versteckt und oft verängstigt im Untergrund.

Außerdem hätte er Gabriel fast den Tod gebracht. Gabriel, seufzte ich innerlich. Wenn er hier vor mir liegen würde, würden mir ganz andere Dinge einfallen, um ihn zum Schreien zu bringen. Gott, nicht jetzt. Ich schob den Gedanken weit weg von mir.

„Und du hast tatsächlich den Verdacht der Jäger gegen uns zerstreuen können?"

Pietro schluchzte noch immer haltlos. Er starrte auf das kleine Stück Fleisch, welches ich vor ihm auf den Boden geworfen hatte.

„He!", rief ich. „Beantworte meine Fragen oder du verlierst auch die andere."

Er jaulte auf.

Ich führte die Messerspitze dicht an die empfindliche Haut. Pietro kreischte und bebte. „Ja. Ja, ich habe sie von hier weggelockt. Mein Bericht war eindeutig. Ich sollte dafür sogar in die Zelle aufgenommen werden."

„Gut. Dann kommen wir zu dem Inhalt der Spritze. Du scheinst mehr darüber zu wissen. Erzähl mir alles."

Er schüttelte hektisch den Kopf. „Ich weiß nichts."

Das leichte Flackern in seinem Blick verriet mir die Lüge. Ich wartete ab, ob er doch noch zur Vernunft kam. Als Sadistin machte mir das hier zwar nichts aus, aber ohne die sexuelle Komponente gab es mir nur wenig.

„Wirklich?", hakte ich nach.

Das „Ja" kam mit einer kleinen Verzögerung.

Ich schoss mit dem Messer vor. Mit wenigen Handgriffen fand sich auch die zweite Brustwarze als ein Stückchen Fleisch vor Pietros Augen wieder. Er brüllte.

„Schlampe!", presste er unter Tränen und Rotz hervor. „Du Fotze!"

„Was soll ich dir jetzt abschneiden?", fragte ich. „Weißt du Pietro, ich mochte den Menschen, den du getötet hast."

„Das wollte ich nicht!"; schrie er.

„Denk an unsere Abmachung." Ich stocherte mit dem Messer in den Fleischfetzen herum. „Ich stelle mir gerade vor, wie du die Narben deiner nächsten Flamme erklärst."

Pietros Blick brach, als hätte er nun erst das endgültige Fehlen seiner Brustwarzen begriffen. Schluchzer schüttelten ihn.

Langsam wollte ich dies hier nur noch zu Ende bringen. „Vielleicht mache ich mit der Nase weiter, die wird eh nicht mehr so schön gerade zusammenwachsen, wie sie vorher war."

„Das Zeug wurde als Betäubungsmittel für Vampire entwickelt", erzählte Pietro hastig. „Die Organisation hat ein eigenes Labor dafür aufgebaut. Es wurde getestet."

Mir wurde übel. „Getestet an uns, nehme ich an?"

„Ja, ja. Aber dafür kann ich nichts"; versicherte er weinend. „Es soll neben Betäubungsmittel auch Halluzinationen auslösen, um euch auszuschalten. Wir", er schluckte, „wir testen es im Einsatz. Es wurde mir zur Sicherheit gegeben, falls ich Probleme bekomme."

„Du wolltest mir das Zeug spritzen!" Ich schnaubte verächtlich.

„Aber nur, um dich in Sicherheit zu bringen", beteuerte er greinend.

„Woher weißt du so viel darüber?"

„Der Kerl mit der Maske schien stolz darauf zu sein, als hätte er es persönlich entwickelt", berichtete Pietro. „Er schien sich über jede Frage zu freuen, die ich ihm dazu stellte."

„Wo befindet sich das Labor?"

„Keine Ahnung, bitte. Ich weiß es nicht", Tränen schossen aus Pietros Augen. Er weinte und weinte. „Bitte, mehr weiß ich nicht. Bitte."

So wie er schluchzte, fehlte nur noch, dass er lauthals nach Mama schrie. Doch, die würde ihm auch nicht mehr helfen.

„Gut, ich glaube dir", sagte ich.

In sein Geflenne mischte sich plötzlich Erleichterung. „Danke. Ich halte mich auch an die Abmachung."

„Sicher, du wirst niemanden etwas verraten. Nie wieder."

Begreifen trat in seine Augen, welche sich in Panik weiteten. Sein Körper wand sich in den Fesseln. „Verdammte Fotze! Sie werden dir auf die Schliche kommen", keifte er wie von Sinnen. „Sie werden dich finden. Dich töten!"

Wie doof war er überhaupt, zu glauben, dass ich es mir leisten könnte ihn gehen zu lassen? „Pietro", sagte ich kalt, „ich kenne solche Machotypen wie dich. Überleg mal, wie du mich behandelt hast – wie ein Stück Fleisch, welches dir gehört, welches du benutzen kannst, wie du es willst. Wie viele Frauen hast du schon bedroht und genötigt?"

Er versuchte, mich anzuspucken, sabberte aber nur.

„Bestimmt genug. Auf jeden Fall genug, um die Polizei von einem Rachemotiv zu überzeugen, wenn du mit Verstümmelungen mit eindeutig sexuellen Hintergrund gefunden wirst."

„Was?", kreischte er.

„Keine Sorge, den Schwanz schneide ich dir erst ab, wenn du tot bist."

„Fo..."

Ich rammte ihm das Messer durch die Rippen, so dass es die Lunge und das Herz traf. Pietro schrie, Blut quoll ihm kurz darauf aus dem Mund.

„Rache", sagte ich. „Auch die Jäger werden keinen Verdacht schöpfen."

Ich schlitzte die teure Kleidung auf, während er langsam krepierte. Ich empfand Verachtung für ihn, und leider, zu meinem eigenen Entsetzen, nicht den geringsten Funken Mitleid. Nun, vielleicht ein klein wenig Dankbarkeit, denn ohne seine Drogen hätte ich Gabriel vermutlich gleich getötet.

Ich seufzte. Lieber würde ich mich noch etwas mit meinem Engel befassen, um ihn besser kennenzulernen. Denn bisher hatte ich noch nicht entschieden, was ich mit ihm tun sollte: Behalten oder wegschicken?

Etwas Ruhe zum Nachdenken blieb mir noch. Denn bis ich Pietro entsprechend vorbereitet, seine Leiche in Folie verpackt und ins Auto geschafft hatte, würde noch etwas Zeit vergehen. Es schadete auch nicht, den gesamten Kellerraum großzügig zu reinigen.

Praktisch so ein Abflussloch.

--- Gabriel ---

Schrecklicher Durst quälte mich, die Zunge klebte mir am Gaumen. Ich öffnete die Augen. Das Zimmer war das Gleiche wie das, in dem ich bereits beim letzten Mal aufgewacht war. Der Ort, an dem ich den besten Sex meines Lebens hatte. Kein Traum, wirklich kein Traum. Dafür sprach schon mein Hintern, der auch ohne die geringste Bewegung brannte. Ich grinste und spürte, wie mir beim Gedanken an den Grund das Blut zwischen die Beine schoss.

„Wie geht es dir?", fragte eine knarzige, männliche Stimme von der Seite.

Ich zuckte zusammen. Zenzi saß in dem Sessel neben dem Bett. Er legte sein Tablet auf den Nachttisch und musterte mich neugierig. „Ein bisschen lädiert", sagte ich.

Er glucste. „Kann ich mir denken." Er ließ den Blick an meinem verhüllten Körper entlanggleiten. Dort, wo sich die Decke anhob, verweilte er. Sein Grinsen in dem breiten Gesicht mit der platten Nase jagte mir ein Kribbeln in den Bauch.

Den Stoff, um meine Blöße zu bedecken, fest in den Fingern, setzte ich mich auf. Zu schnell, denn alles drehte sich plötzlich. Ich stöhnte. Sternchen blinkten in meinem Sichtfeld. Schon spürte ich Arme, die sich um meinen nackten Oberkörper schlossen.

„Langsam, Gabriel." Zenzi hielt mich, während er mir mehrere Kissen hinter den Rücken stopfte. Dann ließ er mich in den weichen Berg hineingleiten. Überraschend hauchte er mir einen Kuss auf die Lippen, bevor er sich im Schneidersitz an meine

Seite setzte. Er nahm meine Hand in seine und streichelte sie. „Mute dir nicht zu viel zu. Einverstanden?"

Ich nickte, perplex über die unerwartete Zärtlichkeit und meine körperliche Schwäche.

„Durst?" Ohne auf meine Antwort zu warten, griff er neben sich und reichte mir ein Glas Wasser. „Hier, trink!"

Ich gehorchte nur zu gern. Während ich meine trockene Kehle befeuchtete, beobachtete ich ihn unter den Wimpern hindurch.

Zenzi trug nichts außer grünen Shorts mit einem Muster aus gelben Bananen. Außer an den Beinen, wo ihn ein blonder Flaum bedeckte, schien er haarlos zu sein. Seine breiten Schultern und der auch sonst sehr muskulöse Körper beeindruckten mich. Obwohl ich selbst nicht gerade schmal oder klein gebaut war, übertraf er mich in allem. Kein Wunder, dass er mich derart ausdauernd hoch und runter wuchten konnte.

Allein die Erinnerung daran ließ meinen Ständer weiter anschwellen. Meine Wangen wurden heiß. Ich presste die Lippen aufeinander, wusste nicht, wie ich dem Mann begegnen sollte. Keine Ahnung, was die richtigen Worte waren. Denn bisher hatte ich hauptsächlich Bekanntschaft mit seinem Schwanz gemacht, damit allerdings reichlich.

Nachdem das Glas leer war, nahm Zenzi es mir ab. „Mehr? Ich habe eine ganze Flasche neben dem Bett stehen."

„Ja", sagte ich. Wo war eigentlich die Frau?

Schweigend goss Zenzi mir ein. Ich zupfte die Decke hoch, besonders um meinen Schritt zu verdecken. Unter seinen Blicken setzte ich erneut das Glas an. Wenn ich nicht im Erdboden versinken wollte, dann musste ich mich endlich trauen ihn anzusprechen.

„Willst du noch mehr?", fragte Zenzi.

„Erstmal nicht." Mach schon, feuerte ich mich innerlich an. „Vorhin", ich räusperte mich, „das war", ich suchte stockend nach Worten, welche diesem einmaligen Erlebnis gerecht wurden, „außergewöhnlich. Heiß. Ich fühle mich immer noch total träge und müde."

Mein Magen knurrte in einer peinlichen Lautstärke.

Zenzi lachte in einem warmen und doch leicht spöttischen Ton, welcher mich sofort für ihn einnahm. „Wir päppeln dich wieder auf. Und vielleicht", statt weiter zu reden, zwinkerte er mir anzüglich zu.

Ein prickelnder Schauer durchfuhr mich. Ich senkte den Kopf, starrte auf meine Hände, samt Glas, die in meinem Schoß ruhten. Ich wagte kaum, daran zu denken, dass es noch nicht vorbei war. Zu nahe käme es meinen geheimsten Wünschen.

Obwohl, hatte sie nicht kurz vor der Session gefragt, wie viel Zeit ich mitbrachte? War es eigentlich noch Donnerstag oder schon Freitag? Ohne Tageslicht hatte ich das Zeitgefühl verloren.

„Wow", pfiff Zenzi durch die Zähne und strich mir über die Wange, „wie kann ein Mann mit deiner Erfahrung und dem Aussehen so schüchtern sein?"

„Äh. Meine letzte Session ist lange her gewesen." Und die beiden waren Unbekannte. Außerdem lag ich hier in einem fremden Bett, bei einem mir gänzlich fremden Supermann und konnte kaum aufstehen, ohne umzukippen. Herrje, wie sollte ich da nicht unsicher sein!

„Du darfst so lange bleiben, wie du willst", sagte Zenzi.

Mit ihm in dieser vertrauten Situation zu sein, ohne mehr als den Namen zu kennen, war seltsam. Die Bilder der Session kamen in mir hoch, besonders die Erinnerung an die Frau. Ich spürte sie, als wären wir wieder mitten drin: Ihre Stimme; ihre Ausstrahlung; ihre Art, sich zu bewegen und ihr wundervoller Körper. Mein Ständer zuckte, rief nach mehr.

„Sag das nicht zu laut", antwortete ich, „sonst bleibe ich wirklich das ganze lange Wochenende hier."

Zenzis Augen blitzten voller Begeisterung. „Umso besser."

„Ernsthaft?"

Er hob meinen Kopf an, beugte sich zu mir und küsste mich. Seine Zunge verlangte Einlass. Während ich ihr den gewährte, drückten mich seine harten Lippen tiefer in das Kissen. Sein stoppliges Kinn kratzte. Die Berührung fuhr mir in den Magen, mein Puls beschleunigte sich. Ich schlang einen Arm um seinen Hals, um uns näher aufeinanderzupressen.

Seine Hand auf meiner Brust hielt mich in dem Kissenberg fest, als er sich wieder aufrichtete. Auch er atmete schwer. "Antwort genug?", fragte er.

Ich nickte lächelnd. Zenzis forsches Auftreten kam mir sehr entgegen. Er war eindeutig ein Mann nach meinem Geschmack, selbst ohne die Dominanz, die nur sie ausstrahlte.

„Glaub mir, Gabriel, ich würde dich liebend gern sofort in Besitz nehmen. Aber du brauchst Ruhe."

Weder widersprach ich, noch ermunterte ich ihn zu mehr. Denn ich spürte in den müden Gliedern, dass er recht hatte. Deshalb verzichtete ich im Moment darauf, ihn auf die Tatsache hinzuweisen, dass meine Devotion ihr und nicht ihm galt. „Wo ist ..." Gott, ich kannte nicht mal ihren Namen. „Mist", fluchte ich.

154

Zenzi beobachtete mich und lachte. „Tira, ihr Name ist Tira. Eigentlich Katharina. Aber das klingt so", er stockte, „na ja, autoritär. Obwohl ich mir vorstellen kann, dass du das magst."

Bestimmt war mein Gesicht gerade so rot wie eine Tomate, zumindest fühlte es sich so an. Zenzi zwinkerte mir zu, als wüsste er, dass ich noch nie mit einer Frau geschlafen hatte, deren Namen ich nicht kannte. Peinlich.

„Mach dir keine Gedanken", sagte er unermüdlich gut gelaunt. „Mir passiert so etwas ständig, Gabriel." Er schob meinen Namen in englischer Sprechweise nach. Wollte er mir damit andeuten, dass ich nicht zu seinen namenlosen Gelegenheitsficks gehörte?

„Sehr beruhigend, danke", antwortete ich spöttisch.

„Hui, du hast ja sogar Humor."

Mein Magen knurrte wieder.

Zenzi lächelte. Dann klopfe er mir auf den Oberschenkel, was mich schmerzerfüllt aufstöhnen ließ. „Bleib liegen und ruhe dich aus. Ich mach dir etwas zu essen und bringe es dir ans Bett."

Es war mir unangenehm, mich von einem Unbekannten in einem fremden Schlafzimmer umsorgen zu lassen. Liefen One-Night-Stands nicht anders ab? Dies war mein Erster, also im klassischen Sinne. „Mach dir keine Umstände", sagte ich und setzte mich auf, zum Glück schwindelfrei, „ich kann mir selbst etwas machen."

Bärenstarke Hände legten sich auf meine Schultern und drückten mich zurück. Gegen Zenzi fühlte ich mich so kraftlos wie ein Kleinkind. „Du hast Tira verteidigt", sagte er, „bist dabei unter Drogen gesetzt worden und hast dich durch einen echt üblen Trip gekämpft. Als wäre das nicht erschöpfend genug gewesen, wurdest du ein wenig später von zwei, dir vollkommen Fremden, ins Nirwana gevögelt. Ich denke, du kannst dir selbst gestatten, einfach liegenzubleiben und dich von mir verwöhnen zu lassen. Oder?"

„Mmh", brummte ich mit einem Schmunzeln, „so, wie du das formulierst, scheint mein Überleben ein Wunder gewesen zu sein."

Meine Stimmung verdüsterte sich plötzlich, als mir etwas anderes in den Sinn kam. „Wenn es wirklich so übel war, warum habt ihr keinen Krankenwagen gerufen?"

Über Zenzis fröhliche Miene huschte ein dunkler Schatten. „Ich habe ein bisschen übertrieben."

„Nur ein bisschen?"

Er seufzte. „Ja. Gabriel, verzeihst du uns einen gewissen Egoismus?"

Ich legte den Kopf schief, um ihn zum Weiterreden zu ermuntern.

„Hätten wir einen Krankenwagen gerufen, nachdem jemand Drogen vor unseren Club genommen hat, wären wir womöglich in den Fokus der Polizei geraten. Etwas, dass wir mit strengen Regeln und Kontrollen seit Jahren vermeiden konnten. Außerdem wussten wir, wie wir dir helfen konnten."

Zenzi musterte mich abwartend. Seine Erklärung klang nachvollziehbar, wenn auch wirklich etwas egoistisch. Schlimmeres war zum Glück nicht passiert.

„Darf ich dich denn nun im Bett verwöhnen?", fragte Zenzi.

„Vorerst natürlich nur mit Essen", fügte er grinsend hinzu.

Er konnte es nicht lassen. „Okay", sagte ich resigniert, „aber vorher würde ich gerne nochmal duschen." Wenigstens das Sperma wollte ich abwaschen, welches aus mir heraus sickerte.

„Es läuft noch, mmh?", fragte Zenzi neckisch und musterte meine verdeckte Körpermitte interessiert. „Noch so richtig schön glitschig", schwärmte er, „das perfekte Umfeld für einen einsamen Schwanz."

Wie konnte ich mir nur im gleichen Maße wünschen, im Boden zu versinken, wie ihm meinen wunden Arsch zu präsentieren? Die Drogen mussten mir das Hirn versengt haben. Ich hatte schon einiges erlebt, keine Ahnung, warum mir ausgerechnet das so peinlich war.

Weil ich es nicht kannte, begriff ich, weil bisher jeder Mann in mir ein Kondom verwendet hatte. „Scheiße", zischte ich, als mir die Antwort eiskalt in den Magen fuhr.

Wie konnte ich mich so gehen lassen? Bei der Standfestigkeit, die Zenzi zeigte, nahm er vermutlich täglich einen Neuen durch. „Was?", fragte er arglos.

„Wir haben die Gummis vergessen." Ich vergrub mein Gesicht hinter den Handflächen. „Oh, scheiße!" Unsere Blicke begegneten sich. „Ich habe nie, ich meine, ich achte darauf. Nur diesmal ... Scheiße!"

„Tira und ich sind gesund." Klar, das konnte jeder sagen. „Ganz bestimmt. Sie hat auch an Verhütung gedacht."

„Sicher?"

„Ganz sicher, vertraue uns."

Sie hatten bereits mein Leben in den Händen gehalten. Wenn ich ihnen nicht vertrauten könnte, dann sollte ich gleich gehen. Andererseits. Es war unverantwortlich. „Mist", ächzte ich und wäre am liebsten aufgesprungen.

„Gabriel, he, Gabriel"; sagte Zenzi und fing meinen Kopf ein, um mir in die Augen zu schauen. „Ich kann dir unsere, gerade mal einen Monat alten, Testergebnisse zeigen. Und ich fick sonst immer mit Kondom. Hörst du? Es ist nichts passiert und es wird nichts passieren."

„Ich will die Ergebnisse sehen", sagte ich geschäftsmäßig. Wieso muss dieses Thema immer so unangenehm sein? „Ich habe das letzte Mal vor zwei Monaten Blut gespendet und war die vergangenen anderthalb Jahre in der gleichen Beziehung. Mit einer Frau."

Zenzi sah mich schief an. „Wann hast du das letzte Mal mit einem Mann geschlafen?"

Eigentlich war dieses Thema ein denkbar schlechter Einstieg zum Kennenlernen. Glaubte ich zumindest. „Vor ungefähr sechs Jahren."

„Und es hat dir nicht gefehlt?"

Erzähl es schon, sagte ich mir selbst. Ich holte tief Luft. „Doch. Sehr." Es tat gut es auszusprechen und noch besser tat es einen einfühlsamen Gesprächspartner zu haben, der mir zuhörte.

Manchmal, wenn eine meiner Beziehungen endete, war ich kurz davor zu Lady Jenna zu fahren. Nur eine Session, nur einmal die Lust von früher erleben. Aber ich schreckte zurück, weil ich es danach vermutlich noch mehr vermisst hätte und ich diesen Gelüsten nicht eine solche Macht über mich geben wollte.

Zenzi streckte den Arm aus und streichelte mir über die Haare. „Verständlich." Er saß mir sehr nahe. Ich spürte deutlich das Brennen in meinem Inneren, welches von ihm herrührte – und ihren Befehlen.

„Vor zwei Wochen", sprach ich weiter, „war ich das erste Mal in einem Gay-Club. Auch wenn ich Männer wie Frauen mag, habe ich keinerlei Erfahrung im Kennenlernen von Männern. Es ist nun mal so, dass ich normalerweise nicht explizit nach einem

Geschlecht suche. Also begegne ich wesentlich häufiger Frauen."

„Klingt nachvollziehbar", sagte Zenzi.

„Wer fragt denn schon im Alltag sein männliches Gegenüber, ob er Interesse hat?"

Zenzi wiegte den Kopf hin und her. „Außerhalb eines Gay-Clubs würde ich das nicht machen."

„Eben."

„Und was war im Club? Ein schöner Mann, wie du, wird die Aufmerksamkeit vieler angezogen haben." Er grinste und drückte meinen Schenkel fester. „Ich jedenfalls hätte dich sofort angebaggert."

Neckisch schubste ich die Hand weg. „Nun", sagte ich, „in dem Club fühlte ich mich nicht wohl, so als ob ich nicht wirklich dazu gehörte. Oder lügen würde." Ich senkte den Blick und schüttelte den Kopf.

Stoff raschelte, als Zenzi sich zu mir beugte und mich fest in den Arm nahm. „Ach, Gabriel. Wahrscheinlich denkst du das nur."

„Nein", antwortete ich halb erstickt. „Einer, den ich ablehnte, fragte mich wütend: Du bist doch schwul, oder nicht? Ich entgegnete nein, bisexuell. Der Typ ging grummelnd weg. Er meinte, ich solle mich verpissen, bis ich weiß, was ich will."

„Beides?"

„Ja, oder eines, wenn alles passt. Egal welches. In dem Club wurde ich von vielen umworben", ich zögerte, weil die Bezeichnung so schrecklich altmodisch klang, „und es fühlte sich falsch an."

„Jetzt, hast du mich an der Backe", sagte er.

„Und Tira?"

159

„Sie und ich, wir gehören zusammen. Und ich verspreche dir so hartnäckig um dich zu werben, bis du ein Teil von uns bist."

Ich lehnte mich von ihm weg, um sein Gesicht zu sehen. Kein Grinsen war darin zu erkennen, nicht das kleinste spöttische Zucken. Sein Versprechen schien ernst gemeint.

„Wir kennen uns doch kaum", sagte ich leise. Was war am Ende schon eine einzelne Session, egal wie gut?

„Ich habe genug von dir kennengelernt, um zu wissen, dass ich dich will. Jeden Tag, mindestens einmal, nur um danach mit dir im Bett zu liegen und zu reden."

Hitze stieg mir in die Wangen. Dazu knurrte mein Magen äußerst fordernd. Seine Worte mochte er wirklich so meinen, aber vermutlich säuselte er sie jede Woche einem anderen vor. Anders konnte ich es mir nicht vorstellen.

Zenzi wuschelte mir durch die Haare und drückte mir einen feuchten Schmatzer auf die Stirn. „Du bist süß", sagte er, „dabei wirktest du ziemlich erfahren."

Ich zuckte mit den Schultern und kämpfte mit mir, ob ich die unangenehme Wahrheit aussprechen sollte oder nicht. Zenzi zeigte mir gegenüber Ehrlichkeit, selbst wenn ich nicht an die Nachhaltigkeit seiner Beteuerungen glaubte.

Wenn es die Chance gab die beiden wiederzusehen, gar ein Teil ihres Lebens zu werden, dann wollte ich sie ergreifen. Dazu mussten sie mich erstmal verstehen. „Du bist der erste Mann, mit dem ich mich nach dem Sex unterhalte", erklärte ich.

Er verschluckte sich. „Was?"

„Ich", das war wirklich peinlich, „habe nur in Sessions mit Männern geschlafen. Auf", ich schluckte, „Anweisung. Ich habe danach noch nie mit einem geredet, weil Lady Jenna mich dann für sich haben wollte."

Zenzi sah mich mit offenem Mund an. „Äh ... ja. Das erzählst du mir gleich genauer."

Er musterte mich, strich mir erneut über die Wange. „Ich mach dir jetzt etwas zu essen und du gehst duschen. Du weißt noch, wo alles liegt?"

Ich nickte.

„Gut." Ächzend wälzte sich Zenzi vom Bett und schlenderte zur Tür. Dort angekommen, drehte er sich um. „Ich kann dir aber nur Mikrowellenfraß anbieten."

„Heute ist mir alles egal."

Er hob mehrfach die Augenbrauen. „Hauptsache gestärkt für den nächsten Fick?"

Der Mann war unmöglich, selbst wenn es wahr sein mochte. Bevor ich ihm eine gepfefferte Antwort entgegenwerfen konnte, war er weg. Ich hörte nur noch seine Schritte und sein fröhliches Pfeifen.

Langsam kroch ich aus dem Bett. Als ich aufstand, überraschte es mich, wie schwach ich wirklich war. Schon nach dieser geringen Anstrengung atmete ich schwerer. Die Müdigkeit lastete wie ein Stein auf mir. Ein Wunder, dass ich so die Session überstanden hatte.

Der Gedanke daran ließ mich jeden schmerzhaften Funken in mir besser standgehalten. Besonders den Muskelkater in den Oberschenkeln, der im Stehen schlimmer brannte als mein wunder Arsch. Auch die Striemen bissen in mein Fleisch. Ich tastete darüber, lächelte und wünschte mir mehr.

Die aufgewärmten Tiefkühlbaguettes, samt Tiefkühlpizza verschlang ich, als wäre ich am Verhungern. Auch von dem Wasser konnte ich nicht genug bekommen. Zenzi hatte alles auf einen länglichen Tisch angerichtet, der extra für das Essen im Bett gedacht war.

Nur mit einem Handtuch um die Hüfte saß ich am Kopfende und hielt mich mühsam aufrecht. Zenzi lag auf der Seite neben mir und schaute mit einem belustigten Gesichtsausdruck zu mir hoch. Obwohl wir nichts sagten, wirkte die Stille zwischen uns nicht wie ein Schweigen.

Im Gegenteil, wir lächelten uns an. Bei dem angenehmen und gleichzeitig prickelnden Gefühl in seiner Nähe konnte ich kaum glauben, dass wir uns höchstens einen Tag kannten.

Noch hatte er nicht nachgehakt, wer Lady Jenna war. Doch ich sah ihm an, dass er nur darauf wartete, bis ich fertig gegessen hatte. Längst hatte ich beschlossen, die Wahrheit zu erzählen, unabhängig davon, wie sie klang. Wenn sie damit umgehen konnten, mich mit meiner Vergangenheit akzeptierten, mich also nahmen, wie ich wirklich war, dann wäre das ein Traum.

Ich leckte mir die Finger ab und verschlang den letzten Krümel. Ein wohliger Seufzer entschlüpfte mir, als ich mich in den Kissenberg zurücksinken ließ und meine Beine unter dem niedrigen Tisch hindurch streckte. Aufmerksam ließ ich dabei meinen Blick über Zenzis Muskelstränge gleiten.

„Machst du Gewichtheben?", rutschte mir raus. Ich hätte mir am liebsten auf die Zunge gebissen.

„Wieso?", fragte er scheinheilig.

Die Erinnerungen schwappten in mir hoch. Ich spürte das Brennen in mir und räusperte mich leise. „Ich dachte es, so wie du mich hin und her gewuchtet hast."

Zenzi hob einen Arm und legte eine Hand auf meinen Bauch. Die kühle, sanfte Berührung gefiel mir. „Gabriel", sagte er heiser, „deine Verlegenheit ist so", er ächzte, „geil. Es fällt mir schwer, mich zu beherrschen und nicht über dich herzufallen."

Das „mach doch" lag mir auf der Zunge, aber ich verbiss es mir. Ich war zwar Masochist genug, um mir selbst jetzt mehr Sex zu wünschen, aber auch ich merkte, dass ich dafür zu erschöpft war.

„Entschuldige", antwortete ich. „Ist mir so rausgerutscht."

„Du merkst es nicht, oder?", schnaubte Zenzi. Nach einem unartikulierten Brüllen nahm er die Hand von mir, ballte sie zu einer Faust und biss hinein. Er holte mehrfach tief Luft. „So. Besser. Und nun erzähl mir von dieser Lady Jenna und wieso ich der erste Mann bin, mit dem du nach dem Sex redest."

Ein bisschen mehr Raffinesse beim Themenwechsel hatte ich ihm durchaus zugetraut. Trotzdem fühlte ich mich durch die Wirkung, die ich auf ihn hatte, geschmeichelt.

„Lady Jenna ist eine Domina", begann ich. „Ich lernte sie zu Beginn meines Studiums in Berlin auf meiner ersten und einzigen Party im Kitkatclub kennen. Sie sagte mir damals sehr direkt, dass ich ihr gefiel. Dann fragte sie mich, ohne Umschweife, ob ich nicht Lust hätte mit ihr in den Keller zu gehen, um mit ihr zu spielen."

Zenzi machte ein Geräusch wie ein brunftiger Hirsch. Er legte mir seine große Hand auf den Oberschenkel und begann mein Fleisch zu kneten. Ich grinste ihn an.

„War sie in Leder, Lack und so weiter gekleidet?", fragte er unnatürlich hoch.

„Ja", sagte ich und zog das Wort in die Länge. Zenzis unverhohlene Gier auf mich befeuerte auch meine Lust. „Ihr Anblick hatte mich sofort begeistert. Sie schien wie aus meinen Teenagerfantasien entsprungen. Zuerst war ich so perplex, dass ich kaum mitbekam, wie ich ihr folgte, sie mich an die Wand kettete und sich vor unzähligen Augen ganz langsam steigerte." Zenzis Finger fuhren grob entlang meiner Innenschenkel. Immer wieder krallte er die Fingernägel in meine Haut. „Weiter!", keuchte er. Ich sah mich schon erschöpft unter ihm liegen, während er sich in mich versenkte.

„Danach", führte ich zögerlich aus, „fühlte ich mich, als hätte ich eine neue Welt entdeckt. Als Lady Jenna mir anbot einer ihrer privaten Subs zu werden, mit denen sie nur zum Spaß, also ohne Bezahlung spielte, nahm ich an."

„Interessanter Einstieg", bemerkte Zenzi. So wie seine Augen glühten, stellte er sich mich gerade nackt an die Kellerwand gefesselt vor und sich selbst hinter mir.

„Vier Jahre, während meines gesamten Studiums, blieb ich bei ihr. Sie leitete mich an und nahm sich die Zeit mich auszubilden." Ich musste grinsen. „Aber nicht vollkommen uneigennützig. Nachdem ich einige Erfahrungen gesammelt hatte, band sie mich in Spiele mit ihren Kunden ein, nahm mich mit auf Partys und verlieh mich auch ab und zu."

Zenzi runzelte missbilligend die Stirn, der Zug um seinen Mund wurde hart. Selbst das rohe Streicheln auf meinem Bein erstarrte.

„Mir machte es Spaß", sagte ich nachdrücklich und sprach aufgeregt weiter, „und sie passte sehr gut auf mich auf. Und obwohl ich schon als Teenager bemerkte, dass ich bisexuell bin, lebte ich die Liebe zu Männern nie aus. Es ergab sich einfach nicht. Als ich Lady Jenna davon erzählte, sorgte sie dafür, dass sich dies änderte." Ich dachte zurück an die anonymen Begegnungen mit Masken.

„Sie hat dich an Männer verkauft, wie eine Metze", sagte Zenzi abfällig. Er nahm seine Hand von mir und erhob sich in den Schneidersitz. Von oben schaute er auf mich hinunter.

„Und?", antwortete ich scharf. „Es steht dir nicht zu, sie oder mich zu verurteilen. Ist es falsch, wenn ich dabei Spaß hatte?"

Zenzi verschränkte die Arme vor der Brust. „Nein, aber es ist falsch, dass du bisher nur Sex mit Männern hattest und dabei nie Liebe erfahren hast."

„Hör auf", sagte ich heftiger, als ich wollte. Aber zu sehr zog sich meine Brust zusammen, spürte ich, wie sich ein dumpfer Verlust ankündigte. „Es ist eine andere Welt. Wenn du mich deshalb ablehnst, dann ist das sehr schade, aber ich kann damit leben. Ich kann dir nur sagen, dass ich ohne diese Erfahrungen kaum hier mit euch so hätte reagieren können."

Lehnte Zenzi mich ab, würde Tira es wohl ebenfalls tun. Ich hievte mich zurück in die Sitzposition und verhedderte meine Unterschenkel in dem kleinen Betttisch über ihnen. Hoffentlich schaffte ich es halbwegs elegant aus dem Zimmer, ohne irgendeine dumme Gefühlsäußerung.

„Gabriel", sagte Zenzi sanft und packte meinen Oberarm, „warte!"

In meinem Zustand hatte ich ihm nichts entgegenzusetzen. Also blieb ich still sitzen und hielt nach meiner Kleidung Ausschau. Ich sah sie nicht.

„Gabriel, heißt dass, so etwas wie mit uns hast du schon erlebt?"

Bitte, wenn er nachfragte, sollte er es auch erfahren. Sein angekündigtes Umwerben hatte sich ja schon in Luft aufgelöst. Ich sah ihm offen in die Augen. „Nicht so. Anders." Ich schluckte. Meine Kehle fühlte sich eng an.

Eigentlich hatte ich Zenzi und Tira nicht verschrecken wollen. Aber ich wollte nicht lügen. „Manchmal gab mich Lady Jenna an kleine Gruppen, denen sie vertraute. Meist an etwas ältere, sehr gut zahlende Männer, die es genossen einen schönen, jungen Mann wie mich zu bekommen."

„Schön?", fragte er gereizt, als würde ihn das plötzlich stören.

„Ich weiß, was ich bin", sagte ich hart. Seine Hand ließ sich leider nicht abschütteln.

Zenzi warf mir einen seltsamen Blick zu, als würde er mich zum ersten Mal sehen.

„Ich höre es oft genug", sprach ich weiter. „Gabriel, wie ein Engel vom Himmel gekommen. So außergewöhnlich und toll." Ich ächzte angewidert. „Bla. Bla. Bla."

Meine Geste, als würde ich würgen und kotzen, brachte ein Schmunzeln in Zenzis Gesicht zurück. Er ließ mich los, wirkte zerknirscht. Immer wieder sah er mich an, als würde er mit sich kämpfen.

Plötzlich packte er meinen Nacken, beugte er sich zu mir und zog mich gleichzeitig zu sich heran. Unsere Köpfe berührten sich an der Stirn. „Stimmt, ich habe kein Recht dich zu verurteilen." Zenzi drückte mir einen Kuss auf die Nasenspitze. „Übrigens mag ich auch den kämpferischen, verletzlichen Gabriel, den du mir gerade zeigst." Nach einem flüchtigen Kuss auf meine Lippen schob er mich sanft in den Kissenberg. „Außerdem bist du außergewöhnlich. Und schön."

Eine gefühlte Ewigkeit sagten wir beide nichts und sahen uns nur an. Diesmal war er es, der den Blick senkte. „Es hat dich nicht gestört, nur benutzt zu werden?", murmelte er, als müsste er sich an so etwas als etwas Gewolltes erst gewöhnen.

Ich lächelte. „Es hat mich nicht gestört", antwortete ich in der Hoffnung Zenzis, und damit Tiras, Interesse doch noch zu gewinnen, „im Gegenteil, es war geil. Auch wenn es mehrere in einer Session waren, Lady Jenna mit mir Geld verdiente und es tagelang brannte. Es war wirklich geil."

„Du bist verrückt." Zenzi schnaubte. „Devote Masochisten werde ich wohl nie verstehen. Ich würde dich wie einen kostbaren Diamanten beschützen und niemanden an dich heranlassen."

Bedauerlicherweise eine sehr verbreitete Ansicht, dachte ich bei mir. In einer Beziehung, die jeden Wunsch erfüllte, mochte es auch gut sein. Aber welche schaffte das schon? „Du hast mich mit Tira geteilt", erinnerte ich ihn.

„Das ist etwas vollkommen anderes", sagte er empört.

Ich kicherte. „Ist klar."

„Wir gehören zusammen, seit", er unterbrach sich und holte tief Luft. „Was geschah nach deinem Studium?"

„Ich bewarb mich in ganz Deutschland und kam nach Offenbach, näher an meine Familie zurück. Lady Jenna und ich hatten noch eine Weile Kontakt." Ihr Bild vor meinen Augen entlockte mir ein Seufzen. „Sie fehlte mir, auch wenn wir nicht wirklich zusammen waren, fühlte sich das, was wir hatten, wie eine intensive Beziehung an."

Zenzis Hand stahl sich wieder auf mein Bein. Er streichelte mein Knie. „Und dann?"

„Der Job vereinnahmte mich sehr schnell, so dass ich kaum dazu kam mich in der Szene hier umzusehen. Dann lernte ich im Fitnessstudio ein paar Kumpels kennen. Da ich kaum Zeit hatte und es bequem war, schloss ich mich ihren Plänen an. Es hat sich einfach ergeben, dass ich SM nicht mehr auslebte." Im Nachhinein bereute ich es.

„Diese Kumpels waren die, mit denen du bei uns im Club warst?" Zenzis Hand fuhr an meinem Oberschenkel hoch. Angespannter als vorher ließ ich ihn gewähren.

„Ja. Sobald ich in dieser Clique drin war, bewegte ich mich auch in ihrem Dunstkreis. Sie sind alle hetero. Da mir das Geschlecht egal ist, kam ich dann eben mit Frauen zusammen. Der fehlende SM nagte schlimmer an mir, als der fehlende Sex mit Männern."

„Verstehe."

Ich schüttelte den Kopf. „Eigentlich hatte ich beschlossen, erstmal keine Frauen mehr zu treffen und es endlich mit Männern zu versuchen."

„Deshalb der Gay-Club?" Zenzi zupfte beiläufig an dem Handtuch, welches meine Blöße bedeckte. Nach seinem ablehnenden Verhalten hatte sich mein Ständer verabschiedet.

„Ja." Erschreckend schnell hatte ich meine Absichten geändert. Ich vergrub mein Gesicht hinter den Händen. „Dann sah ich Tira", ich zögerte und zwang mich erneut zur Ehrlichkeit, „und dich, als du neben ihr standest und mich gierig verschlungen hast."

Zenzi grinste. „Du bist einfach zu heiß, wie hätte ich da weggucken können?"

„Ich habe von euch beiden geträumt", sagte ich leise. Warum mussten mir bei solchen Worten immer die Wangen glühen?

„Versprichst du mir, ein Geheimnis zu wahren?", fragte Zenzi. Mittlerweile streichelte er mich nur noch sanft.

„Nur, wenn es niemanden schadet."

Er schaute mich schief an. „Gut, das nehme ich als ja. Tira hat seit eurem Treffen ständig von dir geredet. Du bist ihr gar nicht mehr aus dem Kopf gegangen."

Die Worte breiteten sich in mir wie eine stürmische Welle aus Glück aus. Bestimmt grinste ich gerade von einem Ohr zum anderen. „Hat sie geahnt, dass", ich musste einmal durchatmen, „dass ich so bin, wie ich bin?"

Er zwinkerte. „Sie wusste es nach deinem Verhalten am Tresen."

„Wow, es scheint mir ja doch auf der Stirn zu stehen."

„Nein", Zenzi lachte, „Tira hat Erfahrung."

„Es war seltsam für mich", sagte ich nachdenklich, „dass sie mich als Domse gefickt hat."

„Hat Lady Jenna dich nicht genommen?", fragte er mit Überraschung in der Stimme.

„Nein, nie." Ich hatte es auch nicht erwartet. „Sie hat höchstens andere Frauen dazu geholt, die dies dann taten."

Zenzi streichelte meinen Oberschenkel hinauf. „Sie konnte die Hände von einem Sahneschnittchen wie dir lassen? Kaum vorstellbar."

„Sie wirkte manchmal etwas bedauernd."

Er lachte frei heraus, als hätte es unsere Meinungsverschiedenheit nicht gegeben.

„Sie war Hausfrau", erzählte ich, um die Stimmung beizubehalten, „mit einer Nebenbeschäftigung als Domina – in einem extra gut isolierten Anbau. Soweit ich weiß, hat sie nur mit ihrem Mann geschlafen."

„Ich stelle mir das frustrierend vor", sagte Zenzi. Wie beiläufig tastete er sich in meinen Schritt vor.

„Ich habe sie einmal zufällig auf einem Jahrmarkt getroffen, samt ihren beiden Kindern und ihrem Mann."

Zenzis Augen glitzerten sensationslüstern. „Und?"

„Nichts und", zischte ich. „Wir haben uns höflich gegrüßt. Niemand hätte ihr im täglichen Leben ihre Passion angemerkt. Und außerhalb einer Session waren wir ganz normale, unauffällige Menschen."

„Wie schade", seufzte Zenzi.

Ich lächelte ihm zu, dann musste ich plötzlich herzhaft gähnen. Sofort nahm Zenzi seine Hand von mir. Ich vermisste die spielerische Wärme. „Schlaf ein wenig." Er nickte zum Minitisch. „Möchtest du noch etwas?"

Ich schüttelte den Kopf. „Oder doch, Wasser, bitte. Ich habe einen unstillbaren Durst."

Er sah mich seltsam an, als er mir Wasser in ein Glas goss.

„Ist dies hier eigentlich dein Zimmer?", fragte ich.

„Nein, Tiras."

„Oh", ich stellte das Glas ab. Es war mir unangenehm, dass ich ihr Schlafzimmer besetzte. „Vielleicht, sollte ich doch gehen." Ich kämpfte mich aus dem Kissenberg hoch und keuchte sofort vor Anstrengung. „Ich will euch nicht stören."

„Bleib, Gabriel." Zenzi fasste mich an der Schulter und schob mich zurück. „Ich bitte dich."

„Ob ich hier schlafe oder zu Hause ist doch egal." Mir war es auch lieber, Tira sähe mich erst wieder, wenn ich etwas fitter wäre.

„Eben, deshalb bleibst du hier." Zenzi beugte sich zu mir. Er war mir so nahe, dass ich seinen Atem auf der Nasenspitze fühlte. Ein leidenschaftlicher Kuss von ihm wäre ein gutes Argument zu bleiben.

„Und wenn sie kommt und ich hänge immer noch hier rum wie ein ausgeleierter Seesack?"

Zenzi grinste. „Sie wird sich freuen, dich zu sehen. Glaub mir."

Diesmal wirkte er verlegen, als er überall hinsah, nur in meine Augen nicht. „Vielleicht, wenn du magst, lege ich mich zu dir."

Diese Augen strahlten eine unfassbare Wärme aus. „Das wäre schön", antwortete ich.

Zenzi räumte den Tisch neben das Bett. „Dann mein schöner Engel, rutsch runter und komm in meine Arme", befahl er, „am besten im Löffelchen, dann kann ich deinen wundervollen Knackarsch durch die Shorts spüren."

„Das ist ein blöder Spruch", sagte ich.

„Mir egal."

Nach einem Moment der Sprachlosigkeit lachte ich.

Zenzi breitete die Arme aus und ich kuschelte mich hinein. Ich spürte einen riesigen Ständer im Rücken, während er meine Taille umfasste und mich noch fester an sich zog. Mit einem Gefühl wohliger Sicherheit, die ich nie bei einem nahezu Fremden erwartet hätte, legte ich den Kopf auf seinen Oberarm.

„Schlaf Gabriel, mein schöner Engel", brummte Zenzi. Mehrere zarte Küsse folgten aufeinander. „Aber nachher bist du fällig."

Der letzte Satz drang kaum durch die Müdigkeit.

Um die beiden schlafenden Männer nicht zu stören, war ich in Zenzis Wohnung gegangen. Die Dusche tat mir gut und wärmte mich auf, nachdem ich im kühlen Keller nackt gearbeitet hatte. Endlich konnte ich den verbliebenen Gestank von Pietros Blut und Ausscheidungen abwaschen. Die Kleidung, die ich vorhin trug, hatte ich noch vor der Reinigung des Kellerraumes in einen Beutel gestopft und in einer Feuerschale hinter dem Haus verbrannt.

Ich verließ die Duschwanne, schnappte mir ein Handtuch. Während des Abtrocknens überlegte ich, ob ich die von Pietro gewonnenen Informationen an meinen alten Mentor weitergeben sollte oder nicht. Er könnte andere Vampire warnen und vielleicht etwas ausrichten. Ich zögerte, wir hatten uns seit vierzehn Jahren nicht mehr gesehen. Nach seinem würdelosen Abgang lief ich ihm sicher nicht hinterher.

Ein bedeutsameres Problem verdrängte diesen Gedankengang, denn im Augenblick war die Frage wichtiger, wo ich die Leiche samt Auto am besten entsorgte.

Es musste ein Ort sein, an dem Pietro am nächsten Morgen entdeckt wurde. Schließlich war er nun schon einen Tag verschwunden und niemand sollte auf die Idee kommen, bei uns zu suchen. Außerdem wollte ich die Polizei und die Jäger gleichermaßen täuschen. Anderseits musste der Ort gut erreichbar sein, damit ich wieder schnell nach Hause kam.

Die von mir gelegten Spuren an Pietros Körper würden den Eindruck vermitteln, dass er gefunden werden sollte. Die fehlenden Fingerabdrücke würden ebenfalls anzeigen, dass die

Mörderin vorbereitet war. Auch, dass er einen Tag ohne Nahrung und mit Verletzungen gefangen gehalten wurde, würden sie sicher herausfinden.

An sich wäre es noch wünschenswert, wenn kleine Partikel, die womöglich noch an Pietro oder der Plane hafteten, verschwänden. Denkbar wäre auch, dass sie sich mit anderem Dreck vermischten, der Main bot sich geradezu an. Doch beim Versenken würde das Auto ja nicht gefunden werden. Schwierig.

Nackt trat ich in den großen Wohnraum. Ich zog die langen Vorhänge des Panoramafensters zur Seite, um besser denken zu können. Der Blick auf den nächtlichen Fluss begeisterte mich jedes Mal. Ich war froh, ihn nicht allzu bald hinter mir lassen zu müssen.

Ein Stück weiter den Main hinab, auf dem gegenüberliegenden Flussufer, zeigte sich nur ein einzelnes Licht in den Fenstern. Die Bewohner der neuen Wohnanlage auf der Hafeninsel blieben offenbar selten bis zwei Uhr auf.

Hatte ich nicht letztens einen Artikel über die sehr aufmerksamen und nörgelnden Bürger gelesen? Ich erinnerte mich auch an das Bild dazu. Es zeigte eine praktische Hafentreppe ohne Begrenzung, an der vorne, direkt an dem Ufer, ein Transporter parkte.

Damit bot der Ort einen perfekten Zugang zum Wasser. Jetzt, in der Nacht, wäre ich dort unbeobachtet genug, um das Auto am Rand zu versenken. Am Morgen würde es höchstwahrscheinlich jemanden auffallen. Bei der Vorstellung, wie ach so brave Anwohner bei der Polizei Sturm klingelten, hob sich meine Laune.

Ja, doch. Die Idee behagte mir immer besser. Außerdem könnte ich von dort die Carl-Ulrich-Brücke zurück über den Main nehmen. Ein längerer Spaziergang am Wasser würde mir auch gefallen. Ich wäre mindestens eine Stunde unterwegs und könnte den Kopf frei bekommen. Zenzi war ja da, um sich um Gabriel zu kümmern.

Ganz langsam öffnete ich die Tür zu meinem Schlafzimmer. Gabriel in Zenzis Armen liegen zu sehen, gefiel mir. Wenn ich nichts zu erledigen hätte, würde ich mich dazu legen. Wenn mein Engel mich beim Aufwachen sähe, wäre er dann überrascht?
Wieso dachte ich solch einen Unsinn? Wir kannten uns kaum. Und nur weil ich ihn am Leben ließ, hieß das nicht, dass er bei uns blieb. Ich wusste nicht mal, ob ich dieses Risiko überhaupt eingehen wollte.
Giglio. Ich seufzte. Er starb einfach so, unerwartet, weil ich zu langsam reagierte. Selbst wenn ich unsere Beziehung in einem rosigen Licht gemalt hatte, geliebt hatte ich ihn und es hatte furchtbar wehgetan, ihn zu verlieren. Wollte ich mir so etwas wirklich wieder antun? Insbesondere, wenn wir wöchentlich Drohbriefe bekamen und sich die Jäger an unsere Fersen hefteten?
Zenzi regte sich. Er lächelte mich an. Nach einem Kuss auf Gabriels Wange, schlängelte er vorsichtig seinen Arm unter dessen Kopf hervor. So sanft, wie ich es ihm nie zugetraut hätte, deckte er meinen Engel zu. Dieser murmelte irgendetwas und schlief weiter.

Mein uralter Lebensgefährte und notorischer Aufreißer hübscher Männer schwebte auf einer glücklichen, rosaroten Wolke. Ihm geschah dies ungefähr alle zwei Monate.

Bei einem Blick zurück auf Gabriel grinste er breit. „Wir haben uns vorhin unterhalten", sagte er so leise, dass ich es kaum verstand. „Er ist unglaublich. Ein bisschen seltsam zwar, aber unheimlich faszinierend." Anders als sonst schien er sogar aus dem Inneren heraus zu leuchten.

Ich wusste es, Gabriel war gefährlich. Beim Blick auf sein Antlitz entschlüpfte mir ein Seufzer. „Komm", sagte ich, „lass uns draußen weiterreden."

Zenzi folgte mir und schloss in präziser Zeitlupentechnik die Tür hinter uns. Eines musste ich ihn sofort fragen: „Hast du dich bewusst an ihn rangeschmissen? Ich meine vorhin, vor der Session. Wolltest du mich dazu bringen, mit ihm zu spielen?"

Er kniff die Augen zusammen und stieß die Luft aus. „Als ich Gabriels Ständer und dich schlafend sah, wirkte es wie eine sehr gute Idee. Abgesehen davon, war es mir auch so eine Freude, mich an ihn ranzumachen."

„Du weißt, ich mag es nicht manipuliert zu werden", sagte ich in gerechter Empörung. Letztendlich war ich froh, dass er es getan hatte.

„Ich werde mich nicht dafür entschuldigen", murrte Zenzi. „Ich hatte Hoffnung. Und für einen Moment, später, dachte ich, du würdest ihn trotzdem töten."

Ich nickte. Da er mich hätte gewähren lassen, verzieh ich ihm. „Lass uns auf der Couch weiterreden."

Nachdem Zenzi sich ein Glas seines Lieblingsblutes warm gemacht hatte, erzählten wie uns, was geschehen war. Pietros

Informationen beunruhigten ihn, gleichzeitig freute er sich, dass wir nicht sofort flüchten mussten. Wir waren uns einig in Zukunft noch vorsichtiger zu sein.

„Meinst du, ich sollte Kaeso aufsuchen, um die anderen zu warnen?", fragte ich.

Zenzi verdrehte die Augen und seufzte. „Ich weiß nicht. Können wir das später besprechen? Ich habe gerade keine Lust über den zu reden. Dafür könnte ich dir einiges über Gabriel erzählen."

Ich lächelte, da es mir ähnlich erging. „Dann los."

„Lady Jenna also", sagte ich. Ich spürte Eifersucht in einer Form, wie ich sie seit Giglio nicht mehr wahrgenommen hatte. Zu mir hätte Gabriel gehören sollen, von Anfang an. Was dachte ich denn da? Er gehörte nicht mal jetzt zu mir.

„Ich bin froh, dass du dich mit deinen Erinnerungen an Giglio auseinandergesetzt hast", erklärte Zenzi, „und dass Gabriel noch lebt."

„Ja, ich auch", gestand ich, „aber das heißt nicht, dass er nun zu uns gehört. Nur weil das Leben mit Giglio nicht perfekt war, kann nicht einfach irgendwer kommen und seinen Platz einnehmen." Selbst, wenn es ein schöner Traum wäre.

„Gabriel ist nicht irgendwer. Du, genau wie ich, hast es beim ersten Blick bemerkt."

Ich schüttelte den Kopf. Es war zu früh, vielleicht könnten wir uns gelegentlich mit ihm treffen – so zum Kennenlernen.

„Hast du Angst, dass der Hunger wiederkommt?", fragte Zenzi.

„Auf Gabriel?" Ich schnaubte. „Nein, das glaube ich nicht. Ich spüre nun eher den Wunsch, immer wieder von ihm zu kosten."

Zenzi grinste. „Verstehe. Aber es wird noch eine Weile dauern, bis wir ihn von unserer wahren Natur erzählen können."

„Moment, so meinte ich das nicht. Es ist nicht mal raus, ob er überhaupt bleibt."

„Ich habe den Wunsch danach in ihm gesehen, in seiner Stimme, seinem Körper, seiner Miene und sogar in seinen ehrlichen Worten."

Die Arme vor der Brust verschränkt, schüttelte ich den Kopf. „Siehst du nicht alle zwei Monate deine große und unerreichbarste Liebe in irgendeinem neuen Typen?"

Zenzi funkelte mich wütend an. „Tue doch nicht so, als hättest du nichts gefühlt", fauchte er. „Es ist als wären wir füreinander geschaffen. Ich spüre es, wenn ich ihn ansehe, wenn ich mit ihm rede oder ihn berühre. Da ist etwas zwischen uns, uns Dreien. Du musst es dir nur eingestehen. Es begreifen. Katharina." Ich ächzte in einem hilflosen Tonfall. „Hast du nicht gemerkt, wie er sich einfügte, wie er auf dich reagierte, auf mich, auf uns."

„Mit Giglio ..."

„Ach komm!", rief Zenzi, „Giglio hat uns auf eine besondere Art zusammengebracht. Ja, sicher. Er hat auch unsere Beziehung nach fast fünfhundertfünfzig Jahren auf eine neue Stufe gehoben. Aber er war auch", er stockte und schien mit sich zu ringen, „ein eitler Pfau mit seltsamen Ansichten."

Während Zenzi sprach, stand er auf und lief vor der Couch auf und ab. „Entschuldige, wenn ich das so offen sage, doch es muss einfach mal raus. Giglio war oft genug ein Arsch, der dich und mich für sich einspannte. Ich war keineswegs so glücklich mit ihm wie du."

Die Stille im Raum wurde schneidend. Noch nie hatte mir Zenzi seine Vorbehalte gegenüber Giglio mitgeteilt. Die Worte schockten mich. „Darüber reden wir später", sagte ich kühl, wenn ich in Ruhe meine Erinnerungen erforscht hatte.

„Es wurde Zeit, dass ich es dir endlich gestehe."

„Später! Du hättest mich ausreden lassen sollen", wies ich ihn zurecht. „Ich wollte vorhin sagen, dass Giglio die Vampire in uns verehrt hat. Er schien von Anfang an zu wissen, was wir sind und wollte so sein wie wir. Gabriel dagegen hält uns für Fabelwesen. Ich mag keine Versteckspiele, ganz besonders dann nicht, wenn wir plötzlich von hier verschwinden müssen. Wie soll das funktionieren?"

„Vergleiche sie nicht", forderte Zenzi. „Du suchst nach Gründen, die gegen Gabriel sprechen, anstatt für ihn."

Ein frustriertes Schnauben entwich mir. „Ich werde doch noch darüber reden dürfen?"

„Ich will ihn", sagte Zenzi entschlossen, „und auch wenn du es dir immer noch nicht eingestehen kannst, du willst ihn ebenfalls. Ich werde nicht zulassen, dass du Gabriel mit deiner Skepsis und Ablehnung verscheuchst. Egal, was geschieht, ich werde mich ihm annähern."

„Beruhige dich", antwortete ich leicht genervt. „Noch habe ich nichts entschieden. Vielleicht nimmst du ihn einfach und ich besuche euch hin und wieder."

Zenzi funkelte mich zornig an. „Genau das ist das Problem. Dein Vielleicht und Möglicherweise. Ich will, dass du dich entscheidest und dann alles tust, was du kannst, um ihn von uns zu überzeugen."

In all den Jahren hatten wir nie eine solche Auseinandersetzung, zumindest nicht wegen eines Mannes. „Ich ..."

„Zur Not werde ich versuchen ihn allein zu halten", ereiferte sich Zenzi, „auch wenn das nicht funktionieren wird."

Ich ärgerte mich, wie weit uns Gabriel gebracht hatte. Wegen ihm stritten wir. Ich starrte meinen Lebensgefährten an, als mir sein letzter Satz bewusst wurde. „Warum?" Ich räusperte mich.

„Ich meine, warum glaubst du, dass du ihm nicht genug wärst?"

„Weil", er seufzte und sah hinüber zum Wohntrakt, „ich gemerkt habe, nach was er sich wirklich sehnt."

„Und das wäre?"

„Etwas, was ich ihm nicht geben kann", sagte Zenzi mit hängendem Kopf und feuchten Augen. „Eine Person, die ihn liebt, respektiert, dominiert und leidenschaftlich quält. Letzteres bringe ich ohne dich nicht fertig."

Ich schwieg betroffen. Zu gerne würde ich Gabriels Sehnen erfüllen. Ein Grummeln entwich mir. Was machte er nur mit uns?

Raus, ich musste hier raus. Nachdenken. „Ich ziehe mich an und bin mindestens zwei Stunden unterwegs."

Zenzi runzelte die Stirn. „Wo willst du hin?"

„Ich entsorge die Leiche. Wenn ich zurück bin, weiß ich hoffentlich, was ich will." Ich holte tief Luft. Eigentlich hatte Zenzi mit allem recht. Angst war ein schlechter Begleiter. „Sorg du dafür, dass Gabriel noch da ist, wenn ich wiederkomme."

Er grinste schief. „Keine Sorge, er ist von deinem Durst, den Drogennachwirkungen und meinem guten Essen so erschöpft, dass er vermutlich erst tagsüber aufwachen wird. Außerdem lasse ich ihn nicht gehen, ohne ihn wenigstens noch einmal durchzunehmen. Und danach wird er sich einen weiteren Tag nicht bewegen wollen."

Ich verdrehte die Augen. Vom einfühlsamen Vampir zum Sexmonster, bei Zenzi eine Entwicklung innerhalb von Sekunden.

Ein paar Luftblasen stiegen noch durch die offenen Fenster auf. Das Autodach befand sich zwei handbreit unter Wasser und lugte deutlich genug aus der braunen Suppe hervor. Perfekt. Ich wandte mich um und sah nach wie vor keinen Menschen.

Langsam, um nicht im letzten Moment Verdacht zu erwecken, entfernte ich mich von der Hafentreppe. Sobald ich zwischen den Häusern verschwunden war, zog ich den Seidenschal, der mein Gesicht bis zur Nase verdeckte, herunter.

Die Juninacht war angenehm kühl, der Mond schaute zwischen ein paar Wolken hindurch. Die perfekten Bedingungen für einen Spaziergang.

Während ich mich der Carl-Ulrich-Brücke näherte und sie überquerte, dachte ich an Gabriel und an Zenzis Worte. Wollte ich den sympathischen, schönen und devoten Mann? Ja, natürlich. Wollte ich mich wieder so weit offenbaren, dass er mich verletzen konnte? Nein.

Beides zusammen ging leider nicht, dafür kannte ich mich zu gut. Kleine Spielereien mit Fremden, die sich erst zum Fesseln überwinden mussten und es dann genossen, einfach geritten zu werden, waren eines. Ein Mann, ein echter Sub, der mir vertraute, der für mich Schmerzen und Demütigungen erdulden wollte und dabei Lust erfuhr, war etwas vollkommen anderes.

Hinter der Brücke stieg ich die Treppe zum Kiesweg hinab, der am Main entlangführte. Aus dem nahen Bootshaus drangen Musik und Stimmen. Vermutlich Jugendliche, die bis in die Nacht hinein feierten.

„Gabriel", seufzte ich. Natürlich wollte ich ihn. Dazu dieses süße Blut, welches auch noch meine Lieblingsblutgruppe war.

Ein spärlich beleuchtetes Kreuzfahrtschiff fuhr gemächlich an mir vorbei. Ein paar der Gäste saßen an Deck und unterhielten sich. Sie lachten fröhlich und unbeschwert. Gläser klirrten aneinander.

In deren Situation wäre ich gerne. Gabriel. Siebenhundert Jahre lebte ich nun, und er war erst der dritte Mann, der mich derart mitriss. Da existierte ich nun schon so lange und wusste immer noch nicht zu schätzen, welch einmalige Chance sich mir bot. Musste ich es nicht wenigstens versuchen? Wenn es doch so einfach wäre.

Meine Kopfhaut kribbelte, meine Sinne richteten sich in die Nacht. Andere Vampire befanden sich in der Nähe. Ich blieb stehen und horchte. So dicht am Club sollte es keine weiteren meiner Art geben. Es handelte sich um sehr junge Vampire, die mich mangels Fähigkeiten noch nicht wahrgenommen haben dürften.

Eine Stimme sprach etwas, dass ich nicht verstand. Danach folgte ein erstickter Aufschrei. Dann Ruhe. Nur die Blätter der Bäume raschelten im sanften Wind. Vorsichtig schlich ich den Weg entlang. Zur Sicherheit zog ich den Schal wieder über mein Gesicht.

Das Mondlicht, zusammen mit den künstlichen Lampen, reichte meinen vampirischen Sinnen, um fünf Gestalten zu erkennen. Sie beugten sich wie reißende Wölfe über einen Leib am Boden. Sie mussten sehr jung sein, wenn sie mein Kommen immer noch nicht bemerkt hatten. Normalerweise warnten uns unsere Instinkte vor den eigenen Artgenossen.

Als ich näher kam, sah ich Zähne aufblitzen und dunkle Schlieren auf heller Haut. Reste zerfetzter Kleidung hingen am Oberkörper der Frau. Ein verdrecktes Tuch schloss ihren Mund, aus den weit aufgerissenen Augen wich der letzte Funken Leben.

„Was tut ihr da?", fragte ich laut.

Die Köpfe von fünf jungen Männern schreckten hoch. Der Gestank ungewaschener Körper drang in meine empfindliche Nase. Eigentlich müssten sie sich vor sich selbst ekeln.

Einer von ihnen, ich machte in ihm den Anführer der Gruppe aus, richtete sich auf und ging mir einen Schritt entgegen.

„Verschwinde, sie gehört uns."

Ich schnaubte, als ob ich es nötig hatte, ihnen ihre Beute zu entreißen. „Ich mag kein Resteessen", antwortete ich kühl.

Auch die anderen standen auf, zwei der abgerissenen Gestalten grunzten. Es mochte ein Lachen darstellen. Ich spürte ihnen nach, warf gezielt meine Aufmerksamkeit auf jeden von ihnen. Wie vermutet, waren sie sehr junge Vampire. Sie besaßen keine nennenswerte Ausstrahlung von Macht. Selbst ihre Sinne waren noch unterentwickelt.

„Sagt mir, zu wem ihr gehört", forderte ich. „Wer ist euer Mentor?"

Der Anführer drohte mir mit der Faust. „Verpiss dich! Das hier ist unser Revier!"

Wie dumm. Ich rannte los. Bevor er reagierte, hatte ich den Jungen am Kragen gepackt und gegen den nächsten Baum geschleudert. Die anderen erstarrten, starrten mich wie verschreckte Kaninchen an.

„Wo habt ihr das Mädchen her?", fragte ich.

„Von, von", stammelte ein blonder Junge, der süß sein könnte, wenn er nicht so verdreckt wäre, „da hinten. Die einzige Beutequelle heute." Er zeigte zu der Feier im Bootshaus, an der ich gerade vorbeigelaufen war. Klar, die hatten sich nicht um Fronleichnam geschert.

„Was hattet ihr mit der Leiche vor?", fragte ich weiter und sah dabei den Blonden an.

„Aussaugen und", er räusperte sich, „entsorgen."

„Hier? Einfach so?" Ich versuchte, die Besorgnis aus der Stimme zu verbannen.

„Ja, wie denn sonst?"

Vielleicht war es gar nicht mein Opfer, welches die Jäger gefunden hatten. Es könnte auch von dieser dummen, unvorsichtigen Gruppe stammen. Denn Zenzi und ich hatten gelernt, unsichtbar zu bleiben und die Reste entsprechend zu präparieren, so dass sie unter Wasser blieben. Und zwar so lange, bis die moderne Rechtsmedizin sie nicht mehr als Vampiropfer erkannte.

„Habt ihr so etwas zuvor schon mal gemacht?", fragte ich um einen neutralen Ton bemüht.

„Selbstverständlich", antwortete der Junge nun selbstsicherer, „jeden Abend. Das machen wir alle so."

Verdammt, es gab noch andere Gruppen wie sie? Dies erklärte die hohe vampirische Aktivität, von der Pietro gesprochen hatte. Vermutlich hatten wirklich sie die Jäger in die Stadt gelockt.

„So oft müsst ihr nicht trinken, um zu überleben", bekundete ich.

„Sie schmecken aber", sagte der junge Mann, der sich vom Zusammenprall mit dem Baum erholt hatte. Mit gesenktem Kopf kam er auf mich zu. Es hätte bedrohlich gewirkt, wenn er für mich nicht nur ein aufmüpfiger Dreikäsehoch gewesen wäre.

„Lass das", sagte ich freundlich, „ich bin alt und du hast keine Chance gegen mich. Selbst, wenn ihr gleichzeitig angreift, töte ich jeden von euch."

Bis auf den Anführer rissen alle die Augen auf. Der Eine kniff die Lider zusammen und musterte mich. „Was willst du?", fauchte er.

„Habt ihr keine Konserven? Irgendetwas?"

„Nein, die brauchen wir auch nicht. Es gibt überall reichlich Beute. Außerdem ist es unser Recht als Vampire zu jagen."

Das Ungestüm der Jugend, am Anfang waren wir alle maßlos und mussten gezügelt werden. Deshalb war ein Mentor extrem wichtig. Allein und in diesem Zustand würden die Jungen nicht lange überleben – zu auffällig, zu arm und unkultiviert, mit kaum mehr Kraft ausgestattet als ein Mensch.

Ich schloss für einen Moment die Augen. „Wer ist euer Mentor?", fragte ich.

„Was soll das sein?", blaffte der Anführer. Er trat zu seinen Anhängern und schubste sie an. „Los, schmeißt die Leiche in den Fluss!" Die Vier rührten sich nicht.

„Ein Mentor ist jemand", sprach ich ungerührt weiter, „der euch die Regeln erklärt und euch vor allem ein Auskommen, sowie eine sichere Unterkunft in den ersten Jahren stellt. Die Person sollte euch zeigen, wie ihr langfristig überlebt."

Mein Gegenüber murrte angriffslustig.

Ich lächelte, rang mir äußerlich Mitgefühl ab. Diese fünf Jungen hätten so nicht existieren dürfen, nicht in der heutigen, komplizierten Zeit. Sie waren verdammtes Pack, welches uns alle in Gefahr brachte. Verflucht soll sein, wer sie erschaffen hatte, ohne sich um sie zu kümmern.

Normalerweise erschufen wir Vampire nur mit Bedacht. Und wenn, dann nur Einzelne, die wir auch anleiten und beschützen konnten. Die Verantwortung war enorm, besonders seit es die Jäger gab, welche von blutleeren Leichen angezogen wurden wie Schmeißfliegen. Giglio war meine einzige Verwandlung in den letzten zweihundert Jahren gewesen. Für ihn war ich bereit, die Verpflichtung auf mich zu nehmen.

„Ich helfe euch gerne", sagte ich - natürlich auch aus Eigennutz. Denn wenn die und die anderen Gruppen so weiter machten, rissen sie Zenzi und mich mit in den Abgrund.

„Wir brauchen dich nicht", fauchte der Anführer. „Verschwinde!"

Ich durfte sie nicht derart wüten lassen, zu auffällig töteten sie zu viele Menschen. Tatsächlich wäre es mir ein Leichtes sie umzubringen. Es würde mir nicht mal leidtun. Allerdings würde ich dann sechs Leichen zu entsorgen haben und die Jäger wüssten mit Sicherheit, dass es einen viel stärkeren Vampir in der Gegend geben musste. Ich fasste meinen Entschluss.

„Wo lebt ihr?", fragte ich. „Ich könnte euch zumindest mit ein paar Dingen unterstützen. Es jagt sich besser mit sauberem Gesicht und frisch gewaschener Kleidung. Habt ihr Zelte, Isomatten und Schlafsäcke?"

Der Anführer sah aus, als würde er mich gleich fressen.

„Wir könnten sowas gebrauchen, Maik", sagte der blonde Junge.

„Sei still!"

„Uns wurde Macht und Freiheit versprochen, stattdessen leben wir in einer stinkenden Fabrikhalle", der aufmüpfige Anhänger zeigte unbewusst schräg hinter sich, „mit nichts außer unseren zerfetzten Klamotten am Leib."

Der Anführer schlug die Hand weg. Jedoch konnte ich mir auch so zusammenreimen, welchen Ort er meinte.

„Wenn du nicht die Fresse hältst, kannst du gleich wieder verschwinden", brüllte er und funkelte dann mich an. „Wir kommen klar, jetzt verpiss dich!"

Ich neigte verständnisvoll mein Haupt und schritt weiter. Ich spürte die bohrenden Blicke im Rücken.

Um den süßen, blonden Jungen tat es mir leid. Er würde nie eine Chance bekommen.

Zenzi und ich hatten Jahrhunderte Zeit uns im Anpassen zu üben. Wir hatten uns das moderne Leben zu Eigen gemacht, sogar bewusst unser Äußeres und die Sprache angeglichen.

Gezielt suchten wir uns Arbeit, die hauptsächlich in der Nacht erledigt wurde. Wir bedachten auch, dass unser ewiges Jungbleiben irgendwann auffiel. Deshalb blieben wir nie länger als fünfzehn Jahre an einem Ort.

Über unsere Kontakte kauften wir die Identitäten. Neben den anonymen Bankschließfächern und Konten, deren Daten wir auswendig kannten, besaßen wir versteckte Schatztruhen in abgelegenen Höhlen und vergraben in Wäldern. Wir würden immer genug Mittel haben, um uns eine neue Existenz zu kaufen.

Ich seufzte. All dies waren Dinge, die diese jungen und armen Vampire nie haben würden. Ich änderte die Einstellungen bei meinem Handy, so dass die Nummer unterdrückt wurde. Zusätzlich schickte ich das Signal noch über ein paar digitale Zwischenstufen. Dann begann ich zu sprinten, bis ich außer Atem war.

Die Leitstelle, von der ich wusste, dass sie von der Organisation abgehört wurde, war rasch gewählt. Eine freundliche Frau meldete sich, sie klang sehr beruhigend.

„Schnell", stammelte ich mit schriller Stimme, „sie sind hinter mir her."

„Wo sind sie?"

„Am Main, zwischen der Carl-Ulrich Brücke und der 61. Fechenheim." Ich lief weiter. „Sie sind hinter mir her. Fünf Männer. Sie sehen aus wie Vampire. Einer hat mich gebissen." Nach jedem Satz japste ich nach Luft. Dann schrie ich und unterbrach die Verbindung.

Das sollte reichen. Die Organisation würde eingreifen. Im besten Fall würden sie die Informationen herauspressen, wo die anderen Gruppen zu finden waren und diese ebenfalls ausschalten.

Sie würden den Verdacht gegen mich und Zenzi fallen lassen. Uns Zeit verschaffen. Zeit, die ich dringend brauchte. Denn noch wollte ich nicht von hier fort. Noch gab es jemanden, den ich prüfen musste, um ihn danach besser kennenzulernen. Dann aber ohne ein Vielleicht oder Möglicherweise.

--- Gabriel ---

„Gabriel", sagte Zenzis knarzige Stimme sanft.

Ich hielt die Lider geschlossen. Wieso weckte er mich? Hatte er mich nicht in Ruhe schlafen lassen wollen? Es konnten gerade mal ein paar Stunden vorbei sein. War ich nun doch zu einem ungebetenen Gast geworden?

„Gabriel", hauchte er mir lächelnd ins Ohr und streichelte mir gleichzeitig über den Rücken, „ich merke, dass du wach bist." Er knipste das grelle Stehlicht an.

„Wie spät ist es?", grummelte ich vorwurfsvoll.

Ich spürte, wie er die Decke bis zu meiner Hüfte hinunter zupfte. Viele, durch seinen stoppeligen Bart, kratzige Küsse verteilte er auf meinem Nacken, seine großen Hände glitten über meine Seiten. Gänsehaut zog sich wie eine Welle über mich. Offenbar wollte Zenzi definitiv etwas anderes, als mich nach Hause zu schicken.

Wohlig schnurrte ich unter den Berührungen. Sein Schwanz in mir, es war so ein geiles, unglaublich intensives Gefühl gewesen. Wie er, wollte ich mehr. Auch ohne jeglichen SM würde ich es genießen. Die Vorfreude zog in meinen Lenden und schoss direkt zwischen meine Beine.

„Freitag, drei Uhr nachmittags", antwortete Zenzi inmitten seiner Küsse. Ich schreckte hoch, schubste ihn dabei aus Versehen weg. „Was? Habe ich die ganze Nacht und den Tag verschlafen? Wirklich?"

Zenzi lächelte breit. Seine Finger fanden meine, im Sitzen freiliegenden, Brustwarzen. „Scheint so." Eine Hand fuhr zum

Saum der Decke und hob sie über meiner Blöße an. Daraufhin verschlang er mich sichtlich zufrieden mit den Augen.

„So viel geschlafen, habe ich selten", sagte ich entschuldigend. „Hoffentlich mache ich euch keine Umstände."

„Du machst dir zu viele Sorgen." Er beugte sich über meine Oberschenkel und stützte sich auf der anderen Seite ab. Dann strich er mir eine Strähne aus der Stirn. „Da wir nachts arbeiten, hältst du dich gerade perfekt an unseren Tagesrhythmus."

Ich lächelte.

„Geht es dir wieder gut?", säuselte Zenzi.

„Ja, viel besser", antwortete ich. Tatsächlich fühlte ich mich nicht mehr derart erschöpft und müde, der Schlaf hatte mir gutgetan. Selbst mein Hintern brannte deutlich weniger, vermutlich wegen deren Wundersalbe. Als ich sein anzügliches Grinsen sah, wusste ich, welcher Körperteil von mir ihn wirklich interessierte. „Willst du mir etwas sagen?"

„Oh ja, sehr viel." Zenzi lehnte sich zu mir und küsste mich. Danach sank sein Blick hinab in meinen Schritt, wo sich uns die Decke entgegen hob. „Und offenbar hast du mich verstanden", schob er leise hinterher.

„Bist du", ich schluckte, „allein?" Die Striemen an der Hüfte schmerzten angenehm.

„Ja. Tira schläft noch." Zenzis sonst so verwaschen wirkende Augen, glühten geradezu. „Enttäuscht?" Er küsste mich auf die Stirn.

„Ein bisschen."

Ein Kuss auf die Nasenspitze folgte. „Ich habe dir Wasser mitgebracht." Bevor ich reagieren konnte, verschloss er meinen Mund mit den Lippen. Als er mich freigab, keuchte ich nach Luft. „Du hast sicher Durst."

Ich nickte und schnappte mir das Glas vom Nachttisch. In gierigen Zügen trank ich es aus. Zenzi füllte sofort aus einer Flasche nach und schmiss eine Tablette hinein, die zu sprudeln begann.

„Was ist das?", fragte ich.

„Mineralstoffe. Eisen, Spurenelemente und so. Nach dem unfreiwilligen Drogenkonsum hilft es dir, auf die Beine zu kommen."

Auch wenn es albern sein mochte, irgendeine Tablette von einem Fremden anzunehmen, bescherte mir ein mulmiges Gefühl. Plötzlich spürte ich deutlich meine Nacktheit. Genauso wie den Fakt, dass er noch bekleidet war.

„Es wird dir gut tun. Wirklich." Zenzi grinste schief. „Gabriel, ich mag dein gesundes Misstrauen. Aber mal ehrlich, da du dich uns freiwillig vor die Füße wirfst und dich sogar fesseln lässt, welchen Grund gäbe es für mich dich anzulügen?"

Mist, er hatte recht. Ich lag hier schon seit ... keine Ahnung wie lange. Sie hätten mir bereits antun können, was sie wollten.

„Was hast du gerade gesagt?", fragte ich nach einem Moment des Zögerns.

Zenzi schlug sich vor die Stirn. „Oh je. Natürlich gebe ich niemanden irgendwelche Mittel, selbst wenn er sich nicht so willig zeigt wie du."

Ich trank das Glas leer.

Willig – dieses Wort hallte unangenehm in mir wieder. Letztendlich sagte es wohl alles über mein Verhalten aus. Ich schämte mich nicht dafür, aber es fühlte sich auch nicht gut an. Trotzdem sehnte ich mich nach seinem und Tiras Körper, insbesondere nach ihrer Aufmerksamkeit. Aber auch wenn es so war, wurde mir bewusst, wie sehr ich mich ihnen hingegeben hatte, ohne das Geringste über sie zu wissen.

Ich stellte das Glas ab und gab mir einen Ruck. „So, ich würde gerne Zähneputzen, hast du was für mich?"

Zenzi zwinkerte. „Mich stört dein Schlafgeruch nicht."

Zu meiner Freude gelang es mir, mich elegant unter ihm herauszuwinden. „Mich aber." Ich streckte mich, während mein halbsteifer Ständer ihm entgegen wippte. „Und wenn ich wiederkomme, möchte ich mehr über euch wissen."

Mit schief gelegtem Kopf und leicht offenen Mund sah Zenzi mich an. Er nickte.

Es gab zwar keine Zahnbürste, aber der Finger und das Ausspülen mit Zahnpasta reichten mir. Ich wunderte mich über das ungewöhnlich bleiche Gesicht, welches mich aus dem Badspiegel anschaute. Drogen, ich wusste, warum ich dieses Zeug nicht nahm.

„Gabriel", rief Zenzi, „wo bleibst du?"

Allein wie er verheißungsvoll meinen Namen formulierte. Mein Bauch kribbelte und mein Herzschlag raste. Ich wollte ihn, am liebsten sofort. Nein, mahnte ich mich, du bist kein triebgesteuertes Tier, welches hechelnd jedem den Arsch hinhält.

Ich atmete tief ein. Fragen, ich wollte Fragen stellen. Innerlich gewappnet und mit hoch erhobenen Haupt ging ich zurück ins Schlafzimmer.

Zenzi lag seitlich auf dem Bett, sein herrlicher Körper war vollständig nackt. Auffordernd reckte sich mir sein prächtiger Ständer entgegen. Mein Hirn war plötzlich leer, mein Eingang zuckte freudig, lechzte danach, sich um ihn zu legen.

„Was willst du wissen, mein schöner Engel?", fragte er und klopfte einladend neben sich.

Die blöde Phrase holte mich aus der Verzückung. Ich schnaubte. „Lass den Mist!" Bewusst selbstsicher, auch weil ich ihm zeigen wollte, dass ich mich trotz der Erektion unter Kontrolle hatte, ging ich zum Bett. „Ich weiß, dass ich schön bin. Du musst es mir nicht sagen." Ich setzte mich neben ihn und umschlang mit den Armen meine Beine.

Zenzi beobachtete mich, sein rechter Mundwinkel zuckte spöttisch. Er schob sich näher an mich und richtete sich auf. Nach einem deutlichen Blick auf meine verdeckte Körpermitte, beugte er sich an mein Ohr. „Sagte die pure Sünde und sah noch verführerischer aus." Er leckte über mein Ohrläppchen. „Engelchen."

„He!" Ich drehte mich von ihm weg, schubste ihn von mir.

Blitzschnell packte Zenzi meine Handgelenke und schob sich ein Stück zurück. Mit einer Kraft, die mich erneut erstaunte, riss er mich zu sich heran. Den unwillkürlichen Protestschrei ignorierte er. Es kratzte und kitzelte, als er sich meine Arme bis zum Ellenbogen hinauf küsste. Ich spürte die ungewöhnlich spitzen Eckzähne, die ich bereits an meinem Hals bemerkt hatte.

Meine Vorsätze zerbrachen in dem Moment, als ich mein absolutes Ausgeliefertsein in seiner Stärke begriff. Mein Herz raste, ich wimmerte abgehackt unter den aufgezwungenen Zärtlichkeiten. Er sollte weitermachen. Ich sah mich unter ihm erzittern, keuchend und schwitzend.

Zenzi sah mir demonstrativ in den Schritt. „Du bist ein unersättliches, kleines Fickstück", spottete er. „Ich gebe dir, wonach dein ausgehungerter Körper verlangt." Er zog mich zu einem Kuss an sich.

Die spöttischen Worte schmerzten in meinem Inneren, als hätte er mich geschlagen. Sie kratzten an der Vernunft, die mich seit Jahren dazu brachte meine Wünsche und Begierden in mir einzuschließen. Zenzi hatte nicht das recht so mit mir zu reden. Was tat ich hier? Plötzlich schämte ich mich, einem Fremden meine tiefsten Geheimnisse anvertraut zu haben, obwohl ich rein gar nichts über ihn wusste – weder über ihn und noch über Katharina.

Obwohl ich diesen Mann begehrte und mich ihm eigentlich hingeben wollte, lehnte ich mich zurück, um ihm meine Ablehnung mitzuteilen. Seine Lippen folgten mir, verschlossen meinen Mund, während ich gegen die eiserne Kraft ankämpfte.

Als ich Zenzi einen Arm entwand, grunzte er wie ein brunftiges Walross. Er stieß mir gegen die Brust, so dass ich mit dem Rücken auf das Fußende der Matratze prallte. Augenblicklich war er über mir. Er stützte sich mit dem ganzen Gewicht auf mich und saugte mir die Luft aus den Lungen.

Ich kämpfte, zappelte. Doch er zwang, während sein Mund mich bearbeitete, meine Arme über meinen Kopf. Mit nur einer Hand umfasste er sie beide. Brutal presste seine Hüfte meine nach unten, seine Unterschenkel schlängelten sich auf meine Beine und pinnten auch diese fest.

Sein inbrünstiger Kuss verschlang mich und nagelte mich auf die Matratze. Die geschickte Zunge drang tief in mich ein. Seine Härte rieb sich an mir. Es war ein berauschendes Gefühl derart hilflos unter ihm zu liegen. Ich war versucht mich mitreißen zu lassen.

Nein, verdammt!

Zenzis Zungenspiel machte mir jede Äußerung unmöglich. Ich gab nicht auf, wand mich keuchend unter den zuckenden Muskeln. Diesen Überfall und die verletzenden Worte wollte ich nicht. Ich mochte Tiras Sexspielzeug sein, aber nicht seins. Ich war ihr zu Willen, aber nicht ihm.

So schwer es mir auch fiel, ich zwang mich, mich nicht an ihn zu schmiegen. Ich wehrte mich verzweifelt, nach Luft ringend und gleichzeitig erregter, als ich es unter diesen gewaltsamen Umständen sein sollte.

Selbst außer Atem hob Zenzi den Kopf an. Er betrachtete mich mit unverhohlener Bewunderung, die seine abfälligen Worten Lügen strafte. Er genoss offenbar unseren Kampf.

„Ich mag kein Dirty Talk", stieß ich aus.

„Schon gut, Kleiner", sagte er, als hätte er mich gerade in irgendeinem Club aufgelesen, „aber jetzt halt still. Ich will dich gut vorbereiten, damit es nicht so weh tut."

„Nein", widersprach ich einigermaßen frei von heischendem Verlangen, „außerdem bin ich nicht dein Kleiner!"

Zenzi runzelte die Stirn, wich ein wenig mit dem Oberkörper zurück. Dann drehte er den Kopf zu mir, als hätte er sich verhört. „Was?"

„Ich sagte nein."

Verdutzt ließ er meine Hände los. „Wo ist denn der geile und gehorsame junge Mann geblieben?"

Fast vermisste ich seine Zunge auf mir und die rohe Gewalt, die mich gefangen hielt. „Der hat sich mit Tiras Abwesenheit aufgelöst."

Zenzi starrte mich an. „Das heißt, wenn ich dir befehle, vor mir auf die Knie zu gehen und mir deinen prächtigen Arsch zu präsentieren, dann lehnst du ab?"

Ich sah ihm offen in die Augen. In Anbetracht seines deutlichen Entsetzens schlich sich ein Grinsen in mein Gesicht. „Ja", sagte ich, „genau so sieht es aus."

Zenzi lockerte auch den Druck um meine Beine. Er setzte sich mit angewinkelten Knien auf meinen Bauch, quetschte unsere Erektionen fest nebeneinander. „Wie kommt´s?"

Zum Glück hatte ich ihn richtig eingeschätzt: Ohne Einverständnis würde er mich nicht nehmen. Ich musste nur zu Wort kommen.

Wir sahen uns an. „Ich bin zwar devot", erklärte ich, „aber nicht jedem gegenüber." Zenzi war zwar stark, aber er löste nicht den Wunsch in mir aus, mich ihm zu Füßen zu werfen. „Ich entscheide, bei wem ich mich so verhalte."

Zenzis Antwort bestand in einem Kreisen seiner Hüfte. Der Reiz durchfuhr mich wie ein Stromstoß, entlockte mir ein unachtsames Stöhnen. Mein Schwanz zuckte willig, so dass er es merken musste.

„Wie schade", sagte Zenzi mit einem boshaften Grinsen, „dabei wollte ich dich nur um den Verstand ficken. Und so rattig, wie du bist, willst du dasselbe."

Ich brauchte einen Moment, bis ich mich wieder im Griff hatte. „Will ich auch", presste ich heraus.

„Dann halt still und winkle die Beine an."

Ich lachte heiser. „So etwas tue ich nur auf Tiras Befehl oder wenn du mich liebreizend darum bittest."

Zenzis Augen blitzten. „Du frecher, kleiner Lümmel!" Plötzlich krallten sich seine Fingerspitzen in meinen Bauch. Ich krümmte mich, da begann er schon damit, mich zu kitzeln.

Ich lachte, so laut, offen und frei, wie schon lange nicht mehr. „Hör auf", japste ich. Ich zappelte, aber er klemmte mich zwischen seinen Schenkeln ein. Die Luft wurde knapp. Ich spürte die Anstrengungen, die hinter mir lagen.

Er schnaubte abfällig. „Wirklich?"

Ich wollte nicht – natürlich nicht, dafür war es zu intensiv, zu verspielt und erregend. Ich zuckte und wand mich. Doch Zenzi hielt mich fest in seinen Griff und fand die empfindlichsten Stellen.

„Fuck", keuchte er, „ich habe noch nie einen scharfen, nackten Mann unter mir nur gekitzelt, statt gefickt."

Meine Lunge schien zu bersten. Sternchen tanzten vor meinen Augen und ich sackte zurück.

Zenzi hörte auf. Mit einem frustrierten Grunzen rollte er sich von mir runter.

Ich setzte mich nach Luft schnappend auf. „Du scheinst viel zu ficken", presste ich heraus.

Seine Hand streichelte mir über meine bebenden Seiten. „Oh ja, ich bin gut darin", sagte er mit stolz geschwellter Brust. „Bist du eifersüchtig und neidisch?"

Ein bisschen, aber nach der Anstrengung wollte ich lieber ein paar Antworten. „Nein", antwortete ich lächelnd, „gerade bin ich nur neugierig."

„Was", zischte Zenzi, „verarscht du mich?" Er packte meine Oberschenkel, riss mich mit seiner unglaublichen Kraft zu sich heran. „Ich stille deine Neugierde!" Seine Hand umschlang meinen Nacken und Hals, er hob mich an. „Und zwar jetzt!"

In dem Griff zappelte ich wie ein Fisch auf dem Trockenen. Wie eine Puppe drehte er mich um und schmetterte mich bäuchlings auf die Matratze, was mir die ohnehin spärliche Luft aus den Lungen trieb.

Sofort war er über mir. „Selbst wenn du mir nicht gehorchst", knurrte er mir ins Ohr, „ich habe genug Kraft dich zu unterwerfen." Im Augenwinkel sah ich, wie er mit der freien Hand zum Nachttisch langte. Leicht lockerte sich der Würgegriff. Ein Klacken tönte an mein Ohr. Zenzi hob sein Becken, hastige flutschende Geräusche folgten.

Ich schöpfte röchelnd Atem, bereit, das hier abzubrechen. Aus Prinzip. Denn Zenzis rohe Kraft und seine Entschlossenheit, gemischt mit meiner Hilflosigkeit und dem Wissen, was gleich passieren würde, machten die Situation unvorstellbar erregend. Trotzdem, so wie er meine Antwort verstanden hatte, war sie nicht gemeint gewesen. „Ich m... „

Zenzi erhöhte den Druck um meinen Hals und quetschte mir die Worte ab. „Sei still!" Er schob brutal die Knie zwischen meine Beine. Dann zwängte er den freien Arm unter mein Becken. „Arsch hoch", blaffte er und hob mich an. Während ich gerade genug Luft bekam, um nicht ohnmächtig zu werden, spreizte er meine Beine weiter auf und drückte mir seinen glitschigen Prügel in die Spalte.

Ich keuchte vor Schmerz oder vor Lust. Keine Ahnung. Vermutlich von beiden. Ich war längst selbst bis zum Bersten gefüllt.

„Ich weiß, dass du es hart magst. Und genau das werde ich dir geben", versprach Zenzi heiser.

Verdammt, wie er das sagte und diese animalische Kraft. Zugetraut hatte ich ihm so etwas nicht. Offenbar hatte ich ihm zu viel erzählt, oder noch viel zu wenig. Ich konnte weder vor noch zurück, war eingekeilt in der erzwungenen, exponierten Position.

Es war viel intensiver, als alles, was ich je mit einem Mann erlebt hatte. Ich kämpfte um Atem, erwartete jeden Moment den harten Dehnungsschmerz. Mein ganzes Empfinden richtete sich auf meinen Eingang, ließ die ungeübten Muskeln zucken und Zenzis Eindringen herbeisehnen.

Ja, seufzte ich innerlich, ja, mach schon. Noch brannte alles, aber es war lange nicht so schlimm wie in früheren Sessions.

„Eigentlich, mein schöner Gabriel, wollte ich beim nächsten Mal dein engelsgleiches Gesicht sehen." Seine riesige Härte rieb sich an mir, verteilte die glitschige Feuchtigkeit. „Aber das kann warten."

Seine Worte und die spielend leichte Überlegenheit demütigten mich in einer extrem köstlichen Art und Weise. Mein Verstand verabschiedete sich, während mein Körper sich wollüstig gegen Zenzi drückte.

„Bettel", knurrte er tief aus der Kehle kommend, „Gabriel. Bettel mich an." Er lockerte den Griff um meinen Hals. „Du willst es!"

Ich füllte meine Lungen mit Luft. Stöhnte und biss mir auf die Lippen. So geil es auch war, ich würde mich ihm nicht in Worten ergeben. Nicht ihm gegenüber. Ich stemmte mich dem wartenden Schwanz entgegen.

Zenzi lachte. Dann biss er mir so schmerzhaft in die Schulter, dass ich aufheulte. Tränen schossen mir in die Augen. Er leckte mir über die Haut und grunzte genüsslich. „Mmh, du hast außergewöhnlich leckeres Blut."

Verdammt, das konnte er doch nicht ernst meinen. „Spinnst du?", fauchte ich. Ich kniff die Pobacken zusammen, um ihn fernzuhalten, schuf aber nur eine zusätzliche Enge für ihn.

„Nein", seufzte er heiser und biss mir in die andere Schulter.

Ich schrie auf, wehrte mich heftiger. Er griff um mich herum und packte meinen Steifen. Ich schnappte nach Luft. Als er zu pumpen begann, ohne dass ich auch nur das Geringste machen konnte, schmolz ich dahin.

„Du bist etwas Besonderes für mich", keuchte Zenzi.

Der nächste Biss kam, diesmal knapp unter meiner Achsel. Die Erregung, zusammen mit dem Schmerz, war kaum auszuhalten. Ich sehnte mich nach seiner Fülle, den Druck an der richtigen Stelle, der mich in den Wahnsinn treiben würde.

Aber noch nicht, noch nicht! Ich war nicht sein Spielzeug. „Bin ich das für Tira auch?"

„Ja."

„Wohe..." Die Antwort ging in einem lustvollen Schrei unter, als sich Zenzi mit einen kraftvollen Stoß in mich versenkte. Es tat weh, brannte. Ich verkrampfte, bäumte mich auf, um mich ihm zu entziehen.

Zenzi gab mir keine Chance zu entkommen. „Verdammt, Gabriel! Nutze dein verfluchtes Safewort, wenn du abbrechen willst", rief er rau, so dass seine Stimme in meiner Brust vibrierte.

Niemals, dafür war es zu geil.

Dann bewegte er sich in mir. Er nahm keine Rücksicht, vergrub sich hart und tief in mir. Ich wimmerte und stöhnte. Zenzi küsste mich, auf die Haare, den Nacken, die Schultern. Ab und zu biss er, schenkte mir dabei einen spitzen, scharfen Schmerz.

Ich vergaß mich, meine Fragen, meine Bedenken, sogar, dass ich mich Zenzi nicht unterwerfen wollte. Es gab nur noch ihn in mir, seine Hand, die mich unnachgiebig pumpte, und den Mund mit den fiesen Zähnen auf meiner Haut. Ich bewegte mich mit ihm, ließ mich führen, so wie er es brauchte.

„Du bist unglaublich, unfassbar kostbar", flüsterte Zenzi mir ins Ohr, „bleib bei uns. Werde unser."

Ich konnte nicht antworten. Der Strom riss mich mit, um den Berg zu erklimmen, der mich zum Höhepunkt brachte.

Gleich, es dauerte nicht mehr lange. Stöhnte er oder ich? Wer von uns jauchzte oder schrie? Wir waren eins, es spielte keine Rolle mehr. Ich war nicht mehr Herr meiner Sinne oder meines Körpers oder von irgendetwas anderem, was die letzten Jahre brach darnieder lag.

Gleich. Ich hielt den Atem an.

„Halt!", rief eine Stimme so schneidend wie ein Messer.

Zenzi erstarrte, genau wie ich.

Wir sahen gleichzeitig zur Tür, wo Tira mit bebender Brust stand und uns musterte. Das Blut schien wie bei einem abgestellten Wasserschlauch aus meinem Schwanz zu weichen. Hatte ich einen Fehler gemacht, sie enttäuscht, in dem ich mich Zenzi hingab? Nein, dachte ich, bitte nicht. Vor allem wollte ich sie.

Unsere Augen begegneten sich. Durch ihren Blick regte sich etwas tief in meiner Seele. Ich fühlte mich abgetastet, allein durch ihre Augen benutzt und ihr zugehörig.

Nach der Begegnung mit den Vampiren am Fluss war ich ins Grübeln verfallen. Ich hatte mich gefragt, wer sie und die anderen erschaffen hatte und wie lange die Jäger brauchen würden, um sie auszuschalten. Zu meinem Leidwesen hatte sich doch ein schlechtes Gewissen in mir geregt. Immerhin gehörten wir zur gleichen Art. Ich tröstete mich damit, wenigstens versucht zu haben, ihnen zu helfen.

Leider hatte ich dadurch immer noch keine konkrete Entscheidung getroffen, als ich zu Hause ankam. Ich war mir nur sicher, dass ich Gabriel prüfen musste, bevor wir uns näher kennenlernten. Zum Wann und Wie hatte ich mir noch keine Gedanken gemacht. Meine Ängste verletzt zu werden, hatten sich von den Sehnsüchten bedauerlicherweise nicht beeindrucken lassen.

Beim Eintreffen im Loft hatten die beiden Männer geschlafen. Da sie mein Schlafzimmer besetzt hielten, war ich in Zenzis gegangen. Allerdings hatte ich die Tür offen stehen lassen, um mitzubekommen, wenn jemand erwachte.

Als dann Zenzi in der Küche rumorte, war ich wach geworden. Ich hatte gehört, wie er zurück in den Wohntrakt ging und folgte ihm.

Durch den Türspalt der angelehnten Tür hatte ich die Männer belauscht. Ich war beeindruckt von Gabriels Worten. Insbesondere von seiner Verweigerung Zenzi gegenüber und dem Bekenntnis zu mir.

Mein „Halt" schreckte beide auf. Es kam spontan, in dem Augenblick, in dem ich die Entscheidung traf, Gabriel noch an diesem Tag auf die Probe zu stellen. Ich musste wissen, was ihn antrieb. Nun lag es an ihm, mich zu überzeugen und mein Wohlgefallen zu erringen.

Wie in Zeitlupe ließ Zenzi von Gabriel ab. Er warf mir zornige Blick zu, während mein Engel eine demütige Haltung einnahm: kniend an der Bettkante, Hände auf dem Rücken und den Kopf gesenkt. Ich spürte Zenzis Marker an ihm, was mir verriet, dass dieser mehr als nur ein Tröpfchen Blut von ihm getrunken hatte. Gabriels Körper bebte sichtbar.

Zenzi verschlang ihn mit den Augen. „Du hast eine magische Wirkung auf ihn", blaffte er voller Empörung.

Er würde die Quittung für den Tonfall bekommen. Auch wenn er nicht devot war, sobald er an einer Session teilnahm, hatte er meine Befehle zu erfüllen.

Abwartend, mit einem angedeuteten Lächeln, betrachtete ich die beiden Männer. In Gedanken legte ich mir einen Plan zurecht, was ich mit ihnen tun würde. Leicht oder gar nett würde es für keinen werden. Bestand Gabriel die Prüfung nicht, würde er gehen müssen. Sofort, damit ich ihn im Frust nicht doch noch tötete.

„Wenn du nichts sagen willst", maulte Zenzi, „dürfen wir dann weiter machen? Wir waren fast fertig."

„Nein. Vinzenz, komm her." Mein Lebensgefährte zog eine beleidigte Schnute. Mürrisch stapfte er zu mir.

Gabriel machte unterdessen keine bewusste Bewegung. Sein Zittern blieb mir nicht verborgen. Er schien mit sich im Kampf zu stehen, um in dieser Stellung zu verharren und keine Neugierde zu zeigen. Schon jetzt lieferte er den Beweis, dass er meinem Willen gerecht werden wollte, um sich meinen

Wünschen und Vorstellungen zu unterwerfen. Gut, ich würde herausfinden, zu was er bereit war.

„Gabriel", sagte ich, „wie stark empfandest du die Schläge vorhin?" Dass ich seine Schmerzgrenze kurzzeitig übertreten hatte, wusste ich auch ohne die Antwort. Aber Adrenalin und Lust zeigten unterschiedliche Auswirkungen.

Gabriel hielt die Position. „Ich habe sie als Strafe empfunden", sagte er zögerlich, „und sie waren über meiner Schmerzgrenze, nicht extrem, aber drüber. Es ist für mich schon lange her."

Ich lächelte und fühlte seine Angst, meinen Bedürfnissen nicht standhalten zu können. „Wie ist dein Safewort?"

„Sonnenblume."

„Nutze es, wenn es dir zu viel wird." Würde er sich aus persönlichem Ehrgeiz überschätzen, hätte er mich ebenfalls enttäuscht und könnte gehen.

Gabriel nickte kaum merklich.

Zenzis Atem ging schneller. Sein Blick glitt so gierig über meinen Engel, dass sein steil aufgerichteter Schwanz leckte wie ein undichtes Wasserrohr. „Was darf ich mit ihm machen?", fragte er.

„Nichts", antwortete ich. Mein engster Vertrauter hatte noch immer nicht verstanden, dass das Spiel mit Gabriel ein gänzlich anderes sein würde, als mit Giglio. Dem hätte ich nicht angetan, was ich Gabriel gleich zumuten würde. Unabhängig davon, dass er schon jetzt abgebrochen hätte, da er keine masochistische Neigung besessen hatte. „Zuschauen", fügte ich hinzu.

Enttäuschung zeigte sich in Zenzis Zügen. Gabriel dagegen sog tief die Luft ein. Nach den Fragen und den vorangegangenen Worten schien er zu ahnen, was ihm blühte.

„Vorerst", flüsterte ich meinem Lebensgefährten zu, so dass sich dessen Miene aufhellte.

„Gabriel", sagte ich, „sieh zu mir." Als ich mir seiner Aufmerksamkeit sicher war, holte ich eine kleine Peitsche aus Vollgummi aus der Kommode. Ihr kurzer Griff ging in drei Tails im Vierkantprofil über, deren Enden zur Sicherheit zugespitzt und abgerundet waren. Zusätzlich nahm ich ein schmales Seil mit.

Zenzi wirkte erleichtert. Offensichtlich hatte er keine Ahnung. Denn eine kleine Größe oder wenig Tails machten eine Peitsche nicht im Geringsten zahm. Ihm fehlte das Wissen, welches ich mir in den hundertfünfzig Jahren mit meinem Mentor angeeignet, aber zu Giglios Zeiten nie genutzt hatte.

Die Augen meines Engels dagegen flackerten, sein Adamsapfel hüpfte. Trotz der deutlich sichtbaren Sorge streckte er die Brust raus und hob herausfordernd das Kinn. Sein Verhalten erfreute mich, ebenso wie seine anhaltend stramme Erektion.

Als ich Gabriel erreichte, verkrallte ich meine Finger in seine Haare und zog ihm grob den Kopf zurück. Lust glitzerte in seinen Augen, vermengte sich mit Begehren und Bewunderung. So wunderschöne Rehaugen – ich strich über seine Stirn und die Wangen, bis er den Mut fand, sich sanft in meine Hand zu schmiegen. Seine Hingabe und selbstbewusste Devotion taten gut. Zu selten, so schön zu erleben. Er könnte es schaffen.

„Du willst das wirklich?", fragte ich und hielt ihm die Peitsche ins Blickfeld.

Gabriel schluckte. Er schloss die Lider und atmete tief ein.

„Sieh mich an", sagte ich freundlich. Er bebte und öffnete die Augen. Diese leise Angst, gemischt mit dem süßen Gefühl gespannter Erwartung, fuhr mir direkt in den Schoß. „Antworte."

„Ja", presste er heraus, „aber es ist wirklich schon lange her."

Ich lächelte. Sechs Jahre seit sich Lady Jenna seiner angenommen hatte, sechs Jahre, in denen der Masochist in ihm keine Peitsche mehr geschmeckt hatte. Betont abschätzig sah ich an ihm hinunter. Ohne es offen zu zeigen, bewunderte ich das gerade, steil aufgerichtete Glied. Während ich daran dachte, was ich mit ihm machen würde, wurde Gabriels Miene bang.

Ruckartig ließ ich ihn los. Bedächtig hockte ich mich vor meinen Engel. Ich packte den empfindlichen Hodensack und zog ihn in die Länge. Gabriel zuckte zusammen, rührte sich aber nicht.

Mit der Schnur band ich gleich darauf seinen Schwanz und Hodensack ab. Um die Spannung noch ein bisschen zu erhöhen, legte ich sie auch zwischen den beiden Hoden hindurch. Natürlich umwickelte ich es nicht zu fest, um nichts abzuschnüren. Trotzdem würde es so wirksam sein, dass Gabriel seine Erregung bald als Schmerz empfinden würde und das Blut blieb, wo es war.

Ich schnippte gegen die Eier, die prall gefüllten Luftballons glichen. Gabriel wimmerte. Ein süßer Laut, der es in meinem ganzen Körper wohlig kribbeln ließ. Um ihm mehr zu entlocken, arbeiteten sich meine schnipsenden Finger am Schaft zu seiner Eichel vor. Das wundervolle Ächzen und Stöhnen, verbunden mit Gabriels eiserner Haltung, setzte mich in Brand. Mehr, ich wollte viel mehr und ich wusste, dass mein Engel es mir geben würde.

„Gabriel, dreh dich zum Kopfende", befahl ich freundlich, „Knie nah an die Bettkante. Genau so", lobte ich, als er den

Befehlen unverzüglich nachkam. „Nun presse den Oberkörper auf die Matratze, beide Hände neben den Kopf. Spreize die Beine und strecke mir deinen prachtvollen Arsch entgegen."

Für einen Moment genoss ich Gabriels Anblick: Die Stärke des sehnigen Körpers, die unterwürfige Haltung, das Zittern und jeden Schweißtropfen, der sich auf seiner Haut bildete. Ich streichelte ihm über den unteren Rücken und die Pobacken, die so weit geöffnet, nichts mehr verbargen.

Zenzi stöhnte lustvoll.

„Gut", sagte ich, „lege den Kopf zur Seite, damit ich dein schönes Gesicht sehen kann und deine Schreie nicht gedämpft werden." Bei den letzten Worten presste er unwillkürlich den Hintern zusammen. Ich spürte förmlich, wie er sich selbst dazu zwang sich zu entspannen.

Mit dem Knauf der Peitsche fuhr ich durch seine Spalte. Er war immer noch, beziehungsweise durch den Fick eben, schon wieder, wund. Wenn ich mit ihm fertig war, würde es um einiges schlimmer sein.

Ich schaute zu Zenzi. Dieser betrachtete uns, während er eine Hand um seinen Schwanz gelegt hatte, die sich langsam auf und ab bewegte. Mein Augenrollen, begleitet von einem Kopfschütteln, sollte ihm als kleines Versprechen dienen.

„Komm her Zenzi, bereite ihn noch einmal richtig vor."

Wie von mir erwartet, atmete Gabriel aus. Glaubte er denn wirklich, ich hätte nur geblufft? Die nachlassende Spannung seines Körpers ließ es vermuten. War da etwa Enttäuschung in seinen Augen?

Wenn er wüsste. Es kostete mich viel Beherrschung, meine Gesichtszüge neutral zu halten.

Zenzi brachte Gleitmittel mit. Beherzt machte er sich ans Werk. Mal mit zwei, mal mit drei Fingern drang er in Gabriel ein, der voller Lust und Qual stöhnte. Durch die abgebundenen Partien in seinem Schritt schmerzte ihn die Erregung sichtlich.

„Gut, Zenzi. Es reicht."

Grinsend positionierte sich mein Lebensgefährte hinter Gabriel. Er war vollkommen bereit hart zuzustoßen.

„Setz dich in den Sessel", befahl ich ihm in einem Ton, der keinen Widerspruch duldete. Zu groß war meine eigene Spannung, mein Bedürfnis endlich zur Tat zu schreiten. Ich sehnte mich nach Gabriels Schreien.

„Aber ..."

Ein Blick genügte, um Zenzi zum Schweigen zu bringen. Gabriel wagte es, mich argwöhnisch anzusehen.

Ich holte mit der Peitsche aus und schlug zu. Er öffnete den Mund, die Überraschung schien die Stimme aus seinem Schrei zu treiben. Mehr als ein ersticktes Fiepen kam nicht bei mir an. Ein auf wunderschöner ebenmäßiger Haut strahlender, dunkelroter Striemen prangte auf Gabriels Arsch.

Ich fuhr mit den Fingerspitzen darüber. Er presste die Zähne zusammen.

Ja, genau das brauchte ich jetzt. Kein Aufwärmen, kein liebliches Streicheln – ich musste wissen, wie sehr Gabriel für mich zu Leiden bereit war, selbst wenn er nichts davon hatte. Der Wunsch weiter zu machen, den Plan durchzuziehen, war wie ein Strudel, dessen Sog mich unaufhaltsam hineinzerrte.

Ich verteilte harte Schläge auf dem Hintern und den Oberschenkeln. Stumm zählte ich mit. Schon beim Fünften schrie Gabriel gequält. Das darauffolgende Ächzen, Stöhnen und Schreien lockte und provozierte mich. Die freiwillig ertragenen Qualen klangen wie süße Melodien in meinen Ohren.

Das Prickeln unter der Haut schien selbst in meinen Haarspitzen anzukommen. Noch nie weckte ein Mann ein solch brennendes Begehren in mir. Ich begriff schon jetzt: Wenn ich ihn tatsächlich wegschicken würde, würde ich mich selbst eines Schatzes berauben. Dann wäre ich unsagbar dumm.

Beim fünfzehnten Schlag verließ Gabriel die Beherrschung. Seine Knie rutschten weg. Trotz des Zitterns bemühte er sich darum, sofort in die korrekte Haltung zurückzukehren. Ich gönnte ihm die Pause, ließ seinem Körper ausreichend Zeit Adrenalin freizusetzen und damit die Schmerzgrenze zu erhöhen.

Dann schlug ich erneut zu, weit weniger brutal als zuvor. Ich fand meinen Rhythmus, auf dem nach jedem Schlag zusammenzuckenden Leib - rechts, links und abwechselnd auf die Backen oder die Oberschenkel. Das Wimmern und Weinen trieb mich an, reizte mich dazu, mehr und mehr zu fordern. Dabei wusste ich, dass ich Gabriel mit den fehlenden Fesseln auch die Möglichkeit erschwerte sich in die Situation hineinfallen zu lassen oder im Endorphinrausch zu fliegen.

Bald begann er unbewusst auszuweichen, was mich Stellen treffen ließ, die keine Schläge abbekommen sollten. Womit ich ihm ungeplant mehr Leid bereitete.

„Stillhalten!", rief ich.

„Tira", sagte Zenzi in einem flehenden Tonfall.

Schwer atmend hielt ich inne, tauchte wie aus einer Trance auf. Gabriels, von Rotz und Tränen verziertes, Gesicht faszinierte mich, machte mich stolz auf ihn.

„Reicht es endlich?", fragte Zenzi.

Ich drehte mich zu ihm um. Seine Haut wirkte aschfahl. Kopfschüttelnd sah er zwischen mir und der Rückseite Gabriels hin und her. So hatte er mich bisher nie kennengelernt, weil ich mich nie so ausleben durfte, wie ich es wollte. Ein Lächeln schenkte ich ihm, bevor ich meine volle Aufmerksamkeit wieder meinem Engel widmete.

Dankbarkeit für Gabriel überflutete mich wie eine Welle. Innerlich verzückt streichelte ich zärtlich die rot leuchtenden Flächen auf Po und Oberschenkeln, wo sich bereits dunkelblaue Flecken abhoben. Die Haut war heiß unter meinen Fingerspitzen. Doch es war nicht genug für den Hunger, den ich nun empfand.

Erneut schlug ich zu, fand aber durch den sich windenden Körper schwerer in meinen Rhythmus. Es war aufregend zu erleben, wie ich Gabriel über seine Grenzen brachte. Dorthin, wo sein Geist um Kontrolle kämpfte und sein Leib diesen Weg nicht mehr mitgehen konnte.

Seine Schreie klangen verzweifelt, er verkrallte sich im Bettlaken. Gabriels Gesicht war tränennass, sein Körper schweißüberströmt und ein stetiges Zittern durchlief ihn. Zudem konnte er sich kaum noch auf den Knien halten. Würde er jetzt das Safewort verwenden, wäre ich zwar ein bisschen enttäuscht, aber trotzdem von ihm beeindruckt.

Ich hielt inne und bewunderte meine Spuren auf dem perfekten Körper. Liebkosend glitt ich über das unberührte Fleisch auf dem Rücken und den Seiten, so dass er sich langsam beruhigte. Als ich Gabriels pralle Eier und seinen Schwanz mit einer kleinen Zärtlichkeit bedachte, japste er. Auch das Pusten auf die stark malträtierte Haut ließ ihn zusammenzucken.

Ich gluckste vergnügt. Angefüttert wie ich war, wollte ich noch mehr von ihm. „Bitte mich um mehr", forderte ich. Gabriel, der nichts mehr genoss, weder die Schmerzen noch die erzwungene Erektion, stöhnte gequält auf.

Er schloss die Augen, während sein Körper von unterdrückten Schluchzern geschüttelt wurde. Sein Keuchen und die knirschenden Zähne hoben meine Lust in mir unbekannte Sphären.

„Bitte gib mir mehr davon", presste Gabriel bei einem hastigen Ausatmer heraus. Die Kraft und die Beherrschung, die er brauchte, um diese Worte auszusprechen, erfüllten mich mit unbändiger Freude. Er tat es für mich. Allein für mich! Das Wissen legte sich wie Balsam auf mein zerrissenes Herz.

Einen Moment dachte ich daran, ihn zu verschonen. Nein! Ich würde mich nicht mit Haut und Haaren auf einen neuen Mann einlassen, ohne mir absolut sicher zu sein, dass sich unsere Vorstellungen abdeckten. Mein Engel musste da durch, wenn er mir gehören wollte.

„Wie viele sollen es denn sein?", fragte ich neckisch.

Ich war neugierig auf die Antwort: Zu wenige würden mich enttäuschen, aber allzu viele ertrug er nicht mehr.

„Sechs", sagte er nach einigem Zögern und biss sich auf die Lippen.

„Gut, sechs auf jede Seite." Ich hob augenblicklich den Arm.

Gabriel keuchte und zuckte gleichzeitig weg. Dann besann er sich und brachte sich in Position. Vollkommen verkrampft, das Gesicht in die Matratze gedrückt und mit geballten Fäusten wartete er ab.

Ich ließ die Peitsche auf seinem Arsch tanzen. Härter, als vorher, so dass das Blut dicht unter der Oberfläche in dunklen

Schlieren hervortrat. Jedem Schlag folgte ein gequälter Schrei, genauso wie ein Wegzucken und bewusstes Bereitmachen.

Laut zählte ich die Anzahl bis zum Ende runter. Ich spürte Bedauern in mir, die für mich so verzückende Behandlung zu beenden. Aber ich musste an Gabriel denken. Er war kein Vampir und ihn unwiderruflich verletzen oder sein Vertrauen missbrauchen, wollte ich nicht. Zum Abschluss griff ich ihm zwischen die Beine, um das Bondage um sein Geschlecht zu lösen. Gabriel stöhnte auf und sackte erschöpft in sich zusammen.

„Ich bin stolz auf dich", sagte ich zufrieden. Ich sah zu Zenzi. „Komm her und halte ihn fest, damit er in der Position bleibt." Gabriel, der eben wohl wirklich glaubte, dass es vorbei war, schluchzte.

Zenzi kam meinem Befehl augenblicklich nach. Von Nahem starrte er ungläubig auf die sich blau und lila verfärbende Kehrseite. Sein Mund klappte auf und zu, wie bei einem nach Luft schnappenden Karpfen. Trotzdem hob er meinen Engel auf und gab ihm Halt.

„Gut, wenn ich jetzt sage", teilte ich ihm freundlich mit, „fickst du ihn. Hart, bitte."

Gabriel und Zenzi gossen ihr Entsetzen in ein langgezogenes Ächzen.

Ich grinste meinen Lebensgefährten schief an: „Willst du ihn nicht?"

Er starrte mich verbissen an. „Du spinnst doch."

„Wenn du ihn verschmähst", antwortete ich zuckersüß, „wird mir schon etwas einfallen, womit Gabriel mir stattdessen Vergnügen bereiten kann." Ich spitzte meine Lippen zu einem Schmollmund. Zenzi schüttelte den Kopf. Dann sah ich meinen

Engel nachdenklich an. „Nun, Gabriel, dann werden es wohl weitere zwanzig, sehr harte, Schläge", ich hielt ihm die Peitsche vor die Nase, „auf jede Seite."

Gabriel schrie etwas Unartikuliertes ins Kopfkissen. Ob er mich verfluchte? Das Safewort konnte ich nicht heraushören.

„Du bist ein Monster", zischte Zenzi.

„Tue es bitte", flehte Gabriel leise. Ich lächelte, denn offenbar hatte er keine Erfahrung darin, wie gemein es werden würde.

Auch wenn Zenzi zögerte, sein tropfender Schwanz und die prallen Eier zeigten seine Erregung deutlich.

„Fick mich einfach", beschwor ihn Gabriel bebend. Sein Durchhaltewillen und seine Kraft beeindruckten mich erneut. Es waren diese Worte, die mich zu dem Entschluss brachten, ihm schon jetzt mehr Zuneigung zu schenken, als ich vorher geplant hatte.

Zenzi nickte und packte Gabriels Hüfte fester. Er rieb seinen Ständer durch die glitschige Spalte.

„Wie schön ihr beiden anzusehen seid", sagte ich so süßlich, dass es sie ankotzen musste. „Wenn ich jetzt sage, geht es los. Ach, und Zenzi, es ist erst vorbei, wenn du in ihm abgespritzt hast." Ich lächelte. „Es liegt also an dir, wie lange Gabriel noch leiden muss."

Könnten Blicke töten, würde ich augenblicklich umfallen. Was Zenzi wohl gerade mehr störte, so nahe zu sein und trotzdem nicht eindringen zu dürfen oder dass er Gabriel gleich Schmerzen verursachen würde?

Betont langsam schlenderte ich zum Kopfende des Bettes. Ich krabbelte auf die Matratze. „Gabriel, stütz deinen Oberkörper nach oben ab." Verwirrt sah er mich an und gehorchte mit zitternden Armen.

Ich schob meine Beine unter ihn, rückte an ihn heran. „Lass dich runter." Mit einem wohligen Seufzen bettete mein Engel den Kopf in meinem Schoß. Ich streichelte ihm über die Haare und die scharf geschnittenen Wangenknochen.

„Wie ist dein Safewort?", fragte ich.

„Sonnenblume", presste Gabriel hervor.

„Leg deine Arme um mich. Du darfst dich an mir festhalten." Er umschlang mich und verschränkte die Hände hinter mir. Liebevoller, als ich es je bei einem anderen Mann getan hatte, kraulte ich ihm den Rücken. „Jetzt, Zenzi!", befahl ich.

Mit einem Seufzer, der Erleichterung und Mitleid gleichermaßen ausdrücken konnte, versenkte sich Zenzi bis zum Anschlag in Gabriel. Dieser krampfte, schrie peinvoll auf. Ich hielt seinen Kopf fest, während die Laute in ein leises Schluchzen übergingen.

Ein Blick in Zenzis Gesicht zeigte deutlich, wie ihm die Lust vergangen war. Er war bleich, geradezu erschrocken.

„Weiter", sagte ich scharf, „wenn du es nicht schaffst, steckt er die Schläge ein."

Zenzi begann sich zu bewegen. Gabriel ächzte gequält bei jedem Stoß. Während er in rhythmischen Takt gegen mich geschoben wurde, spürte ich die Feuchtigkeit seiner Tränen auf meiner Haut.

Wie erwartet, kam Zenzi trotz seines eigentlich zum Bersten gefüllten Schwanzes nicht so schnell zum Höhepunkt. Gabriels Leid nahm ihm neben der Lust auch die Konzentration. Ungeduldig und fahrig vollführte Zenzi seine Stöße und zögerte das Ende damit hinaus.

Zenzi keuchte frustriert. Er sah mich böse an, während er sich abmühte, Gabriel zu ficken, ohne ihm wehzutun und trotzdem irgendwie zu kommen. Unsere Blicke trafen sich. Plötzlich stand Verstehen in seiner Miene, er schien zu begreifen, dass ich mit ihm genauso spielte wie mit Gabriel.

Ihn in dieser Erkenntnis zu sehen, während mein schöner Engel auf mir lag, lautstark litt und mir in den Schoß weinte, gab mir tiefe Zufriedenheit. Meine beiden Puppen, die an meinen Fäden hingen und für mich tanzten. Dazu diese Töne, die sexuelle Spannung und das Leid in der Luft. Nie zuvor, niemals in meinem langen Leben, fühlte sich etwas erotischer und befriedigender an.

„Zenzi", sagte ich, „fass seinen Schwanz an und berichte mir."

Mein Lebensgefährte zögerte schon wieder, etwas, was er sich dringend abgewöhnen musste, wenn wir gemeinsam weiterspielen wollten. Mit geschürzten Lippen gehorchte er. „Er ist hart wie Stein", keuchte er überrascht.

Erneut, scheinbar um sich zu vergewissern, fasste er noch einmal nach Gabriels Glied. Ungläubig darüber, dass ein Mensch, der schrie, weinte und gedemütigt wurde, derart geil sein könnte. Durch die zusätzliche Stimulation stöhnte mein Engel, diesmal eher lustbetont, als vor Schmerz.

In Zenzis Gesichtszügen verwischte der Ärger, stattdessen zeigte sich Gier auf den Körper zwischen seinen Händen. Eine unausgesprochene Frage lag in seinen Augen. Ich nickte. Zenzi hatte begriffen, dass ein weiteres Mal mit Gabriel in greifbarer Nähe lag.

Neuer Elan packte ihn, so dass er sich in einem kraftvollen Rhythmus in den perfekten Leib versenkte. Endlich scherte er sich nicht mehr darum, ob er Schmerzen verursachte und tat, was er wollte, um zum Höhepunkt zu gelangen.

Ich beugte mich tief hinunter, dicht an Gabriels Haut. Meine Zähne ritzten das zuckende, warme Fleisch. Nur ein paar Tropfen gelangten in meinen Mund. Wie eine Geschmacksbombe überwältigenden Ausmaßes explodierten sie auf meiner Zunge. So viel Lust, durchzogen von Widersprüchlichkcit, bcfand sich darin, dass mir der Kopf rauschte.

Wenige Momente später fickte Zenzi Gabriel schneller und härter. Kurz darauf ergoss sich er sich brüllend und sackte keuchend auf dem Boden zusammen.

Ich küsste Gabriel auf den Scheitel. Dann nahm ich ihn fest in meine Arme und wog ihn hin und her. Der letzte Schritt im Plan fehlte noch. Ich zwang mich dazu, ihn auszuführen, egal wie grausam er war. Es musste sein, damit ich mich sicher fühlte.

Einmal tief Einatmen, dann rutschte ich unter Gabriel weg zum Bettrand und erhob mich. „Steh auf", befahl ich barsch, „steig vom Bett und zieh dich an. Deine Kleidung liegt dort hinten auf dem Stuhl." Ich hatte sie vorhin mitgebracht. Eine Handbewegung brachte Zenzi zum Schweigen.

Sichtlich verwirrt gehorchte Gabriel. Jede seiner vorsichtigen Bewegungen wurde von einem schmerzerfüllten Ächzen begleitet. Auch wenn seine Miene Unzufriedenheit ausdrückte und sein Glied steil emporragte, blieb er stumm.

„Habe ich dich enttäuscht?", fragte Gabriel leise.

„Schweig! Tue, was ich dir sage."

Er schlich breitbeinig staksend zu dem Stuhl. Einmal wankte er gefährlich, so dass ich mich bereit machte, zu ihm zu stürzen. Als Erstes zog er die Shorts an, die meine wundervolle Zeichnung auf seinem Körper verdeckte. Der Verlust dieses

Anblicks quälte mich mehr, als ich es für möglich gehalten hätte. Wenigstens erlebte ich noch die Nachwirkungen des Schmerzes, gehörte jeder Schatten von Leid in seinen Augen mir.

Es fiel ihm schwer, die Hose über der Erektion zu schließen. Er schaute zu mir und öffnete den Mund, besann sich jedoch.

„Möchtest du mir etwas sagen, Gabriel?", fragte ich.

„Nein."

„Gut."

„Tira", beschwor Zenzi mich voller Empörung, „das kannst du nicht machen! Mit Giglio, der nicht mal ein Zehntel von dem ertrug, hättest du das nie getan."

Stimmt, Gabriel war nicht Giglio. Sie beide je zu vergleichen war dumm und wurde Gabriel nicht gerecht. Denn er war vollkommen anders, bis in die Haarspitzen ein Mann, der sich mir bewusst unterwarf, ein willensstarkes, mutiges und wunderschönes Spielzeug. Außergewöhnlich kostbar hatte er die Macht mich für immer zu zerstören. Ich musste mir wirklich sicher sein.

„Sei ruhig", fauchte ich und blitzte ihn in der Hoffnung an, dass er verstand.

Gabriel schien keine Notiz von uns zu nehmen. Er zog sich umständlich das Shirt über.

„Deine Schuhe stehen vor der Tür", sagte ich und zeigte Richtung Ausgang.

Eine Träne glitzerte in Gabriels Augen. „Ich", er stockte. „Also, dann ich", er senkte den Kopf. „Auf Wiedersehen." Seine Stimme klang traurig, als müsste er weinen, sein Blick traf mich in die Mitte meiner Seele. Kaum fähig zu gehen, schleppte er sich zur Tür. Innerlich frohlockte ich.

Mit der Hand an der Klinke drehte er sich um. „Ich will doch etwas sagen."

Gabriel. Nein!

Warum zerstörst du alles?

Ich wollte dich gerade zurückrufen, um jedes Risiko der Welt mit dir einzugehen. Ich biss die Zähne zusammen. Bestimmt würde er mir gleich Vorwürfe machen.

„Ich möchte mich bedanken", sagte Gabriel in brüchigem Ton. „Für alles und", er schluckte, zeigte ein erschöpftes Lächeln, „danke." Dann riss er entschlossen die Tür auf, geriet dabei ins Taumeln.

Zenzi stürzte zu ihm, um ihn zu stützen.

Wie konnte ich nur an Gabriel zweifeln? Ich wollte ihn als mein Eigen sehen, als den Mann, der sich mir schenkte und sich nichts sehnlicher wünschte, als mir zu gehören.

„Gabriel, warte", rief ich lächelnd und weinend gleichzeitig. Ich setzte mich auf den Bettrand. „Komm zu mir."

Mit gerunzelter Stirn und gehalten von meinem Lebensgefährten, kam er näher.

„Hände auf den Rücken", befahl ich, „verschränke sie." Irritiert gehorchte mein Engel. „Zenzi, stell dich hinter ihn und halte ihn so fest du kannst. Gut. Gabriel lehne dich an und schließ die Augen."

Kaum ruhte Gabriels Kopf auf Zenzis Schulter und hing er in den starken Armen, öffnete ich den Hosenstall. Ich zog die Hose und die Shorts runter. Gabriel wimmerte, als der Stoff über die Haut rieb. Ich streichelte den noch immer erigierten Penis. Mein neuer Sub stöhnte.

Ich fragte mich, ob er noch mehr Folter von mir erwartete und ob er sie ebenfalls für mich ertragen würde. Nun, ich würde es herausfinden – mit der Zeit. „Ich will wissen, wie du schmeckst", sagte ich.

Erleichtert atmete er auf. „Gabriel, lass dich einfach fallen, Zenzi hält dich. Komm, wenn du soweit bist." Voller Überraschung riss er die Augen auf.

Mit einer Hand griff ich um ihn und schlug ihm die Fingernägel in die linke Arschbacke. Er schrie. „Denk an meinen Befehl. Augen zu!"

Er gehorchte sofort.

Vergnügt nahm ich die Eichel von Gabriels prächtigen Ständer in den Mund. Ich saugte daran, leckte über das Band und drang in das kleine Loch ein. Gabriels Stöhnen trieb mich weiter. Ich konnte nicht anders, als eine Hand in die malträtierte Haut seines Oberschenkels zu schlagen. Offenbar harmonierten wir selbst jetzt. Denn trotz der höllischen Schmerzen, die er empfinden musste, nahm sein lustvolles Keuchen zu.

Als Gabriel kam, schluckte ich seinen Saft und genoss jeden Tropfen, der mir die Kehle hinunter rann. Mit dem Orgasmus schien ihn die Beherrschung zu verlassen. Er brach in Tränen aus. Dann sank er, halb gestützt, in die Knie und lehnte sich in meinen Schoß. Von hinten umarmte Zenzi ihn und mich.

„Ich bin sehr zufrieden mit dir", flüsterte ich Gabriel ins Ohr. „Glücklicher als ich es je zuvor war." Ich drückte ihn an mich, sog seine Gefühle in mich auf.

Heute versagte ich mir den Höhepunkt. Ich wollte die Empfindungen mitnehmen, wie eine kostbare Erinnerung an Gabriels Hingabe.

„Ich mache uns etwas zu essen", verkündete Zenzi nach ein paar Minuten und verschwand aus dem Schlafzimmer.

Danach gehörte der Moment nur Gabriel und mir. Ich genoss die Wärme unter meinen sanft streichelnden Händen. Diese unglaubliche Zufriedenheit nach einer Session – ich hatte lange darauf verzichtet. „Danke", sagte ich leise, „für dein Vertrauen. Für alles."

Gabriel schmiegte sich fest an mich.

„Hast du Hunger?", fragte ich.

Er hob den Kopf und sah mich an. Seine Augen leuchteten: „Ja, aber ich fühle mich total", er lächelte erschöpft, „zerschlagen."

Ich drückte ihn an mich. „Es hat mir sehr viel Freude gemacht, dich dahin zu bekommen." Ein Kuss auf seine Haare folgte. „Kannst du alleine aufstehen?"

Gabriel versucht es, sackte aber zitternd zusammen. „Nicht wirklich. Wenn du mich jetzt wegschicken willst, brauche ich ein Taxi und Hilfe beim Runtergehen."

Ich umfasste sein Gesicht und drehte es so, dass er zu mir schaute. „Dir dieses schreckliche Gefühl gegeben zu haben, ist das Einzige, was mir leidtut."

„Warum?", flüsterte er.

Ich leckte mir die Lippen. „Weil ich mir sicher sein musste. Absolut sicher, dass du meine Wünsche respektierst, dass du in mir nicht nur eine Bedürfniserfüllerin siehst, dass du wirklich bist, was du zu sein vorgibst. Ich", nun stockte ich, „ich habe vor Jahren einen Partner verloren und ich bin noch nicht darüber hinweg."

„Danke für deine Erklärung", sagte er leise.

Ich drückte einen Kuss auf seine Stirn, dann auf seinen Mund. Gestern wollte ich ihn töten und heute würde ich diesen Mann gerne für immer an mich binden. „Bitte bleib, so lange es geht. Sonntag richtig?"

Gabriel nickte.

„Erstmal bis Sonntag. Einverstanden? Und dann sehen wir weiter."

„Okay", antwortete er.

Er wollte. Gott, er wollte wirklich. Bis eben war ich mir nicht bewusst, dass ich Angst vor einer Ablehnung hatte.

„Danke. Ach, und Zenzi wird dir nachher noch etwas geben", ich schmunzelte, „er wird es sich nicht nehmen lassen, deinen wunden Hintern ebenfalls zu behandeln."

Gabriel riss die Augen auf und wurde bleich. „Sonnenblume."

Ich lachte. „Keine Sorge, er wird dich nur eincremen. Mit einer Creme aus einem uralten Rezept mit vielen Kräutern, die die Heilung unterstützten."

Mein Engel wand sich in meinen Armen – wundervoll verlegen. „Ich mache das lieber selbst, sonst ..."

Ich fasste ihm in den Schritt und packte den schlaffen Penis. „Sieh mich an!" Gabriel gehorchte und ich versank in seinen Rehaugen. „Der hier, deine Lust und dein Leid gehören ab jetzt mir. Genauso wie dein Körper. Deshalb werde ich alles dafür tun, dass du gesund bleibst und so schnell wie möglich wieder für mich benutzbar wirst. Deshalb befehle ich dir, dich von Zenzi behandeln zu lassen."

Keine Ahnung, warum ich dies sagte, ohne überhaupt zu wissen, was nächste Woche sein würde. Es war, als ob mit meiner Entscheidung für Gabriel ein innerer Staudamm in mir aufgebrochen war und mich nun alle Gefühle ungefiltert überfluteten. Denn seltsamerweise fühlte sich jedes Wort richtig und gut an. Als hätte es schon immer so sein müssen.

„Tira?", fragte Gabriel und sah gleichermaßen ungläubig wie erfreut aus. „Was meinst du damit?" Sein Gesicht zeigte eine

Verletzlichkeit, als hätte ich ihm einen Vorhang von der Seele gerissen.

„Genau das, was ich dir eben gesagt habe. Du und dein Körper gehören ab jetzt zu mir. Irgendwann, so bald wir so weit sind, wirst du auch nur noch zum Orgasmus kommen, wenn ich es dir erlaube."

Es verschaffte mir Genugtuung und Bestätigung, dass ihn meine Ankündigung erregte. „Gabriel", sagte ich drängend, „du gehörst zu mir und was immer geschieht, ich werde um dich kämpfen."

Sein Gesicht zeigte sich erschrocken, unsicher und trotzdem voller Begehren. „Ich", stotterte er, „es. Also. Sollten wir uns nicht erst mal kennenlernen?"

Ich verschloss ihm den Mund mit meinen Lippen. Er erwiderte den Kuss erschöpft, aber leidenschaftlich. Immerhin kein „Nein". Nicht, dass er Unrecht hatte. Im Gegenteil, mittlerweile glaubte ich Zenzi. Der Hunger war mehr als Blutdurst, er war eine Anzeige dafür, dass wir zusammengehörten.

Meine Finger ließen von seinem anschwellenden Glied ab. So gerne ich ihn erneut zur Ekstase bringen wollte, es reichte. Gabriel hatte genug, egal ob ein unersättlicher Teil seines Körpers etwas anderes anzeigte. Es lag in meiner Verantwortung, ihm die notwendige Ruhe zu geben. „Jetzt nicht", flüsterte ich ihm ins Ohr, ohne dass ich es lassen konnte kleine Küsse auf seinen Hals zu drücken, „wir essen, reden und danach wirst du dich ausruhen."

Entschlossen stand ich auf. Obwohl ich kleiner war als er, half ich ihm hoch und nahm seinen Arm um meine Schulter. Sollte er sich ruhig über meine Kraft wundern.

Japsend die Luft einziehend, kroch Gabriel an meiner Seite zum Esstisch. Pizzaduft erfüllte den riesigen Wohnraum. Zenzi wartete schon auf uns.

Zwei blickdichte Becher standen auf der Tischplatte, daneben ein Glas mit Wasser. Nur ein Teller mit Besteck war aufgedeckt worden. Ich ließ Gabriel los, sofort krallte er sich an dem Tisch fest.

„Danke", sagte er, „es riecht sehr gut."

Er machte keinerlei Anstalten sich zu setzen. Ich nickte auffordernd zu einem der Stühle.

„Ich bleibe stehen. Danke. Ich esse gerne so."

Innerlich lachte ich, aber ich ließ nur ein kleines Lächeln nach außen dringen. Ich zog einen Stuhl zurück. „Nimm Platz."

Sein Hautton nahm eine Nuance ab. Zenzi betrachtete uns neugierig. Gabriel biss die Zähne zusammen und setzte sich im Zeitlupentempo.

Jede Bewegung tat ihm sichtlich weh. Doch er war als Sub erfahren genug, um zu wissen, dass das Spiel nie vorbei war. Er schenkte mir seinen Schmerz. Mit jedem Zischen und unterdrücktem Keuchen fühlte ich mich stolzer, dass er wegen mir litt, dass er dies für mich auf sich nahm, weil er es ebenso wollte wie ich.

Zenzi hatte recht behalten. Die Vergangenheit war Vergangenheit. Ich sollte um Giglio trauern, endgültig abschließen und ein neues Leben annehmen. Mit Gabriel hatte mir das Schicksal ein seltenes, kostbares Geschenk gemacht. Nun musste er es nur noch genauso sehen.

--- Gabriel ---

Ich rutschte auf dem Hintern hin und her, fing mir mehr als einen belustigten Blick von Tira ein. Bei jedem davon krampfte sich meine Brust zusammen. Die Qual hielt die Erinnerung an die Session aufrecht. Bestimmt grinste ich die ganze Zeit, als wäre ich high. Vermutlich war ich das auch. High vor Glück und erfüllt von einer Befriedigung, die ich so noch nie empfunden hatte.

Die Pizza schmeckte. Wahrscheinlich hätte mir gerade alles geschmeckt. Hauptsache Energie.

Meine Aufmerksamkeit schweifte zu Zenzi. Er wirkte mitfühlend und betrachtete mich voller Unglauben. Bei ihm hatte ich das Gefühl, ich müsste mich dafür entschuldigen, dass ich mir von Tira Schmerzen zufügen ließ. Für ihn schien es etwas Schlimmes zu sein, überhaupt von solchen Torturen geil zu werden.

Ich schaute ihm herausfordernd ins Gesicht, während er dieses rote Zeug schlürfte. Denn ich wollte mich nicht entschuldigen. Für gar nichts.

Tira hatte mir genau das gegeben, was ich mir ersehnte. Sie war hart und gnadenlos, so dass ich nichts anderes mehr wahrnahm als sie.

Es fühlte sich immer noch wie ein Traum an, dass ich mit ihr und ihm meine Fantasien ausgelebt hatte. Natürlich bewies meine heiße, pochende Kehrseite und das fiese Brennen in mir eindrücklich das Gegenteil. Dem nächsten Toilettengang, nein eigentlich schon der nächsten größeren Bewegung, sah ich mit Furcht entgegen.

Die Stimmung zwischen uns war seltsam. Eher still und doch schwirrten unsere Blicke von einem zum anderen – neugierig, tastend und auch irgendwie einander versichernd. Unwirklich und befremdlich, es war kaum zu glauben, dass wir vor kurzem noch verschwitzt und keuchend ineinandersteckten.

Könnte es immer so sein? Waren Tiras Worte ernst gemeint, nachdem sie mich erst wegschicken wollte? War es wirklich nur ein Test gewesen?

Die letzten Gedanken verbat ich mir. Ich wollte so lange wie möglich genießen, selbst wenn es sich als eine Illusion herausstellte.

Tira und Zenzi schlürften. Ich kaute.

„Esst ihr nichts?", fragte ich in die sexgeschwängerte Stille.

Gleichzeitig schüttelten sie den Kopf. Tira nahm einen tiefen Zug aus ihrem Becher. „Proteindiät", sagte sie.

„Wir machen eine reine Fleischdiät", fügte Zenzi hinzu. Er rieb sich über die Wange und zwinkerte. „Deshalb sehen wir so gut aus."

Ich prustete. „Seid ihr deshalb so scharf auf mein Blut?" Die Wunden der Bisse spürte ich merkwürdigerweise nicht.

„Unser kleiner Fetisch." Beide sahen sich an und lächelten. „Du bist doch hoffentlich kein Vegetarier?", fragte Zenzi.

Die Lippen aufeinandergepresst und die Mundwinkel nach oben verzogen, schüttelte ich den Kopf. „Es ist nur seltsam, aber in Ordnung."

„Vielleicht sind wir ja Vampire und deshalb so bleich."

Ich starrte sie an. Jetzt, wo er es sagte, fiel es mir auch auf. Sie wirkten tatsächlich sehr bleich, auf eine ätherische Art schön.

„Red keinen Blödsinn, Zenzi", schob Tira dazwischen, „das kommt nur daher, weil wir beide eine Sonnenallergie haben und nur rausgehen, wenn wir kein direktes Licht abbekommen."

Nun, dies erklärte einiges. „Dann habt ihr mit dem Club den perfekten Job", sagte ich.

„Passt oder?" Tira zwinkerte mir zu und strich sich durch die hellbraunen, welligen Haare.

„Schon." Ich hoffte, dass sie mir mehr von sich erzählten. Meinen letzten Versuch hatte Zenzi zu schnell mit Sex unterbunden. „Das Havas ist erfolgreich, richtig? Seit wann habt ihr den Club?"

„Gabriel", warf Zenzi ein, „genug von unserem Job. Erzähl uns von dir. Du reist um die Welt. Was für Messtechnik montierst du genau?"

Schon wieder lenkte er ab. Diesmal nicht. „Seit wann kennt ihr euch? Und woher kommt ihr? Hessisch klingt ihr nicht."

„Gabriel", sagte Tira in ihrem Befehlston, der keinen Widerspruch duldete, „jetzt isst du erstmal. Du musst dich erholen."

Seufzend steckte ich mir das nächste Stück Pizza in den Mund. Soeben, im Bett, hatte sie davon gesprochen, dass wir reden würden. Hatte Tira ihre Worte doch nicht ernst gemeint? Es klang wohl zu schön, um wahr zu sein und zu schön, um es zu glauben.

Ich sah sie und ihn abwechselnd an. Sie hatten mir mit diesem Essen und selbst mit den wenigen Gesprächen schon mehr gegeben, als ich jemals zuvor bekam. Nie durfte ich mit Lady Jenna oder einem der Männer an einem Tisch sitzen. Nicht zu schweigen davon, dass sie mir nie einen geblasen oder mich gar gefickt hätte.

„Du wirst meine Spuren noch ein paar Tage sehr deutlich fühlen", sagte Tira in die entstandene Stille.

Ich lächelte. „Hoffentlich."

Ihre Augen blitzten. Glücklich, wie ich glaubte. „Bereitet es dir Probleme?", fragte sie. „Im Job?"

Unsere Blicke trafen sich. Für mich war sie perfekt, in allem. Ich würde ihr so gerne meine Bewunderung ausdrücken. In Gedanken saß ich neben ihr auf dem Boden und durfte mich an ihre Beine schmiegen, während sie mir die Haare kraulte.

„Vermutlich, ein wenig", antwortete ich ehrlich. „Ich fliege Sonntagabend zum nächsten Auftrag. Aber es wird schon gehen."

„Es wird dir helfen an uns zu denken", sagte Zenzi und grinste mich breit an.

„Und wir denken an dich", fügte Tira hinzu.

Könnte es sein, dass sie mich wirklich so stark begehrte, dass sie ihre Worte ernst meinte? Und wenn ja, wollte ich überhaupt, dass sie diese Macht über mich besaß – immer und zu jeder Zeit? Ich kniff die Lippen zusammen.

Damals mit Lady Jenna war es anders. Nur zeitweise. Eine schöne und bequem verfügbare Flucht ins Paradies, um danach befriedigt in die Realität zurückzukehren. Wenn Tira es wirklich ernst meinte, dann wäre es mit ihr umfassend, allgegenwärtig, ohne jegliche Pause. Dann würde ich ihr gehören und dürfte keine eigene Entscheidung mehr über meine Lust treffen.

Die Vorstellung ihr diese Befehlsgewalt zu übergeben, ließ mich zwischen den Beinen erneut anschwellen. Konnte sie das überhaupt gemeint haben? Oder machte ich mir etwas vor?

„Wohin fliegst du?", fragte Zenzi.

„Island."

„Oh, gut. Die sind tolerant." Noch bevor ich reagieren konnte, beugte er sich blitzschnell zu mir und keilte mich in seinen Armen ein. Gleichzeitig hielt er mir den Mund zu. Seine Lippen saugten sich an meinen Hals fest. Erst als ihm das Ergebnis des Knutschflecks gefiel, ließ er von mir ab.

Immer noch vollkommen überrumpelt, starrte ich ihn an.

Zenzi lächelte. Ich zuckte zusammen, als er mit dem Finger über die von ihm bearbeitete Haut fuhr. „Nun trägst du ebenfalls ein Zeichen von mir, wenn auch nur ein Kleines." Aus seinen Augen sprachen Gier und Verlangen.

Zu gerne wollte ich ihm geben, was er sich wünschte. Sofort, selbst wenn es mich zerriss. Nur noch ein wenig mehr in diesem Traum leben. Nicht an das denken, was danach kommen würde.

„Zenzi, dein Schwanz bleibt ihm so lange fern, bis ich etwas anderes erlaube", fuhr Tira zwischen unseren intensiven Blickwechsel.

„Zu Befehl", schnappte er.

Demonstrativ schaute sie auf die Uhr und dann zu mir. „Damit wir den Club heute pünktlich öffnen können, muss ich in einer halben Stunde runter und einiges vorbereiten. Zenzi wird mir ein wenig helfen."

Vorbei.

Da war sie, die Aufforderung zum Verschwinden, um meine Wunden allein heilen zu lassen.

Mein Inneres wölbte sich nach außen. Schlagartig war mir schlecht. Da, wo eben noch Zweifel waren, ob ich es überhaupt wollte, verblieb nur der Schmerz des Verlustes. Sie wollte mich doch nur als gelegentliches Spielzeug. Der Traum vom Wir war ausgeträumt – zu schön, um wahr zu sein. Ich wusste es.

Der Aufschlag in der Realität fühlte sich härter an, als erwartet. Warum nur? Eigentlich hätte ich es wissen müssen. Lady Jenna hatte oft solche Dinge wie Tira gesagt. Mehrfach erzählte sie mir davon, wie sie mich nach der Session zu sich nach Hause mitnehmen wollte. Und doch wussten wir beide, welch ein Quatsch es war. Sie hatte ihr Leben und ich meines.

Ich atmete tief ein. Nicht weinen, nicht jammern. Natürlich würde ich ohne Widerspruch gehen und die zertrümmerten Hoffnungen wie einen Schatz in mir einschließen.

Wenn wir uns wiedersahen, würde mein Körper bereit für die nächste Session sein. Bereit für das, was sie wirklich von mir wollten: Sex, Schmerz und Gehorsam.

Kopf hoch, nicht weinen, sagte ich mir erneut. Aber so angeschlagen wie ich war, fiel es schwer.

Dann wollten sie eben nicht mehr. Na und? Dabei hatte ich uns gesehen, hier, redend und uns kennenlernend. Nun, war es nicht von vornherein klar? Erklärte es doch, warum sie nichts von sich verrieten.

Der Appetit war mir vergangen. Jetzt wäre ohnehin der perfekte Moment zum Gehen, allein aus Höflichkeit. Ich musste ihnen nicht länger die Zeit stehlen. Spiel und Essen, ich hatte schon mehr bekommen, als ich je beim Aufbruch zum Havas für möglich hielt.

Ich hob bewusst den Kopf. Mit klopfenden Herzen und einem wellenhaften Wummern in der Brust, welches mehr wehtat als das zerschlagene Fleisch, sah ich sie nacheinander an. War das Wegschicken vorhin nicht schon der Test für meine jämmerliche Bedürftigkeit gewesen, für den nicht vorhandenen Stolz in mir?

„Gebt ihr mir eure Nummern, damit ich euch anrufen kann?" Ich hoffte, dass die Frage nicht zu lächerlich klang. Meine Brust zog sich zusammen. Wenigstens gelegentliche Treffen, bitte, ich hätte wenigstens das gerne, wenn es schon nicht mehr sein sollte.

Tira schaute mich mit gerunzelter Stirn an. „Was? Wozu das denn?"

Meine Kehle fühlte sich eng an. Atmen fiel mir schwer. „Um die nächste", ich schluckte, gleich würde es sich zeigen, „Session zu verabreden."

Beide starrten mich sprachlos an. Zenzis Miene wandelte zwischen Unglauben und Zorn.

Dann eben nicht. Tränen lauerten hinter meinen Augen.

Reiß dich zusammen, rief ich mir selbst zu. „Mein", ich stockte, „mein Auto steht noch an der Straße?" Keine Ahnung, wie ich in meinem Zustand da hinkommen sollte. Schuhe anziehen würde auch schwierig werden. Trotzdem, wenigstens jetzt wollte ich mit Stolz hier rausgehen.

„Was ist denn in dich gefahren?", blaffte Zenzi empört. „Ich dachte, dir hat es mit uns gefallen? Tira hat ..."

Während sich seine Stimme höher schraubte, legte Tira ihm die Hand auf die Schulter. „Warte", unterbrach sie ihn. Sie fixierte mich unangenehm, so als würde sie mir direkt in die Seele sehen.

Allein wegen dieses Blickes standen die anderen Subs bestimmt Schlange bei ihr. Bei ihrem Job dürfte sie einige kennen. Wie konnte ich nur so dumm sein zu glauben, dass sie ausgerechnet mich wollte. Genauso wie bei Zenzi.

Tira erhob sich mit der Anmut einer düsteren Königin. Sie schritt um den Tisch herum, zu mir. Sie schob meinen Stuhl seitlich weg. Die plötzliche Reibung ließ mich vor Schmerz aufschreien.

Vollkommen unerwartet ging sie vor mir auf die Knie und nahm meine Hände in die ihren. Ich war nicht mehr fähig zu denken oder gar zu atmen.

„Der Club ist unser Job", erklärte sie langsam. Sie atmete tief ein, bevor sie weitersprach. „Meine Worte eben waren keine höfliche Aufforderung zum Gehen. Außerdem bereue ich es, dich weggeschickt zu haben." Sie küsste mir die Handflächen. „Zenzi hat mir von Lady Jenna erzählt. So wird es zwischen uns nicht sein."

Noch immer war ich unfähig mich zu rühren.

„Gabriel", sagte sie mit ihrer betörenden Stimme, „ich wollte dich nur darauf vorbereiten, dass wir dich eine Stunde allein lassen. Damit bist du doch einverstanden, oder?"

„Ja", krächzte ich. Ich schöpfte Hoffnung, wollte zerspringen und gleichzeitig im Erdboden versinken. „Ja, schon."

Ein weiterer Kuss traf mein Handgelenk.

„Du hast gedacht, wir schicken dich weg?", fragte Zenzi schrill. „Dich? Spinnst du?"

Tira schloss einen Moment die Augen. „Ich habe meine Worte vorhin ernst gemeint. Ich will, dass du mir gehörst."

„So, so", stotterte ich, „wie in einer richtigen Beziehung?" Gott, was war mit mir los? Seit wann war ich ein solch unsicherer Trottel?

„Ja. Im besten Falle genau so."

„Wir drei?", fragte ich atemlos.

Sie lächelte schief und sah zu Zenzi. Dieser nickte. „Aber anders als Tira bin ich nicht der monogame Typ. Wenn du damit klar kommst, dass ich ab und zu auch andere ficke, dann ja – zu dritt."

Er sah mich erwartungsfroh an. Mein Hirn war wie leergefegt.

„Also", hakte Zenzi nach, „würdest du damit klar kommen?"

„Äh, ja, ich glaube schon. Ich." Ich war hilflos gefangen zwischen Freude, Glück und möglichen Problemen. „Nun, ich hatte noch nie eine Beziehung mit einem Mann. Du", ich atmete durch, „du bist der Erste ..."

„... mit dem du nach dem Sex überhaupt redest", beendete Zenzi den gestammelten Satz. „Ja, schon klar, du hast keinerlei Erfahrung und bist für alles offen." Er lachte. „Wie praktisch."

Tira küsste mir die Handgelenke. „Ich möchte dir neue Spuren auf die Haut zeichnen. Am liebsten würde ich sie jeden Tag sehen, um mich an ihnen zu ergötzen."

Es wäre so unglaublich schön. Aber ich hatte keine Ahnung, wie das funktionieren sollte. Auch ich hatte einen Job, Freunde und Familie. Aber es gab Wochenenden, oft genug war ich unter der Woche in der Stadt.

Zu schnell, irgendwie ging mir das jetzt zu schnell.

„Ich begehre dich Gabriel", sagte Tira. „Ich will dich bei mir. Aber wir brauchen uns nichts vormachen, Begehren macht noch keine Liebe oder Freundschaft oder Beziehung. Und keiner von uns wird plötzlich alles aufgeben."

Sie meinte es wirklich ernst. „Ja", hauchte ich wie in einem rauschhaften Dämmerzustand, „ich bin beruflich viel unterwegs."

„Ich nehme von dir, was ich kriegen kann", sagte Tira.

„Ich auch", stimmte Zenzi zu.

„Was immer sich zwischen uns entwickelt", beteuerte Tira, noch immer vor mir hockend, wo sie meiner Meinung nach nicht hingehörte, „wir werden herausfinden, wie es am besten passt. Natürlich werden wir über alles reden und klare Regeln festlegen müssen." Ich zog an ihren Armen, weil ich nicht auf sie hinabsehen mochte.

Doch sie blieb, wo sie war. „Ich will alles über dich wissen Gabriel. Ich will nicht nur deinen Körper kennenlernen, sondern auch deinen Geist, deine tiefsten Geheimnisse und Sehnsüchte erforschen und mit dir gemeinsam ausleben."

Ein Prickeln fuhr mir unter die Haut. Ich wollte schmelzen, mich in ihr auflösen.

Tira küsste mir wieder die Handgelenke, die sie wie eine Schraubzwinge festhielt. Nach dem spitzen Schmerz eines Bisses quoll Blut hervor. Gurrend leckte sie es ab.

„Und dann Gabriel", sagte sie mit tiefer Stimme, bei der sich meine Nackenhärchen aufstellten und nach dem Schock erneut meinen Schwanz anschwellen ließ, „werde ich damit spielen. Ich werde dir wehtun, dich schocken, dich an deine Grenzen und weit darüber hinaus bringen."

Ich öffnete den Mund, aber es kam nichts heraus. Wie hypnotisiert hing ich an ihren braunen Augen.

„Zu lange hast du mir gefehlt", sprach Tira weiter. „Ich werde nicht um dich herumschleichen oder dir vorenthalten, was ich mir wünsche."

Mein Herz schlug schnell und hart. Durch meine zugeschnürte Kehle, passte noch immer kein Wort. In meiner Hose zog und ziepte es schmerzhaft, als wollte mich selbst mein eigentlich unersättlicher Schwanz daran erinnern, dass er genug hatte.

Dummerweise erregte mich der Schmerz zusätzlich. Ich presste die Beine aneinander, damit sie es nicht sahen.

Plötzlich schlangen sich Arme von hinten um meinen Hals. „Bleib bei uns", sagte Zenzi.

Ich wollte spontan „Ja" rufen, aber es fühlte sich zu sehr wie ein Traum an. Zu rasant. Alles. Wie sollte eine solche Beziehung funktionieren? Ich hatte einen Job und Verpflichtungen. Wie?

„Du bleibst", stellte Tira wie eine unumstößliche Tatsache fest, nachdem ich nicht antwortete, „Zenzi wird nach ungefähr einer Stunde wieder zu dir hochkommen. Er ist kaum ins Alltagsgeschäft am Tresen eingebunden."

Ich schaute ihn an. Noch immer verwirrt.

„Oder möchtest du mit uns in den Club kommen? Wenn, dann bist du herzlich willkommen." Tira lächelte boshaft. „Wobei ich eigentlich davon ausging, dass dir nicht nach tanzen zu Mute ist."

Laut lachte ich auf. Da mir dabei alles wehtat, folgte dem ein gepresstes Keuchen.

Tira gab mir einen langgezogenen Kuss auf die Stirn. Zenzi ließ von mir ab, blieb aber neben meinem Stuhl stehen.

„Du wirst jetzt zu Ende essen und dich dann von Zenzi behandeln lassen."

„Und dann?", fragte ich, weil ich es noch mal hören musste.

„Du wirst bis Sonntag bei uns bleiben", sagte Tira in einem unmissverständlichen Ton, „bis wir dich nach Hause fahren. Bis dahin werden wir Zeit miteinander verbringen. Viel reden. So wie jetzt."

Ich lächelte. Der Gedanke fühlte sich gut an. Allerdings würde ich mich schon freuen, wenn wir nicht nur redeten. Aber dies auszusprechen erschien mir unangemessen.

Nur eines musste ich unbedingt loswerden: „Ich möchte euch auch näher kennenlernen und nicht nur Fragen beantworten. Doch bisher", es musste einfach raus, „weicht ihr mir aus. Deshalb dachte ich. Nun. Es war für mich ein Zeichen dafür, dass ihr mich nicht wollt."

Sie sahen einander an, nickten im gegenseitigen Einverständnis. „Du wirst Antworten bekommen", versprach Tira. „Später. Können wir sonst noch etwas für dich tun? Sagtest du nicht, dein Handy läge im Auto? Soll Zenzi es dir holen?"

„Ja, bitte. Dann könnte ich meine Familie informieren, dass ich Sonntag nicht zum Essen komme."

Tira lächelte. „Zenzi wird es dir bringen." Sie strich mir über die Schläfen und schüttelte den Kopf. „Weißt du eigentlich, wie wundervoll du bist?"

Ich schluckte und spürte, wie das Blut mir nicht nur in den Schritt, sondern auch in die Wangen schoss. Ich presste die Beine enger zusammen, um ihnen meine zunehmende Erektion zu verheimlichen. Sie sollten mich nicht für einen maßlosen Sexsüchtigen halten.

Sie lachte. Das helle Geräusch klang schöner als alles, was ich mir vorstellen konnte.

„Wenn du während unserer Abwesenheit müde wirst", sagte Tira, „dann ruhe dich aus. Du kannst in mein oder Zenzis Schlafzimmer gehen, wohin du möchtest. Unser Loft gehört dir. Willst du uns etwas sagen?"

Nichts, was nicht noch Zeit hätte. Ich schüttelte den Kopf. Vielleicht sollte ich bis zu ihrer Rückkehr meinen Körper mit ein wenig Handbetrieb abkühlen.

„Nicht mal, wie es dir gerade geht?", fragte sie. „Was du fühlst? Was du dir wünschst?" Nach dem letzten Satz stand sie auf.

Es fühlte sich viel besser an zu ihr hochzuschauen, als zu ihr hinunter. „Erstmal nicht“, antwortete ich. Zu ihren Füßen würde ich mich noch wohler fühlen.

„Weißt du Gabriel“, begann Tira, „ich weiß, wie es ist, sich selbst zu verleugnen und sich zurückzuziehen.“

Ich legte den Kopf schief. „Was meinst du?“

Sie küsste mich auf die Nasenspitze. „Gabriel“, sagte sie wohltönend tief und funkelte mich an.

„Ja?“

„Ich sehe die harte Beule in deinem Schritt. Du bist zu gut bestückt, die kannst du nicht vor mir verbergen.“

Zenzi beugte sich zu mir hinunter. Seine große Hand griff mir zwischen die Beine. „Tatsächlich“, rief er überrascht und richtete sich wieder auf, „dabei hielt ich mich für ein Sexmonster.“ Er lachte dröhnend, während ich unangenehm berührt im Erdboden versinken wollte.

„Gabriel“, schnurrte Tira, „du solltest dich mit dem Gedanken anfreunden, dass du hier – ohne Ausnahme – mein Spielzeug bist, welches ich jederzeit so benutze, wie es mir gefällt. Was nicht heißt, dass ich nicht mit dir an einem Tisch setze, um mit dir zu reden.“

Ich nickte. Keine Ahnung worauf sie hinaus wollte. Ich bemerkte nur, wie sich der Stoff noch enger spannte.

„Das heißt auch, dass deine Lust, und insbesondere dein Schwanz, mir gehört. Aber wie soll ich mit ihr spielen und dich benutzen, wenn du sie vor mir versteckst und zudem selbst auf eine eindeutige Nachfrage hin nicht offen dazu stehst?“

„Ich dachte“, sagte ich und suchte fieberhaft nach den passenden Worten, „ihr müsst gleich runter. Es schien mir der falsche Zeitpunkt.“

Tira seufzte. „Da der hier", sie griff hart an meinen eingesperrten Ständer, so dass ich zusammenzuckte, „mir gehört, entscheide ich allein, wann der richtige oder falsche Zeitpunkt ist. Wolltest du dir etwa in unserer Abwesenheit einen runterholen?"

Ich senkte den Blick, so dass mein Kinn die Brust berührte. Mir war heiß und kalt zur gleichen Zeit. Ich kam mir vor wie ein ertapptes Kleinkind, welches Süßigkeiten geklaut hatte und wusste, dass es Ärger geben würde.

„Mhm", gab Tira von sich, „ich denke, du brauchst etwas Hilfe, um meinen Anspruch zu verinnerlichen." Wieder gab sie ein undefinierbar summendes Geräusch von sich, was wohl Nachdenklichkeit demonstrieren sollte. „Nun denn, ich will deinen Penis sehen. Vorerst, bis du am Sonntag gehen wirst", schloss Tira.

Ich spürte Gänsehaut über meinen Körper krabbeln. „Das heißt?", fragte ich zögerlich.

„Zieh dich aus, Gabriel", sagte sie so sanft wie ein Streicheln und doch unmissverständlich deutlich. „So lange du nicht vor hast rauszugehen oder frierst, bleibst du nackt."

Ich starrte sie an. Offenbar so entsetzt, dass sie laut auflachte.

„Das war ein Befehl, mein Engel. Sieh es als Unterstützung, um dich selbst auszudrücken. Wenn es dich anmacht", sie dehnte die letzten Worte, „dann darfst du es als Strafe sehen."

Die Drogen schienen mein Hirn irgendwie verbrannt zu haben. „Ich soll mich ausziehen?", fragte ich stockend. „Hier? Jetzt?"

„Ja", sagte sie lächelnd und streichelte über meine Haare.

„Und bis Sonntag nackt bleiben", fügte Zenzi so genüsslich hinzu, dass ich ihm am liebsten eine gelangt hätte. „Mir gefällt die Idee." Er zupfte an meinem Shirt.

Ich fuhr mit beiden Händen an den Kragen, um es festzuhalten. Wieder klopfte mein Herz bis zur Kehle hoch. Ich wollte tiefer im Stuhl versinken, aber leider ging das nicht.

Während einer Session drückte das Vorhandensein von Kleidung erregend deutlich das Machtgefälle aus. Aber dort war ich auch hemmungslos, sobald mein Körper das Kommando übernahm. Aber hier, so, beim Essen, beim Reden, im Alltag – ich schluckte und schaute hektisch zwischen ihnen hin und her.

Das konnte sie nicht ernst meinen. Es würde mich jedes Schutzes berauben. Sie würden jedes Zucken mitbekommen, jedes Mal, wenn ihre oder seine Worte mich anmachten. Was so gut wie ständig der Fall war.

„Gabriel", sagte Tira sanft, „wenn das hier funktionieren soll, dann brauche ich unmittelbare Rückmeldung von dir." Sie streichelte über die Ausbuchtung meiner Hose. „Und er scheint weitaus mitteilungsfreudiger und verlässlicher zu sein, als du. Außerdem will ich den Anblick deines Körpers und meiner Spuren auf dir genießen."

Schweißbäche liefen mir von der Stirn den Hals hinunter. Ich schaute auf ihre Hand, die mich geschickt bearbeitete.

„Vor uns braucht dir nichts peinlich sein, schon gar nicht deine unerschöpfliche Leidenschaft", sagte Tira. „Im Gegenteil, mich freut sie sehr."

Es war zu verrückt, so wahnsinnig. Eine Alltagsfantasie, deren Umsetzung ich nicht für möglich gehalten hätte.

„Du kannst jederzeit dein Safewort benutzen", flüsterten ihre Lippen dicht an meinem Ohr. Ich roch den Duft ihrer Haut, ihrer Haare. Verflucht, es war verlockend und einnehmend und alles, was ich mir je ersehnte.

Mein Körper erbebte unter ihrer Nähe. „Was wirst du noch von mir verlangen?", fragte ich leise. Ich fürchtete die Antwort, genauso wie ich sie kaum erwarten konnte.

„Alles." Sie hielt inne, schien meine Reaktion auszukosten. „Aber vorerst reicht es mir, dass du meinen Befehlen folgst, wenn ich dir welche gebe. Im Vertrauen auf mich. Egal welchen, egal wo und egal wann." Tira küsste meinen Hals entlang. Ihre Finger glitten hinunter über den Stoff und griffen nach dem Saum.

„Wenn ich dir zum Beispiel befehle, vor mir auf die Knie zu sinken, dann unterbrichst du, was du tust und gehorchst. Auch wenn wir uns mitten in einem Streit befinden." Sie zwinkerte und hob mir das Shirt über den Kopf. Es knisterte elektrisch.

Mir wurde flau, nicht nur im Magen. Nein, selbst meine Knie fühlten sich weich an – im Sitzen. Was sie wollte, ging wesentlich weiter, als ich es je gewagt hatte, zu denken. Es klang auf eine unfassbare Art demütigend und sehr erregend. Jedoch machte es mir auch Angst.

Lässig ließ Tira das Shirt neben dem Stuhl fallen. Dann nahm sie meinen Kopf zwischen ihre Hände und brachte mich dazu, sie anzusehen. „Ich meine überall Gabriel, selbst draußen, vor anderen."

Schon wieder stieg mir die Hitze in die Wangen. Mein Schwanz wollte schier bersten unter dem viel zu engen Stoff. Ich zwang mich ehrlich zu antworten, die Kritik, weshalb sie mir die Kleidung rauben wollte, ernst zu nehmen. „Das klingt", ich stockte, „gut." Ich hüstelte. „Ähm, geil."

„Tatsächlich?", fragte sie scheinheilig. „Und wenn ich dir befehle, in einem Restaurant unter den Tisch zu kriechen und

Zenzi den Schwanz zu lutschen? Oder im Wald auf einer Lichtung, wo jederzeit Spaziergänger kommen könnten."

Mir wurde ganz anders. Ich würde gerne mein Kopfkino ausschalten, bevor ich noch ohne jegliches Zutun in die Shorts kam.

„Oder in einer Umkleidekabine?", fügte Zenzi versonnen hinzu, „oder während ich hinter dem Tresen stehe und Kunden bediene."

Letzteres klang eher wie Horror.

„Ein Witz", warf Zenzi ein und knuffte mir gegen die Schulter. „Also das mit dem Tresen."

„Gabriel", sagte Tira und strich mir über die nackte Haut, „mach dir keine Sorgen. Wir werden uns Schritt für Schritt miteinander vortasten. Auch für mich ist eine solche Situation lange her. Meinen letzten Sub, Giglio, hatte ich vor zehn Jahren. Ich weiß, wie es sich anfühlt, lange verdrängte Bedürfnisse auszuleben, weil es mir genauso geht wie dir."

Überrascht starrte ich sie an. „Es ist nicht leicht", sagte ich, um Offenheit bemüht.

„Ich verspreche dir, auf dich aufzupassen. Zenzi wird mich dabei unterstützen. Außerdem hast du ein Safewort, welches ich immer respektieren werde." Tira küsste mich sanft. „Zudem erwarte ich, dass du dich an Gesprächen beteiligst und mir deine Meinung mitteilst. Außer, natürlich, ich verbiete es dir explizit. Du magst mein Spielzeug sein, aber ich werde dich kaum kennenlernen, wenn du dich mir nicht offenbarst."

Wärme breitete sich in mir aus, es prickelte unter meiner Haut – ich fühlte pures Glück. „Einverstanden", sagte ich lächelnd.

Tira nickte. Dann trat sie einen Schritt zurück und reichte mir ihre Hände.

Diesmal wusste ich, was kommen würde. Kaum hatte ich mich unter Schmerzen erhoben und stand aufrecht, öffnete sie meine Hose. Zenzi schob hinter mir den Stuhl weg. Dann nahm er mir die restliche Kleidung. Mein Ständer sprang ihnen keck entgegen.

Wie konnte es sein, dass ich mich nackt vor dem Esstisch ausgelieferter fühlte als im Schlafzimmer? Komisch, aber es war so. „Was geschieht jetzt?"

Tira lächelte und verschlang mich mit den Augen. „Ich werde gleich in den Club runter gehen. Nachdem Zenzi dich ein wenig verarztet hat, wird er mir helfen."

„Falls du nicht schlafen kannst", fügte er mit Blick in meine Körpermitte hinzu, „habe ich viele Bücher zur Auswahl. Oder Fernsehen."

„Zenzi", sagte Tira streng, „nochmal zur Erinnerung: Du behältst deinen Schwanz bei dir. Gabriel muss sich erholen."

Fröstelnd, ganz bestimmt nicht wegen der Temperaturen, umfasste ich mich mit den Armen. „Klingt gut."

„Wenn ich wieder da bin", sprach Zenzi unbeeindruckt weiter, „hast du die Wahl: Magst du lieber kuscheln mit Netflix oder Daumenakrobatik mit Videospielen?"

„Alles, was nicht mit laufen oder bewegen zu tun hat, ist mir recht", antwortete ich.

Zenzi lachte. „Wie wäre es mit Autorennen?"

„Ich mach dich fertig", sagte ich kalt.

Er grinste schief: „Wir werden sehen."

„Männer", murmelte Tira und verdrehte die Augen. „So, nun wird es wirklich Zeit. Zenzi, ich erwarte dich unten. Gabriel, ab mit dir ins Schlafzimmer. Und mein Engel", sagte sie und tippte meine pralle Eichel an, „auch für dich gilt: Hände weg, außer ich erlaube es dir."

Ich ächzte. Zudem schien der Weg zum Bett meilenweit entfernt zu sein.

Zenzi zögerte nicht, wie ein Fliegengewicht pflückte er mich von den Füßen und nahm mich in seine Arme. Behutsam trug er mich hinüber.

„Junge, ernsthaft? Endlich meldest du dich und dann nur, um uns für Sonntag abzusagen?", fragte meine Mutter in ihrem üblichen jammernden Tonfall. „Wo bist du denn?"

„Bei Freunden. Alles ist gut." Ich lag bäuchlings auf der Matratze und hatte mir die Bettdecke übergezogen. Wenigstens beim Gespräch mit ihr wollte ich mich nicht ganz so nackt fühlen.

„Deine Nichten und Neffen haben sich so sehr auf dich gefreut."

Da ich den Kindern immer etwas mitbrachte und mit ihnen spielte, stimmte das sogar. „Beim nächsten Mal, Mamma."

„Überleg es dir nochmal", sagte sie hartnäckig bleibend. „Wir haben für Sonntag Besuch eingeladen. Eine Freundin wird ihre beiden reizenden Töchter mitbringen. Beide schwärmen seit Marias Hochzeit von dir."

Ich verdrehte die Augen. Warum hörte sie nicht mit ihren Verkupplungsversuchen auf? „Wie du weißt, habe ich gerade eine Trennung hinter mir."

Ein abfälliges Ächzen tat meine Worte ab. Von Nicole hatte meine Mutter wenig gehalten, zu deutsch und nicht mal zur Hälfte italienisch. „Gabriel, sie wollen dich kennenlernen. Gute Mädchen."

Meine Geschwister hatten alle Kinder. Zwei von ihnen fingen bereits Anfang zwanzig mit der Familiengründung an. Dummerweise erwartete meine Mutter das Gleiche nun von mir, bevor ich, ihr schönstes Kind, zu einem einsamen Greis mutierte.

„Nein. Mamma. Außerdem fliege ich am Sonntagabend auch schon wieder. Es wäre eh knapp geworden." Mist, ich hätte mir auf die Zunge beißen sollen. Ich wusste, welche Leier jetzt kam.

„Such dir einen ruhigeren Job. Einen, bei dem du mehr Zeit für deine Familie hast. Kein Wunder, dass du keine vernünftige Frau kennenlernst."

Die Tür des Schlafzimmers öffnete sich. Zenzi streckte den Kopf rein.

„Nein, Mamma. Ich mag meinen Job."

Während mir meine Mutter ihren üblichen Vortrag hielt, bei dem ich sie als guter Sohn nicht unterbrach, schlenderte Zenzi neckisch grinsend auf mich zu. Er legte sich neben mich, seine Hand glitt unter die Decke.

Meine zornigen Blicke trieben ihn eher weiter, als ihn abzuhalten.

„Gabriel? Was ist? Hörst du mir noch zu?"

„Ja, Mamma."

Ich drehte mich auf die Seite und schubste Zenzis Arm weg. Er riss die Decke von mir. Es war schwierig genug, die Position zu halten, ohne auf meine zerschundene Kehrseite zu fallen.

„Sag mal, liegst du gerade im Bett?"

Zenzi packte mein freies Handgelenk, zerrte es hinter meinen Rücken und nahm mich damit fest in den Arm. Boshaftigkeit sprang ihm schier aus dem Gesicht. Unangenehm verdreht, klammerte ich mich ans Smartphone.

„Nein, wir bereiten gerade nur mein Bett vor", antwortete ich mit einem unterdrückten Keuchen.

Zenzi zwängte sein Knie zwischen meine Schenkel und schmiegte seine Wange an meine Brust. Ich biss mir auf die Lippen.

„Was sind denn das für Freunde? Bring sie doch mal mit."

Verdammter Fiesling, nun rieb er sich in meiner Mitte und sah frech zu mir hoch. „Mamma, es gibt gleich essen. Ich muss auflegen."

„Gut, dann sehen wir uns nächste Woche."

Ich schloss die Augen, um den verlockenden Reiz mit purer Konzentration zu bannen. Nächste Woche wollte ich eigentlich auch hier sein. „Kann sein, dass ich dann noch unterwegs bin. In Island, Mamma."

Meine Mutter schnaubte empört. „Melde dich, wenn du angekommen bist. Ciao, mein Sohn."

„Ciao." Ich legte schnell auf und ließ das Telefon aus meiner Hand gleiten. Dann versuchte ich, mich aus Zenzis forschen Griff zu befreien und seinem Knie zu entgehen, um nicht noch mehr anzuschwellen.

Er lachte, offenbar erfreut über den Kampf. Es dauerte keine zwei Sekunden, bis ich mich vor Schmerzen windend auf dem Rücken wiederfand. Zenzis muskulöser Körper lag schwer auf mir, während er meine Hände neben meinem Kopf auf die Matratze pinnte.

Da ich sowieso keine Chance gegen ihn hatte und sich wehren nur mehr wehtat, blieb ich ruhig liegen. Wir sahen uns in die Augen.

„Sie weiß es nicht, oder?", fragte er nach einem flüchtigen Kuss auf meine Lippen. „Deine Mutter, meine ich. Sie weiß weder über deine Bisexualität Bescheid, noch über das hier."

Was sollte das? Ich schämte mich genug dafür sie anzulügen.

„Nein", fauchte ich, „wolltest du deshalb, dass ich mich verrate? Mit Absicht."

Zenzi runzelte die Stirn. „Nein. Ich ...“

„Verurteile mich für meine Feigheit, wenn du magst", schnauzte ich ihn an und wehrte mich wieder gegen den Griff, egal, ob es wehtat. „Aber es würde sie nur verletzen, ohne dass sich etwas an der Situation ändert."

Schlagartig machte das begehrliche Glitzern in seinen Augen einer tiefen Traurigkeit Platz. „Ich verurteile dich nicht." Dann ließ er mich los und sich neben mir fallen.

Sofort drehte ich mich auf die Seite, um den Schmerz zu lindern und ihn anzusehen. „Leben deine Eltern noch?", fragte ich.

Zenzi schaute weiter zur Decke. „Nein. Meine Mutter starb kurz nach meiner Geburt im Kindbett. Und mein Vater, als ich etwa zwanzig war."

„Das tut mir leid." Wo starben denn heutzutage noch Frauen im Kindbett?

Er winkte ab. „Mit der Familie wird es immer das Gleiche sein. Nie einfach, selbst wenn es heute so selbstverständlich zu sein scheint, es für alles Worte und Erklärungen gibt." Zenzi seufzte. „Wenn meine Eltern von meiner Homosexualität gewusst hätten, dann hätten sie mich an die Kirche verraten. Nicht aus

Boshaftigkeit, sondern allein von dem Wunsch beseelt, mich damit zu retten."

Religiöser Fanatismus erklärte einiges.

Verbitterung lag nicht in Zenzis Stimme, eher Resignation. Ich legte den Kopf schief. „Woher kommst du?"

Zenzi schrak zusammen, schien mich erst jetzt zu bemerken. Er lächelte und drehte sich zu mir. „Ich komme aus Deutschland, aber", er atmete tief ein, „so gerne ich es tun würde, mehr darf ich dir noch nicht verraten."

„Waru..."

Zenzi legte mir seinen Zeigefinger auf die Lippen. „Wenn du keine Lügen von mir hören willst, dann akzeptierst du meine Antwort. Bitte, Gabriel. Bitte."

Diesmal seufzte ich. Also würden sie viele meiner Fragen nicht beantworten.

Seine Hand glitt auf meine Schulter, wo er mit dem Daumen über die Haut rieb. „Tira und ich haben vorhin, als wir allein unten waren, darüber diskutiert, was wir dir erzählen können. Wir sind uns einig, dass es nicht viel sein wird. Bitte sei nicht zu enttäuscht von uns. Es hat rein gar nichts mit dir zu tun."

Neugierde war manchmal genauso brennend wie Begehren.

Zenzi beugte sich zu mir und küsste mich auf die Stirn. „Wir haben Geheimnisse, die unsere Vergangenheit betreffen. So ist es nun mal. Du wirst die Tatsache akzeptieren müssen, bis wir dir irgendwann alles erzählen können."

„Wann wird das sein?", fragte ich.

„Keine Ahnung. Ich wünschte, es wäre anders." Er schüttelte den Kopf. „Oder wäre es dir lieber, wenn wir dir Lügen auftischen?"

„Nein. Ehrlichkeit ist mir lieber, aber Scheiße ist es trotzdem."

Zenzi lächelte. Mich beeindruckte seine Fähigkeit, so grundsätzlich positiv zu sein. „Autorennen?", fragte er.

„Klar, bei dem Kampf werde ich gewinnen."

„Abwarten."

Zenzi und ich fläzten uns auf das riesige Sofa. Ich bäuchlings auf der herausragenden Sofaecke und er in die Kissen gelehnt in der Mitte. Da mir mit der Zeit kalt geworden war, hatte er mir eine Decke übergeworfen.

Wir spielten gegeneinander und lachten gemeinsam. Nebenbei, während ich ihn beim Autorennen erbarmungslos in den Boden stampfte, flirteten wir. Wir diskutierten auch über die besten Spiele und Serien, über die Männer darin, die wir heiß fanden, sowie über Klatsch und Tratsch.

Wenn einer von uns ein besonders unsinniges Überholmanöver versuchte, zogen wir uns gegenseitig auf. Es war toll mit ihm. Mir war gar nicht bewusst, wie sehr ich einen Freund vermisste, ohne Fitnessstudio, einfach so reden und spielen.

Es zeigte sich, dass ich ein ungeahntes Talent beim Autorennen besaß. Bald sah mir Zenzi nur noch zu und fieberte mit, wenn ich die frisch freigeschalteten Strecken meisterte.

Während er mich anfeuerte, rückte er schrittweise näher zu mir. Bis er, dicht an meiner Hüfte, ans Sofa anstieß. Wie ein Dieb in der Dunkelheit stahl sich seine Hand unter meine Decke. Zart streichelte er meine unverletzten Seiten. Als er die

Oberschenkel berührte, keuchte ich vor Schmerz und versaute den Lauf auf der Rennbahn. „Scheiße."

„Beim nächsten Mal", antwortete Zenzi und kniete sich neben mich, so dass er auf mich hinabsah. „Entschuldige, ich wollte dir nicht wehtun."

Ich lachte. „Mach dir keine Gedanken. Das wird noch eine Weile so bleiben."

„Äh", stammelte er, „ich meine ..."

„Zenzi", sagte ich belustigt, „vergiss nicht, dass ich es so wollte und jederzeit hätte abbrechen können."

Er wich meinem Blick aus. Druckste herum. „Manchmal wirkte es nicht so, eher, als würdest du nur schrecklich leiden."

Ich nickte. „Ich habe schrecklich gelitten."

„Und das gefällt dir? Ehrlich?"

„Ja", ich streckte meine Hand aus und legte sie auf seinen Arm, mit dem er sich auf dem Sofa abstützte, „so schwer es dir auch fällt, es dir vorzustellen."

„Ich hatte Mitleid. Und", Zenzi schüttelte den Kopf, „ich hätte dich am liebsten gerettet."

Ich lachte. „Es ist okay. Wirklich. Es macht mich an. Ich weiß, auf einige wirkt das richtig krank und pervers."

Er seufzte und wich erneut meinem Blick aus. „Darf ich sie sehen?"

Ich wusste sofort, dass er die Spuren auf mir meinte. Tief atmete ich ein und wieder aus. Obwohl es eigentlich lächerlich war, da er ja dabei zugesehen hatte, wie sie entstanden waren, fühlte es sich unangenehm an. Als würde ich ein intimes Geheimnis mit ihm teilen. „Ja."

Behutsam hob Zenzi die Decke an und streifte sie mir vom Körper. Er zischte, als er meine Kehrseite im hellen Licht genau in Augenschein nahm. „Es sieht übel aus."

„Ich bin stolz auf jeden blauen Fleck, auf jede brennende Strieme."

Zenzi flog mit den Fingerspitzen in ausreichenden Abstand über meine Oberschenkel. Kaum berührte er vorsichtig die Ränder der zerschlagenen Haut, keuchte ich.

„Entschuldige."

„Ist in Ordnung", presste ich zwischen den Zähnen hervor.

„Wirst du davon auch geil?"

Ich starrte ihn ungläubig an. „Nein. So hat es", ich atmete den Schmerz weg, um in geraden Sätzen reden zu können, „nichts Erotisches, außer die Erinnerung daran, wie es dazu kam. Zahnschmerzen mag ich ja auch nicht."

„Mmh", schnurrte Zenzi und küsste plötzlich über die extrem empfindlichen Hautpartien.

Ich legte den Controller weg und spürte den sanften Reizen nach, die sich auf eine erregende Art mit den Qualen vereinten.

„So besser?", flüsterte er.

„Viel besser", entwich mir stöhnend, als er begann mich abzulecken.

Zenzi gluckste vergnügt. „Soll ich weitermachen?"

„Ja", flehte ich, „Gott, ja. Mach weiter."

Offenbar traf ich auf weit aufgesperrte Ohren. Denn er arbeitete sich langsam vor, verwöhnte jede schmerzende Stelle ausgiebig. Sein trocknender Speichel kühlte meine heiße Haut. Schon wieder spürte ich meinen Schwanz anschwellen, der sich leicht gegen das Sofa drückte.

Nachdem Zenzi sich bis zu meinen Schulterblättern hochgeküsst hatte und ich einfach nur genoss, massierte er mir den Nacken. „Dreh dich um", sagte er nach einer Weile.

Noch bevor ich ablehnen konnte, hatte er mich gepackt, um mir dabei zu helfen. Ich japste schmerzerfüllt, als ich auf meiner Kehrseite zu liegen kam.

„Ich sorge dafür, dass dir auch das gefällt", murmelte Zenzi. Er bedeckte mein Gesicht mit zärtlichen Küssen, streichelte und verwöhnte meine Brustwarzen.

Er machte sein Wort vollends wahr, als er mir tastend seine Zunge in den Hals schob und wir uns behutsam entdeckten. Diese Zärtlichkeit genoss ich ebenso wie Tiras Dominanz und Sadismus. Ich wusste bisher nur nicht, dass ich sie überhaupt so sehr mochte.

Rauschendes Blut ließ meinen Ständer prall werden. Schon wieder. „Du musst mich für unersättlich halten", sagte ich, nachdem Zenzi ihn spielerisch antippte.

„Nein", schnurrte er und grinste. „Eher für ausgehungert." Zenzi leckte mir die Kehle hinunter, die ich ihm offen präsentierte. Ich bog mich ihm entgegen, hoffte, dass er an den Nippeln saugte und knabberte.

„Und maßlos geil", fügte er hinzu. „Dazu übertrieben grenzenlos. Hemmungslos. Erschreckend sittenlos." Jeder Eigenschaft folgte ein kleiner Biss, begleitet von einem Stöhnen meinerseits. „Hingebungsvoll."

Leider hielt er sich nicht an den Brustwarzen auf und strebte sofort in meinen Schritt. Ich rieb mich unter den Berührungen auf dem Sofa. Die anhaltenden Qualen meines zerschlagenen Fleisches hoben Zenzis Liebkosungen auf eine ungeahnt lustvolle Stufe.

„Angsteinflößend leidenschaftlich", sagte Zenzi. Mit der Zunge leckte er über meine Eichel. Ich zuckte zusammen. „Und", schloss er, „genau mein Typ." Er nahm mich in den Mund, sanft baute er Unterdruck auf, pumpte dazu rhythmisch den Schaft.

Ich schloss die Augen und ließ mich mitreißen. Ich krallte eine Hand in seine schütteren Haare, die andere in seine Schulter.

„Warte!", rief ich, als mir Tiras Worte einfielen. „Wir dürfen doch gar nicht."

Zenzi hob den Kopf und sah mich an. „Nun, so weit ich mich erinnere", sagte er grinsend, „hat sie dir verboten, dich selbst anzufassen, was du nicht tust, und mir geboten, meinen Schwanz bei mir zu behalten, was ich mache." Sein Mund wurde noch breiter. „So gesehen, machen wir nichts Falsches."

„Das ist Haarspalterei."

Er lachte, während seine Finger über meine Spitze kreisten und meine Antwort zu einem lustvollen Wimmern verkam. „Nein, das sind unklar ausgedrückte Befehle."

„Aber ..."

Seine Lippen schlossen sich wieder um meine Erektion und nahmen sie tief in die Kehle auf. Mein Widerspruch war wie weggefegt.

Zenzi nahm sich Zeit, als würde er es lieben mich in verschiedenen Tonlagen stöhnen zu hören. Ich flüsterte seinen Namen. „Bitte", flehte ich, als hätte ich in den letzten Tagen nicht genug Höhepunkte gehabt. In dem Moment, als er auch noch meinen Sack fest massierte, schrie ich auf.

Er entließ mich aus dem Mund. „Sieh mich bitte an, Gabriel", sagte er leise. Während er mich weiter zwischen den Beinen kraulte, trafen sich unsere Blicke. Wobei ich ihn kaum wahrnahm, sondern nur die lustvollen Wellen, die durch meinen Körper liefen, so sehr, dass der wunde Muskel zuckte.

„Ich verstehe langsam, was Tira an diesem Anblick so liebt." Undeutlich sah ich ihn lächeln. Dann schlossen sich seine Lippen wieder um meinen Schwanz. Härter als vorher saugte er, nahm mich tief in die Kehle auf. Mich an ihm festkrallend, bäumte ich mich auf und kam.

Keuchend, wie ein erlegtes Wild, lag ich schlaff vor Zenzi, welcher sich den Weg zu meinem Mund hoch küsste. Egal, was mich sonst im Leben hielt, ich wollte nie mehr von den beiden fortgehen. Arbeit, Kumpels, Familie und schlicht die Vernunft wurden mir innerhalb weniger Tage hinweggefickt.

„Was machen wir morgen?", fragte ich, ehe er meine Lippen mit seinen wieder verschloss.

„Monopoly – Mittelalteredition", hauchte er unpassend genießerisch. „Mit Wikingern. Wir lieben es, aber zu zweit macht es keinen Spaß."

Ich lachte ungläubig. „Echt jetzt?"

„Klar." Sein letztes Wort vor einem endlos langen Kuss, der mit Streicheln und erfahrener Zungenakrobatik einherging.

Zenzi ließ mich alles vergessen, nur noch ihn und seine Zärtlichkeit wahrnehmen. Bevor er mich behutsam in Tiras Bett trug, brachte er mich erneut zum Höhepunkt. Über meine Beschämung, dass dies überhaupt möglich war, freute er sich quietschend wie ein kleines Kind.

Morgens um halb fünf, nur wenig später als wir selbst dort landeten, kam Tira dazu und kuschelte sich an uns.

Ich schmiegte mich enger an Gabriel, der zwischen Zenzi und mir lag. Die gemeinsame Nacht war viel zu schnell vorbei gegangen und ich wünschte mir, wir könnten noch eine Ewigkeit so liegen bleiben. Ich lauschte den Geräuschen, die ein Streicheln von Haut auf Haut verrieten und vorsichtige Küsse.

„Ich möchte jeden Tag mit euch aufwachen", sagte Zenzi leise. Er sprach mir aus der Seele.

Ich spürte Gabriels Glucksen in seiner Brust unter meinem Ohr. Als ich ihm ins Gesicht sah, hatte er die Augen geschlossen. Seine Fähigkeit anzunehmen und zu genießen, ohne es als selbstverständlich zu betrachten, bewunderte ich.

„Lach nicht", maulte Zenzi, „ich meine das ernst. Bleib einfach bei uns. Kündige deinen Job, deine Wohnung und alles andere." Erneut erklang ein Kuss. „Lass dein bisheriges Leben hinter dir und zieh zu uns."

„Eine schöne Vorstellung", murmelte Gabriel schlaftrunken.

Ja, die Vorstellung gefiel auch mir.

„Ernsthaft", bekräftigte Zenzi, „Geld haben wir genug. Damit dir nicht langweilig wird, könntest du uns im Club helfen." An seiner Stimme erkannte ich, dass er es wirklich ernst meinte. „Du bräuchtest nie wieder Kleidung tragen, hättest täglich Sex und wärst unser hochgeschätztes Spielzeug."

„Klingt wie ein Traum", sagte mein Engel. Doch so wie ich ihn einschätzte, würde er einem solchen Vorschlag nicht nach drei Tagen zustimmen. Niemals, dafür war er zu kopflastig, zu sehr ein Mensch, der sich an die vorgebliche Vernunft und die materiellen Auswüchse der Gesellschaft klammerte.

Ich beobachtete Zenzi, wie er Gabriel sanfte Küsse auf den Hals drückte, genau über der pulsierenden Schlagader. „Willst du den Traum leben?", fragte mein Lebensgefährte.

„Ja", hauchte Gabriel, „so gerne."

Zenzi öffnete den Mund. Ich erschrak, als ich seine zu voller Länge ausgefahrenen Reißzähne sah. Er rieb sich das Handgelenk, dort, wo er sich die Pulsader aufschlitzen würde, um Gabriel sein Blut trinken zu lassen.

Hastig langte ich über den Körper zwischen uns hinweg und packte Zenzi am Hals. „Nein", sagte ich nur mit der Bewegung meiner Lippen, von der ich wusste, dass er sie ablesen konnte. „Er weiß nicht, was du meinst. Es ist zu gefährlich."

Wehmut trat in Zenzis Züge. „Aber, er ...", antwortete er ebenso lautlos.

Ich unterbrach ihn, indem ich von ihm abließ. „Bei uns bleiben zu wollen, bedeutet nicht, dass er zu einem von uns werden will", formte ich tonlos. „Außerdem, wenn er es nicht wirklich will, funktioniert es nicht. Dann wird er hier und heute sterben. Willst du das?"

Zenzi schloss die Augen. Er selbst hatte noch nie einen Menschen gewandelt. Die Details kannte er nur aus meinen Berichten.

„Unabhängig davon", fügte ich hinzu, „werde ich es machen, sobald er so weit ist."

Er seufzte schuldbewusst. „Es kam über mich", flüsterte er, diesmal laut genug, um verstanden zu werden.

„Was ist?", fragte Gabriel und sah uns an.

„Nichts, mein Engel. Zenzi wollte sich nur schon wieder an dich ranmachen."

Gabriels offenes Lachen klang wunderschön. Er zwinkerte mir schüchtern zu. „So lange ich dabei nicht auf dem Rücken liegen muss, hätte ich nichts dagegen."

So herrlich offensive Worte. Ein kleiner Anfang, für ihn. „Aber ich", erwiderte ich.

Diesen entzückenden Schmollmund wollte ich auch noch öfter sehen. Ein Kuss von mir ließ ihn verschwinden. Leider.

„Kommt", sagte ich, „lasst uns aufstehen. Ihr habt sicher Hunger. Und Gabriel hat bestimmt genug von der Rückenlage."

Wir frühstückten. Wohlweislich hatte Zenzi bereits unsere Blutshakes vorbereitet, bevor Gabriel aus dem Bad zu uns stieß. Gefrostete Brötchen und ewig haltbare Marmelade hatten wir zum Glück da – dank Zenzis ständiger Liebschaften.

Am runden Tisch saß ich Gabriel gegenüber und Zenzi zwischen uns. Der Blick auf den Main war trotz der trüben Regenwolken fantastisch. Zenzi und ich nahmen uns wie immer unsere Lieblingstageszeitungen vor.

Auf der Titelseite der Offenbach-Post wurde vom Fund einer Leiche am Freitagmorgen im Hafenviertel berichtet. Anwohner hatten die Polizei informiert, die nun ermittelte. Details wurden noch nicht genannt. Einen Absatz weiter unten berichteten Anwohner von Schreien und Einschlägen mitten in der Nacht.

Auch dort versprach die Polizei Aufklärung. Nun, die Jäger schienen tatsächlich sehr schnell gehandelt zu haben.

„Könnte ich von euch jeweils den Sportteil bekommen?", fragte Gabriel, als wäre morgendliches Zeitunglesen auch für ihn das Normalste der Welt. Zufrieden kam ich der Bitte nach, auch Zenzi lächelte glückselig.

So wie wir da saßen, fühlte es sich an, als wäre es schon immer so gewesen. Wir Drei, als gehörten wir zusammen. Dabei waren gerade mal drei Tage vergangen.

Eines sprach doch für die kurze Zeitspanne: Gabriels Gehibbel. Er schien sich in seiner Nacktheit unwohl zu fühlen. Unter den Wimpern hindurch beobachtete ich, wie er ständig hin und her rutschte. Bestimmt glühte sein Hintern voller Schmerz. Die Verfärbungen sahen auf jeden Fall wundervoll aus, viel farbiger als am Tag zuvor.

Auch wenn mich mein Engel allein mit seiner Anwesenheit in Versuchung führte, ihn zu berühren und zu necken, plante ich heute nur ein einfaches Miteinander. Zenzi hatte noch im Bett mit Monopoly genervt. Er sollte es bekommen, ich würde sie beide gnadenlos abziehen. Brettspiele, kuscheln und kennenlernen – mehr nicht, um Gabriel nicht zu überfordern.

Ich sah über den Zeitungsrand zu ihm, während er las und an einem Brötchen knabberte. Zufällig trafen sich unsere Blicke. Seine Rehaugen leuchteten auf, schenkten mir ein sehnsuchtsvolles Glitzern. Mist, schon das reizte mich, fachte meine Fantasien an. Nein, befahl ich mir, er braucht Ruhe.

Moment. Zitterten seine Hände etwa? Knisterten die überdimensionalen Blätter deswegen?

„Steh bitte auf, Gabriel."

Er schnappte nach Luft. Zenzi senkte die Zeitung raschelnd und sah zwischen uns hin und her. Fragend hob er die rechte Augenbraue.

„Das war ein Befehl", erinnerte ich meinen Engel. Dieser gehorchte und präsentierte mir einen Ständer, der sich sehen lassen konnte.

Zenzi hüstelte.

„Was macht dich in dieser Situation an?", fragte ich neugierig. Eigentlich eine unfaire Frage. Schließlich reichte mir auch seine bloße Anwesenheit.

Gabriel schlug die Augen nieder.

Wie konnte ein Mann mit seiner Erfahrung nur so schamhaft sein?

„Weil ich nackt bin, während ihr angezogen seid. Ich, also, ich", er atmete tief durch, „ich habe das Gefühl, es könnte jederzeit etwas geschehen. Ich", Gabriel räusperte sich, „ich denke daran, was es sein könnte. Und na ja, das ist das Ergebnis."

Entgegen meiner Annahme fühlte er sich offensichtlich nicht überfordert. Rücksichtnahme schien fehl am Platz. Es war schon faszinierend, wie allein diese kleine Demütigung seine Erektion befeuerte. „Wünschst du dir, dass etwas geschieht?"

Gabriels Augenaufschlag, die Mischung aus unschuldigem Rehblick und hemmungsloser Lüsternheit, ließ meinen Magen zusammenkrampfen. „Ja", hauchte er.

Eigentlich sollte ich mich nicht darüber wundern. Zu lange hatte er sein Verlangen tief in sich eingeschlossen. Ich fühlte mit ihm. Denn auch ich hatte schon eine lange Abstinenz hinter mir. Eine Ewigkeit, bis mich Giglio wieder zurückbrachte. Voller Traurigkeit wurde mir bewusst, dass ich ihn danach in einem goldenen Licht sah, unfähig zu differenzieren oder auf die Worte anderer zu hören. Deshalb brauchte ich wohl wirklich die letzte Session mit Gabriel, weil ich mir sicher sein wollte, nicht noch einmal den gleichen Fehler zu machen.

„Was wünschst du dir?", fragte ich.

Gabriels Brust hob und senkte sich schneller, er kniff die Lippen zusammen. Ich ließ ihm Zeit sich selbst zu überwinden, wusste ich doch, wie schwer es war, eigene Bedürfnisse zu äußern. Zenzi beobachtete uns schweigend. Ich war sehr gespannt auf die Antwort und fragte mich, ob ich sie ihm gewähren würde.

„Es würde mir gefallen. Ähm." Gabriel räusperte sich und schüttelte den Kopf, als würde er sich über sich ärgern. „Ich habe noch nie mit meiner ... ääh."

Eine innere Wärme überflutete mich. Wieso freute ich mich, dass er nicht wusste, wie er mich nennen sollte? Wollte ich die Herrin sein? Nein, ich fand diese Bezeichnung dumm. Madame klang zu altbacken. Lady? Nein, ich war keine Domina.

„Tira", sagte Gabriel mit fester Stimme, „ich würde gerne zu deinen Füßen sitzen."

„Mehr nicht?", fragte Zenzi.

Auch mich überraschte die Bitte. Es war nur eine kleine Gunst, die Gabriel sich erhoffte. Eine, die sich sehr gut anfühlte, denn auch ich wünschte mir seine Nähe und ihn genau dort, wo er hinwollte.

„Nein", antwortete Gabriel, „mehr nicht."

„Nimm deine Zeitung, deinen Teller und komm zu mir", befahl ich.

Gabriel tat es glückstrahlend.

„Leg es hier ab und hol dir ein Kissen", verfügte ich weiterhin, da ich ihn nicht auf dem kalten, harten Boden sehen wollte.

Wenig später saß Gabriel zwischen meinen gespreizten Beinen. Er las, genau wie ich, und aß, während meine Hand zwischen seinen seidigen Haaren und dem Blutshake wechselte.

Es war nur eine kleine Bitte und doch bedeutete sie mir die Welt. Dass Gabriel diese Machtdemonstration wollte, dass er sie von mir brauchte, fühlte sich unendlich gut an. Mich packte der Wunsch ihn für immer zu meinen Füßen zu haben. Wie in Zenzi, wuchs in mir das Bedürfnis, Gabriel sein Blut zu nehmen und ihn zu einem von uns zu machen. Für immer. Der Hunger, wenn auch in abgemilderter Form, schien zurück.

Nein. Nein!

Die Umwandlung funktionierte nur dann zuverlässig, wenn ein Mensch wirklich ein Vampir sein wollte. Täte ich es jetzt, würde Gabriel höchstwahrscheinlich sterben, zumal er nicht mal an Vampire glaubte. Nein, er musste uns kennenlernen, uns bis ins Letzte vertrauen, bis er bereit sein würde, unsere Existenz anzunehmen.

Aber wenigstens kosten, wollte ich ihn. Gehörte er etwa nicht mir, weil er sich mir schenkte? War er nicht zu meinem persönlichen Vergnügen da? Er glaubte doch bereits, dass Blut mein Fetisch war.

Ich legte die Zeitung auf den Tisch, streichelte Gabriel über die Haare und verkrallte mich dann darin. Einen Augenblick gab ich ihm, um sich auf eine kommende Forderung vorzubereiten. Dann riss ich seinen Kopf nach hinten.

Diese Rehaugen, welche eine verletzliche Glut aussandten und mich gleichzeitig sehnsuchtsvoll anbettelten, stachen tief ins

Herz. Ich presste meinen Mund auf seinen. Nachdem ich ihn in die Lippe biss, zuckte er zusammen und stöhnte erstickt.

So süß. Der Geschmack dämpfte meinen Hunger nicht. Im Gegenteil, er entfachte einen anderen, nicht weniger Unersättlichen.

Gabriel – ich schmeckte, roch, sah, spürte und hörte ihn. All meine Sinne entzündeten ein Feuer in meinem Schoß, welchem ich mich nicht entziehen konnte. Ich wollte ihn in mir. Den Mann, der nun mir gehörte, der mir erlaubt hatte, ihn nach Belieben zu benutzen, der mehr wünschte. Jetzt. Hier.

„Zenzi, komm her", sagte ich heiser vor Lust.

Mein Lebensgefährte gehorchte.

Ich ließ Gabriel los. Dieser blieb mit gesenktem Kopf in seiner Position. Ich spürte das leichte Beben, welches seinen Körper durchdrang.

Mit einem Arm wischte ich alles vom Esstisch. „Schmeiß ihn da drauf", befahl ich schwer atmend.

Gabriel sog zischend die Luft ein. Gleichzeitig packte Zenzi ihn unter den Achseln. Mit einem Ächzen hievte er ihn hoch. Gabriel schrie auf, als er hart auf die Tischplatte aufschlug.

„Arme ausgestreckt zur Seite und Beine zusammen", befahl ich. „Gut, und jetzt keine Bewegung und kein Wort, ohne meine Anweisung."

Gabriel erstarrte, bis auf den sich stark hebenden Brustkorb und das Wippen seines Schwanzes. Zenzi ging mit glühenden Augen um den Tisch herum und betrachtete ihn.

Ich riss mir die schlabbernde Morgenhose und den bereits feuchten Slip vom Leib. Dann krabbelte ich auf den Tisch. Ohne Umschweife packte ich Gabriels prallen Schaft, schob ihn in die richtige Stellung und nahm ihn mit einem Ruck in mich auf.

„Du kommst erst", befahl ich seufzend, „wenn ich am Höhepunkt bin." Danach war ich nur noch bei mir, ließ mich von Gabriels Anblick und Qual verzücken. Ich bewegte mich, hoch und runter, vor und zurück, genau so, wie ich es brauchte.

Mein Engel mühte sich, ruhig zu sein und sich die Schmerzen zu verbeißen. Je heftiger ich ihn ritt, desto mehr ging seine Pein in Lust über. Normalerweise benötigte ich mehr Stimulation als ein Glied in mir, um zu kommen. Aber heute reichten allein der von mir vorgegebene Takt und die Reibung.

Ich schrie auf, spürte das Zucken, welches durch meinen Unterkörper zog. Kurz darauf ließ auch Gabriel los und ergoss sich heiß in mich. Während ich ihn in den auslaufenden Wellen weiter ritt, kam ich zur Besinnung.

Erst jetzt nahm ich Zenzi wahr. Begierde schielte aus seinen Augen. Ich erinnerte mich an seine Widerworte und das Zögern bei der letzten Session. Es wurde Zeit etwas eindeutig klarzustellen.

Diesmal hielt ich mich nicht mit Zärtlichkeiten auf und stieg vom Tisch. „Bleib liegen!", befahl ich Gabriel, als er sich anschickte sich zu erheben. „Blick an die Decke."

Sein Lächeln erlosch und er gehorchte sofort.

Ich schlenderte um den Esstisch. Gabriels Saft, der aus mir herauslief, stieg mir in die Nase und glitschte zwischen meinen Beinen. Der Sexduft dürfte auch Zenzi nicht entgehen.

Mit einer Geste voller Besitzerstolz und noch mitten drin im Endorphinschub des Orgasmus zeigte ich auf meinen gehorsamen Engel. „Sieh ihn dir an, Vinzenz. Ist er nicht schön? Diese sehnigen, definierten Muskeln."

Mein Lebensgefährte nickte, sein Blick glitt gierig über den nackten, erhitzten Körper. Ich ging weiter. Als ich nah genug an Gabriel war, versenkte ich meine Hand in den seidig, schwarzen Haaren. „Dazu das perfekt harmonierende Gesicht, mit den großen Rehaugen und diesem wundervollen Schopf."

Entgegen meines Befehls warf mir Gabriel einen Blick zu. Begehren und Unsicherheit lagen darin. Ein Nicken reichte, um ihn an die Pflicht zu erinnern. Im Augenblick wollte ich, dass er sich benutzt fühlte, sich als mein Spielzeug wahrnahm, welches allein meiner Kontrolle unterlag.

Ich ließ ihn los, umrundete weiterhin den Tisch, bis ich Zenzi erreichte. Die Ausbuchtung in seiner Hose verriet seine Wünsche. Gemeinsam mit meinem Lebensgefährten betrachtete ich den Mann, der vor uns nackt wie auf einem Präsentierteller lag.

Mit meinen Finger tippelte ich über die Tischplatte, als ich weiterschritt. Ich gelangte zu Gabriels Füßen, die leicht überhingen. Fest packte ich die Knöchel und zog Gabriel mit einem Ruck vor, so dass seine Unterschenkel von der Tischkante baumelten. Er schrie gequält auf, behielt aber die Arme von sich gestreckt und den Blick nach oben.

„Willst du ihn ficken, Vinzenz?"

„Ja", sagte Zenzi heiser.

Beherzt griff ich zwischen Gabriels Beine. „Aber schau mal, zur Abwechslung ist hier alles schlaff. Vielleicht hat er keine Lust." Ich lachte betont gehässig. „Ist selten genug der Fall." Ich genoss Gabriels beschämte Röte.

Zenzi biss sich auf die Lippe. „Ich bekomm den wieder hoch."

„Und wenn ich dir nicht die Zeit dafür gebe?", fragte ich.

„Wenn ich dir anbiete, meinem kleinen Spielzeug tief in die

Kehle zu ficken. Sofort." Ich legte eine Pause ein und konnte das Grinsen nicht verhindern. „Würdest du es tun?"

Da Gabriel sich weiterhin an meine Befehle hielt, wusste ich nicht zu sagen, ob es ihm gefallen würde. Aber selbst wenn nicht, spielte es keine Rolle.

Zenzi schwieg. Er sah zwischen mir und Gabriel hin und her. Seine Hand verschwand unter der Tischplatte und bewegte sich. Ich lächelte seinen erbosten Blick weg. „Ich zähle bis fünf. Du befindest dich bei fünf auf diesem Tisch und fickst ihn oder", wieder unterbrach ich mich für einen Augenblick, „du darfst ihn bis zu seiner Abreise Morgen nicht mehr anfassen. Nicht mal kuscheln. Eins."

„Was?", fauchte Zenzi. „Wir wollen eine Beziehung zu dritt führen. Schon vergessen?"

„Okay, ein Abschiedskuss darfst du ihm geben. Zwei."

„Du spinnst doch!"

„Gabriel, hast du gehört. Du wirst dich von ihm fernhalten."

„Ja", sagte mein Engel halb schluchzend.

„Drei."

Zenzi schüttelte den Kopf. Ich stolzierte um den Tisch. So nahe wie möglich an Gabriel blieb ich stehen und beugte mich zu ihm. „Schau mal." Ich umfasste das markante Kinn, welches mein war, wie der Rest des hinreißenden Körpers. „Dieses feuchte, enge Loch hinter den wundervollen Lippen gehört mir."

Mein Lebensgefährte wich meinem Blick aus. Sein Arm, samt Hand im Schritt, bewegte sich schneller.

„Weißt du wieso?", fragte ich. „Weil Gabriel es mir zur Verfügung gestellt hat. Jederzeit. Weil er sich mir bewusst unterwirft, um Befriedigung darin zu finden."

Ich schenkte meinem gehorsamen Engel zärtliche Streicheleinheiten. „Du hast es selbst erkannt, Vinzenz. Er will gequält werden, genauso wie er mir zu Füßen sitzen will. Er will auch gedemütigt werden." Ich schüttelte den Kopf. „Nein, er braucht es sogar, um sich ganz zu fühlen. Insbesondere nachdem er so lange darauf verzichtet hat. Ich weiß, wovon ich rede. Glaub mir Zenzi, Gabriel will, dass du meinen Befehl befolgst."

Ein leichtes Kopfschütteln des sonst unerschütterlichen Mannes war die Antwort. Die Lektion musste sein. Je schneller er lernte, wie Gabriel und ich tickten, desto besser.

„Gabriel, öffne den Mund." Er tat es mit einem deutlichen Beben. Ich gurrte tief aus meiner Kehle und bewunderte ihn einmal mehr. „Sieh hin, Zenzi. Sieh, was bereitwillig auf dich wartet. Vier."

Zenzi schluckte hart.

„Sieh dir diese vollen Lippen an", schwärmte ich. „Schau wie es darum herum feucht glitzert. Die Enge. Bestimmt ist seine Zunge sehr geschickt."

„Verdammt, Tira!"

„Du musst mir vertrauen. Genau so, wie Gabriel sich mir anvertraut. Er will es. Genauso dringend, wie du ihn willst. Wenn nicht, könnte er abbrechen. Nun? Soll ich bis zum Ende zählen?"

Zenzi schüttelte den Kopf. Bebte.

„Dann tue es. Nimm ihn!"

Zenzi sprang vom Stuhl auf, riss sich Hose und Shorts vom Leib. Ungeduldig krabbelte er zu Gabriel und setzte sich auf dessen Brust.

„Ich hoffe, du magst es wirklich", flüsterte er. Dann schob er seinen großen Schwanz in die Kehle meines Engels. Allerdings nur ein kleines Stück. Sofort saugte Gabriel an der Eichel, entlockte Zenzi das erste Stöhnen.

Ein wenig Zeit ließ ich ihnen. „Zenzi", sagte ich trocken, „tiefer!"

Nach einem winzigen Zögern beugte sich Zenzi vor und versenkte sich bis zum Anschlag. Gabriel würgte, Tränen und Rotz flossen über sein Gesicht. Er kämpfte um einen flachen Atem und zeigte damit, dass er sehr genau wusste, was er tun musste, aber vollkommen aus der Übung war. Letzteres würde sich schnell ändern.

„Besser", sagte ich gedehnt und setzte mich auf Zenzis freigewordenen Platz, „aber nun will ich einen richtigen Fick sehen."

Ich genoss es, die beiden zu beobachten. Gabriels krampfenden Körper, der es trotzdem noch schaffte, die von mir befohlene Position zu halten. Ebenso Zenzis, der sich in den wundervollen Mund versenkte und stöhnte.

„Härter!", rief ich. „Er kann das ab."

Mein Lebensgefährte gehorchte, brüllte wie ein brunftiger Hirsch. Nach ein paar hektischen Stößen ergoss er sich in Gabriels Kehle. Dieser hatte keine andere Wahl, als die heißen, dickflüssigen Schübe bis auf den letzten Tropfen zu schlucken.

Ich stand auf und stellte mich nah an Gabriel, während sich Zenzi vom Tisch rollte. Ungläubig und etwas beschämt schaute er zurück.

Ich lehnte mich vor und umarmte Gabriels Oberkörper. Unsere Wangen rieben aneinander. „Möchtest du Zenzi etwas sagen?"

„Ja, du schmeckst seltsam."

Zenzis Mund klappte auf.

„Liegt bestimmt an deiner furchtbaren Fleischdiät."

Dann, als hätte er gerade den besten Witz der Welt gehört, begann Zenzi zu lachen. Ein Geräusch, in das sich Gabriels erschöpftes Glucksen einfügte.

Ich drückte einen Kuss auf seine Stirn. „Was haltet ihr von Monopoly?"

„Sehr gerne", sagte mein noch deutlich mitgenommener Sub, den ich zu Recht so nennen konnte.

„Dann baut es schon mal auf dem kleinen Tisch auf. Ich gehe duschen und zieh mich an. Gabriel, du bleibst natürlich so."

Er nickte.

Ich freute mich auf den Nachmittag: Spielen und Reden. Außerdem würde Gabriel zu seiner, und meiner Freude, auf dem Boden knien dürfen. Auch andere kleine Demutsübungen würden uns die kommenden Stunden versüßen, bis der Club wieder öffnete.

Gabriel, dieser verschlagene Abzocker, hatte Zenzi und mich knallhart abgezogen. Frech wie er war, grinste er uns unverschämt an. Wenn er nicht nackt gewesen wäre, hätte ich ihm Schummelei unterstellt. Irgendwelche Karten im Ärmel hätten alles erklärt.

Ich war schon immer eine schlechte Verliererin. Bevor ich ihn dafür unverhältnismäßig leiden ließ oder in meinem Frust doch noch sein gesamtes Blut nahm, hatte ich das Spiel weggepackt.

Während Zenzi und ich auf dem Sofa fläzten, saß dieser hinterhältige Gauner neben mir auf dem Boden. Ohne Kissen, ein bisschen Rache musste sein.

Nach Monopoly begannen wir zu reden, über Gott und die Welt. Mein Ärger verflüchtete sich allerdings nur langsam.

Verschmitzt grinsend und viel zu entspannt, erzählte Gabriel von sich. Wir erfuhren, wie er aufwuchs, wie er derzeit lebte und einiges von seiner wuseligen Familie. Auch wir berichteten aus unserer Vergangenheit, natürlich immer darauf bedacht, nicht unser wahres Alter oder Herkunft zu verraten.

Es gab oft Situationen, wo Zenzi und ich eine Antwort verweigerten. Auch wenn es Gabriel sichtlich nervte, akzeptierte er es. Keine bewussten Lügen, hatten wir uns vorgenommen und hielten uns daran. Denn wenn er eines Tages erfahren würde, wer wir waren, dann sollte er uns nicht in Frage stellen. Es würde schwer genug für ihn werden, alles neu zu bewerten. Trotzdem begleitete mich die Angst, dass er einfach gehen könnte.

Ich kraulte die dichten Haare, genoss die Wärme und wie sich Gabriel in meine Hand schmiegte. Wir lächelten uns oft an.

Erstmal mussten wir die nächsten Monate überstehen, dann würden wir weiter sehen. Obwohl meine Vernunft etwas anderes sagte, überall Probleme und Hürden sah, glaubte ich an uns.

Doch spätestens, wenn wir in einem halben Jahr diesen Ort verließen, musste mein Engel alles erfahren. Dann würde er mit uns kommen oder es wäre vorbei. Bis dahin hoffte ich darauf, dass er unser Vampirdasein zumindest akzeptierte.

Gegen siebzehn Uhr klingelte es an der Tür. Wir schreckten zusammen. An sich könnte es jeder sein. Auch der Paketdienst, der meine gestrige Bestellung persönlich anlieferte, anstatt sie in den Briefkasten zu werfen.

Zenzi sprang auf. In seiner Miene erkannte ich den Wunsch, mich zu beschützen. „Ich sehe nach."

Gabriel griff unsicher nach einer Decke.

„Nein, bleib so", befahl ich ihm und hoffte auf einen harmlosen Besucher. „Hier wird niemand hoch gelassen, der dich nicht so sehen dürfte."

„Andere schon?", fragte Gabriel.

Ich grinste ihn an. „Vielleicht."

Die Tür schlug hinter Zenzi zu.

Kurz darauf polterte es. Ein lauter Schrei ertönte. Jäger? Oder ein unzufriedener Gast?

Ich erhob mich, bereit zum Kampf. „Zieh dir die Decke über", raunte ich Gabriel zu, „und duck dich weg."

Trotz seiner Verwirrung gehorchte er. Sollten es Jäger sein, würden sie ihm in dem Zustand als mein Opfer sehen. Dann würden meine Spuren auf ihm, ihn retten.

Die Eingangstür wurde aufgerissen. Den großgewachsenen Mann, dessen schwarze Haare und Mantel im Zugwind flatterten, erkannte ich sofort: Kaeso Maelius. Mein Mentor und mit zweitausendfünfhundert Jahren der älteste Vampir, den ich kannte.

Auch wenn ich überrascht war ihn nach vierzehn Jahren plötzlich wieder zu sehen, entspannte ich mich. Selbst wenn ihn eine Aura von Gefahr begleitete, machte ich mir keine Sorgen. Betont langsam setzte ich mich zurück auf das Sofa. „Was willst du hier?", fragte ich.

Kaeso trat mit hoch erhobenem Kopf ein. Seine hohen Stiefel knirschten. Wie immer zeigte seine Miene deutliche Herablassung. Er schien sich suchend umzusehen. Gerade als sich sein Mund öffnete, riss er die Lider weit auf und erstarrte. Ich suchte den Grund für seine Aufmerksamkeit und fand Gabriel. Dieser hatte sich aufgerichtet und blickte dem unwillkommenen Besucher entgegen.

Hastige Schritte klangen dumpf vom Aufgang herein. Zenzi stand wutschnaubend im Türrahmen. „Es tut mir leid", rief er, „er ließ sich nicht abwimmeln und hat mich", er verstummte, vermutlich weil ihn Gabriels Anwesenheit bewusst wurde. Er konnte auch kaum berichten, dass Kaeso ihn mit einem Blick paralysiert hatte, ohne ihn als Vampir zu verraten.

„Sag, was du willst, Kaeso", fauchte Zenzi, „und dann geh wieder!"

Mein Mentor winkte abfällig mit der Hand, um ihn zum Schweigen zu bringen. Allerdings ohne sich von Gabriel abzuwenden. Dieser starrte ihn wie hypnotisiert an, schien vollkommen in Kaesos übergroßer Macht gefangen.

„Tira!", rief Zenzi. „Tue etwas!"

Als er meinen Namen hörte, zuckte mein Engel zusammen, als würden ihn die Worte befreien. Mit einem Keuchen schlug er die Augen nieder.

„Kaeso, was soll das?", fragte ich. Immerhin waren wir vor vierzehn Jahren im Streit auseinandergegangen und hatten uns seitdem nicht mehr gesehen.

Der alte Vampir kam näher, ohne mich zu beachten. Weiterhin richtete er seine Aufmerksamkeit auf Gabriel, der weiter auf den Boden starrte.

Er wirkte wie ein Raubtier, welches eine lohnenswerte Beute erspäht hatte. Wenn Kaeso, wie mich, der Hunger gepackt hatte, dann änderte das alles, dann würde der Kampf hart werden. Auch wenn ich ihn vermutlich verlieren würde, würde ich ihm nicht ausweichen.

„Gabriel", sagte ich, in der Hoffnung die Anspannung mit einem sanften Ton zu kaschieren, „gehe bitte duschen. Warte danach im Schlafzimmer, bis ich dich hole."

Mein plötzlich verschüchtert wirkender Engel nickte. Obwohl er keiner von uns war, schien er die Gefahr instinktiv zu wittern. Ich drückte ihm einen Kuss auf die Stirn und betete darum, dass dieser nicht der Letzte war und ich es sein würde, die ihn holte.

Die Decke umkrallt, erhob sich Gabriel umständlich. Krampfhaft versuchte er, seine Blöße zu bedecken. Dabei enthüllte er beim Aufstehen die Spuren auf seinem bezaubernden Körper.

Kaesos Augen blitzten auf, als er deren ansichtig wurde. Unser aller Augen folgten Gabriel, bis er die Tür hinter sich geschlossen hatte.

„Was willst du?", blaffte ich meinen Mentor an. Ich war bereit, meinen Engel mit dem Leben zu verteidigen. „Du tauchst allen Ernstes nach vierzehn Jahren hier auf und dringst in unsere Wohnung ein!"

„Wie ich sehe, fängst du an, wieder deiner Natur zu folgen", sagte Kaeso unbeeindruckt. Der Stolz in seiner Stimme wunderte mich, gab mir Hoffnung, dass ein Kampf vermeidbar war.

„Das liegt nicht an dir", ereiferte sich Zenzi, der offenbar die Gefahr nicht erkannt hatte.

„Vinzenz, setz dich und sei ruhig", sagte ich. „Was willst du Kaeso? Du wirst mir kaum aus Vergnügen einen Besuch abstatten."

Mein Mentor deutete Richtung Gabriel. „Hübsch. Nein! Er ist schön, sehr schön."

Ich hasste es, wenn Kaeso meine Worte ignorierte. Besonders wenn mir ihr Inhalt Angst einflößte.

„Dazu offenbar sehr leidensfähig und gehorsam", sprach er weiter. „Eine wundervolle Blüte, aus der ich gerne trinken würde. Dein derzeitiger Blutsklave?"

„Wie du genau weißt, lehne ich Blutsklaverei ab", antwortete ich. Ich hoffte, kein Zittern in meiner Stimme durchzulassen. Würde er mich gleich angreifen? Brachte er deshalb Gabriel als Thema auf?

Kaeso seufzte. „Deine neumodischen Ansichten sind nach wie vor sehr bedauerlich." Er schlenderte zum Sofa. Nachdem er den langen Mantel gerichtet hatte, setzte er sich in den einzigen Sessel schräg neben mir. Ich ließ ihn keinen Moment aus den Augen. „Der Junge gefällt mir und so, wie er auf mich reagiert hat, will er Mein sein."

„Hat dich der Hunger gepackt?", fragte ich viel zu ängstlich.

Kaesos Mundwinkel zuckten. „Nein, meine liebe Katharina. In meinem Alter ist man über solcherlei Unsinn hinweg." Er fuhr sich durch die Haare. „Weiß er schon, was wir sind?"

„Nein", fauchte Zenzi. „Sag, was du willst und verschwinde."

Ich schenkte ihm einen zornigen Blick, der ihm sichtlich Furcht bereitete.

„Nun, Tira, sei es drum. Ich kaufe dir den Menschen ab", Kaeso lächelte herablassend, „beziehungsweise, ich bezahle dich für dein Wohlwollen nicht einzugreifen, wenn ich ihn mir hole."

Immerhin handelte er, was ich als gutes Zeichen betrachtete.

„Nein. Gabriel gehört zu mir." Auch, wenn wir noch ganz am Anfang standen, es fühlte sich gut an es laut auszusprechen.

„Der Name eines christlichen Engels", sagte mein Mentor versonnen, „wie passend. Was sagst du", sprach er gemächlich weiter, „wenn ich dir diesen Diamanten für ihn geben würde, den du seit Jahrhunderten begehrst."

Ich beugte mich überrascht vor. Gabriel musste ihn wirklich beeindruckt haben, wenn er ein solch wertvolles Kleinod anbot. „Ich dachte, den gibst du nie weg."

„Nein", erklärte Kaeso spöttisch, „ich sagte, um ihn zu bekommen, bedarf es etwas außergewöhnlich Kostbares. So etwas wie diesen Jungen, der einen beeindruckenden Vampir abgeben wird. Es ist bei seiner Klasse ein wahrer Luxus, dass bislang nur von euch beiden Spuren auf ihm sind. Mit einem wie ihn, könntest du jeden Ältesten ködern."

Mein Körper war angespannt. Ich rechnete mit einem Angriff. Denn gleich würde es sich zeigen. „Nein", sagte ich bestimmt, „er gehört mir."

Die nachfolgende Stille war schneidend. Der alte Vampir furchte die Stirn, lehnte sich im Sessel zurück. „Sehr schade", antwortete er, „glaubst du wirklich, ich würde dich, meinen Liebling, angreifen?"

Ich entspannte mich etwas, schenkte ihm ein geheucheltes Lächeln. „Ja."

Kaeso lächelte. Zenzi wurde plötzlich bleich, als ihm offenbar erst jetzt die Gefahr bewusst wurde.

„Als würde ich dir je eine Beute streitig machen, um die du mit allen Mitteln kämpfen würdest." Mein Mentor grinste. „Ach, ich bedauere immer noch, unsere Anwesenheit in den italienischen Kriegen." Er seufzte. „Wenn die nicht gewesen wären und all das Leid, vielleicht würden wir noch gemeinsam durch das Leben gehen."

„Ja", sagte Zenzi in einem Ton, triefend vor Hohn, „nicht zu vergessen, all das furchtbare Leid, welches du selbst während dieser Zeit verursacht hast. Insbesondere deine leidenschaftliche Folter an jungen Frauen und speziell hübschen, jungen Männern."

Kaeso funkelte meinen Lebensgefährten wütend an. „Ich habe dir mehrfach angeboten, die Reste aufzulesen. Dein Pech, wenn du sie nicht wolltest."

„Du bist der Teufel persönlich."

Mein Mentor schnalzte mit der Zunge. Sein Kopf neigte sich in meine Richtung. „Genau wie sie."

„Tira hat sich geändert", fauchte Zenzi, „sie ist nicht wie du."

„Das sah eben aber anders aus."

„Er wollte es so."

Ein breites, lüsternes Lächeln zierte Kaesos Gesicht. Zu meinem Erstaunen schien er nicht überrascht. Er wandte sich an mich. „Tira, es wäre gut, wenn du mich von dem Jungen trinken lassen würdest. Dann würde jeder andere die Finger von ihm lassen." Er zog einen Schmollmund. „Einmal lecken."

Die Idee war an sich nicht schlecht. Vampire spürten die Macht derer, die vorher von ihren Opfern getrunken hatten.

„Seine Neigung ist an sich keine Seltenheit", dozierte Kaeso, „aber in Kombination mit seiner Schönheit und der offenen Geschlechterwahl ist er etwas Besonderes. Ich kann es dir nur anbieten."

Es würde Gabriel tatsächlich unter den Schutz eines sehr mächtigen Vampirs stellen.

„Tira", rief Zenzi empört, „du denkst darüber nach? Nein!"

„Bellt unser kleiner Schoßhund wieder", stieß Kaeso seufzend aus.

„Hört auf", forderte ich. „Du wirst Gabriel nicht anfassen. Sag endlich, warum du hier bist."

„Ich bin froh", sagte Kaeso lächelnd, „dass du endlich über diesen Hohlkopf hinweg bist und jemanden gefunden hast, der deiner würdig ist."

Warum der erneute Themenwechsel? Er plante etwas. Unsere Blicke trafen sich. Auch wenn ich um seine Fähigkeiten wusste, als mein Mentor meine Gefühle zu erspüren, machte mir sein Wissen manchmal Angst.

„Was willst du?", brüllte Zenzi. Auch wenn er laut wurde, er würde den älteren Vampir nie angreifen. Er hätte den Kampf verloren, bevor er mit dem Finger schnippte.

Kaesos verächtliche Miene ruhte auf Zenzi. „Du hättest es ihr ebenfalls sagen müssen, aber du hast diesen Giglio zu gerne gefickt."

Unser Streitthema: Männer. Erst beendete Vinzenz unsere gemeinsame Reise und fünfhundertfünfzig Jahre später brachte uns Giglio auseinander. Dabei schätzte ich Kaeso, als meinen Mentor und Freund. Außerdem war seine Macht beeindruckend und zeigte, zu was ein Vampir werden konnte, wenn er die Jahrtausende überdauerte.

„Und du", ich deutete auf Kaeso, „du magst damals nicht falsch gelegen haben, aber du hättest mich nicht derart verfluchen müssen, nur weil ich nicht deiner Meinung war."

Mein Mentor schnaubte. „Immerhin besitzt du ein wenig Einsicht." Nie würde er sich entschuldigen, da es grundsätzlich unter seiner Würde lag.

Dabei kamen wir eine lange Zeit miteinander aus. Genauer gesagt hundertfünfzig Jahre nachdem er mich in einen Vampir wandelte. In diesem Zeitraum waren wir beide keine Kinder von Traurigkeit. Kaeso wählte mich sogar deshalb aus, weil er in mir eine gleichgesinnte Seele sah. Wir lebten gut, besonders Kaesos Liebe zur Folter machte ihn - und seine angeblichen Kinder und Kindeskinder, zu denen wir wurden, wenn es an der Zeit war – bei der Inquisition zu einem wertvollen Werkzeug.

Wir reisten gemeinsam, versteckten uns oft unter Umhängen. Wobei ich dann meist, außer, wenn es von Vorteil war, meine Weiblichkeit verbarg. Aber nicht immer, manchmal nahmen wir auch Kutschen und residierten auf Burgen und in Schlössern.

Denn auf Grund von Kaesos angehäuftem Reichtum konnten wir uns nach Lust und Laune als Edelleute ausgeben. Damals reichten Geld, und die entsprechende Präsenz aus, um jeden von einer edlen Abstammung zu überzeugen.

Von meinem Mentor lernte ich den Umgang mit allerlei Folterinstrumenten und lebte mit ihm den Sadismus aus, für den es damals noch keinen Namen gab. Wir betörten und töteten, viele ließen wir auch am Leben, nahmen uns nur, was wir wollten. Ein Leichtes in einer Zeit voller Aberglauben und ohne Internet und Telefon und dezentraler Bürokratie.

Erst als ich 1490 auf Vinzenz traf, auf den mich Kaeso selbst ansetzte, änderte sich alles.

Ich schüttelte den Kopf. Vergangenheit war Vergangenheit. Wer so alt war wie ich, musste dies irgendwann lernen.

„Tira hat nichts falsch gemacht", sagte Zenzi, „Giglio ist tot, das war Strafe genug und du warst nicht da."

„Ich war noch nie gut im Trösten, besonders nicht, wenn es eine Person traf, die ich liebend gerne selbst getötet hätte."

„Es reicht", schrie ich. Solche Diskussionen hatte ich schon zu genüge erlebt, obwohl wir nur wenige Jahre zu dritt reisten. Eigentlich mochten sich die beiden nie. Dabei war es Kaesos Schuld.

Es war seine Idee, diese reine Seele zu versauen und zu einer der unsrigen zu machen. Nachdem ich Erfolg hatte, kehrte Zenzi den Spieß um. Er machte mich besser, als ich es vorher war. Durch ihn entsagte ich den Gräueln und beschloss nur noch selten oder aus Notwendigkeit zu töten. Ich verdrängte sogar meine sadistische Natur, weil ich sie als unvereinbar mit meinem Sein ansah. Damals verließ Kaeso mich voller Frust.

Knapp fünfhundert Jahre gelang es mir, meine Leidenschaft in mir einzuschließen. Ich führte ein sehr nettes Leben, wobei immer etwas fehlte. Dann traf ich Giglio, der in mir eine dominante, sadistisch veranlagte Frau und sogar die Vampirin erkannte. Er führte mich in die moderne SM-Szene ein.

Durch Giglio fand ich einen Weg zurück zu mir selbst. Durch ihn lernte ich, mich zu zügeln, so dass ich ihn nicht gegen seinen Willen verletzte. Giglio war so viel mehr, als ich lange Zeit hatte. Doch aus heutiger Sicht war seine Neigung, im Vergleich zu Gabriels, kaum vorhanden.

In den letzten drei Tagen hatte ich begriffen, dass sich Giglio eher bespaßen und sich von mir geben ließ, was er wollte. Kaeso hatte es miterlebt, als ich ihm einmal gestattete

278

mitzuspielen. Dabei packte er Giglio etwas härter an und erlebte einen sofortigen Abbruch. Daraufhin tat er meinen Sub, mein damals über alles geliebten Partner, als unverschämten Aufschneider und Memme ab.

„Also Kaeso", sagte ich um Beherrschung bemüht, „sag, warum du hier bist."

„Ich will dich warnen."

„Aha. Wohl kaum aus reiner Nächstenliebe."

Kaeso lächelte spöttisch. „Doch tatsächlich genau deshalb." Er verneigte sich ein wenig. „Weil ich dich schätze und nicht will, dass du ebenfalls den Jägern zum Opfer fällst. Es hat schon ein paar Ältere erwischt."

„Was sagt dein hochgeschätzter Rat dazu?", fragte ich, ohne dass ich mir den Hohn im Tonfall verkneifen konnte. Kaeso lebte zwar zurückgezogen in einer sehr schönen, versteckten Höhle, die an die Burg Königstein grenzte, aber er war auch Ratsmitglied eines uralten Vampirnestes.

„Dass ich dich davon abhalten soll, weiter unsere Aktionen zu gefährden."

Ich legte den Kopf schief. „Wie bitte?"

„Ein junger blonder Vampir, übrigens ein wenig leidensfähiger Leckerbissen, rief mich an. Er erzählte mir, in der typischen Unbeherrschtheit der Jugend, von einer mächtigen Vampirin. Ich wusste, dass es sich nur um dich handeln kann."

„Ach", warf ich ein.

„Ja, tatsächlich", sagte Kaeso mit undurchdringlicher Miene. „Auf meinen Rat hin floh er aus der Gruppe der erbärmlichen Gestalten. Gerade rechtzeitig."

Ich erinnerte mich an ihn.

„Es hat einiges an Aufwand gekostet, diesen Jungen einzuschleusen."

„Der Blonde wurde von euch beauftragt?" Ich wechselte einen Blick mit Zenzi. Wo waren wir hier nur reingeraten? Aber ich freute mich, dass dieser Junge davon kam.

„Ja. Nachdem die Jäger diese Gruppe ausgeräuchert haben, wird es schwierig werden, erneut einen Zugang zu finden." Kaeso ächzte. „Wir suchen schon seit zwei Jahren nach demjenigen, der Menschen wahllos umwandelt. Bisher wissen wir nur, dass es ein Mann ist, der leicht manipulierbaren Jugendlichen eine großartige Zukunft mit Unsterblichkeit und Reichtum verspricht." Ein abfälliges Lachen begleitete die Worte.

„Ich freue mich, dass ihr euch darum kümmert. Sorgen hatte ich mir ebenfalls gemacht." Ich atmete tief ein. „Es tut mir leid, eure Pläne gestört zu haben. Ich sah es als einzigen Ausweg, um keine Aufmerksamkeit auf uns und den Club zu lenken."

Kaeso wischte meine Entschuldigung abfällig mit der Hand fort. „Keine Sorge, wenn wir frisch Verwandelten ohne Mentor begegnen, töten wir sie auch direkt. Ich hätte nichts anderes von dir erwartet."

Die Worte schmerzten, als ob ich noch die gleiche Vampirin wäre, die ich früher war. Kaum mehr als ein rücksichtsloses, egoistisches Monster. „Ich habe ihnen meine Hilfe angeboten."

„Nein", erwidert Kaeso genervt, „denke an meine Lehren. Wir können solch schwaches Gewürm, ohne Wissen oder Mittel, nicht herumlaufen lassen."

Zenzi schnappte nach Luft, war aber schlau genug, zu schweigen.

„Zugegeben", sagte mein Mentor mit gespitzten Lippen, „die Gruppe von den Jägern erledigen zu lassen, anstatt es selbst zu tun und dich zu verraten, war intelligent. Ich weiß einmal mehr, warum ich dich zu einer der Unsrigen gemacht habe."

Schleimer! „Woher wusstest du so sicher, dass es sich bei der Vampirin um mich handelte? Dein Spitzel hat mich nur maskiert gesehen."

„Ich weiß, dass es hier keine anderen alten Vampirinnen gibt." Kaeso zeigte sein hochmütiges Lächeln. Langsam stieg mein Bedürfnis, es ihm aus dem attraktiven Gesicht zu schlagen. „Außer dich natürlich."

„Doch, warum bist du jetzt hier?", fragte ich und erntete einen zustimmenden Blick von Zenzi, der mir das Reden überließ. „Du hättest in den letzten Jahren vorbei kommen können. Ich weiß, dass du mich überall findest. Du hättest mich schon vorher warnen oder verhindern können, dass ich auf diese Gruppe treffe und euren Plan vereitle."

Kaeso sah mich verächtlich an, als hätte ich Blödsinn geredet. „Was sollte ich mit dir anfangen, so lange du diesem hirnlosen Dummkopf nachtrauerst." Er spuckte aus. „Du warst nicht mal bereit Einsicht zu zeigen. Hast einen Aufschneider mir vorgezogen!"

Der verdammte Stolz dieses Mannes hatte unsere Freundschaft zerstört und nicht ich. Wut stieg in mir empor. Ich beugte mich vor, bereit meinen alten Freund anzuspringen. „Was fällt dir ein?", rief ich.

„Wirklich, Katharina", sagte Kaeso herablassend. „Wut? So schnell? Wo ist deine Beherrschung geblieben?"

Seine Ruhe machte mich erst recht rasend. „Wie oft bist du in meinem Kopf?", fauchte ich.

„Ich sehe nur Gefühlseindrücke, mehr nicht."

„Schön für dich", blaffte ich. „Aber warum bist du heute da? Wieso bist du hergekommen?"

„Ist das nicht offensichtlich? Du hast die Gruppe vernichten lassen. Ich musste mit dir reden."

„Nein", sagte ich mit gefletschten Zähnen, „der Spitzel ist in Sicherheit und gewarnt hast du mich auch vorher nicht. Nein, ich kenne dich zu gut."

Kaesos Züge blieben ausdruckslos.

Ich dachte fieberhaft nach. „Vermutlich hast du nach den Informationen deines Spitzels Kontakt zu mir aufgenommen, um mich zu überprüfen."

Kaeso neigte anerkennend den Kopf. Ich lauerte auf die kleinste Regung in seinem Gesicht. „Womöglich habe ich gefühlt, dass du Neuigkeiten hast und du überlegst, sie mir mitzuteilen."

Also doch, es steckte mehr dahinter. Ein Schauer lief durch meinen Körper, als mir bewusst wurde, wie genau Kaeso wirklich meinen Geist betrachten konnte. „Ja", erwiderte ich, „aber auch das hätte dich nicht so schnell zu mir getrieben. Tagsüber. Nein", sagte ich kopfschüttelnd. „Was ist der wahre Grund?"

Kaeso ächzte spöttisch. Nur ein winziges Zucken ging durch seine Augen, kaum erkennbar, doch für mich deutlich genug in Richtung meiner Wohnung.

Ich dachte nach, blickte zu Zenzi. Mist. „Du hattest noch nie ein weiches Herz", stellte ich nüchtern fest. „Du hast in mir gefühlt, dass ich Giglio hinter mir gelassen habe. Ja. Und dann warst du zufällig bei der Session dabei. Richtig? Du hast Gabriel durch meine Augen gesehen." Ich zögerte. Wie viel hatte Kaeso mitbekommen?

Tief sog ich die Luft ein. Sein Interesse von Anfang an hätte mich misstrauisch werden lassen müssen. „Gabriel. Deshalb bist du hergeeilt, um ihn hier anzutreffen und ihn mir abzukaufen. Nachdem selbst du das Töten vermeiden musst, willst du jemanden, der deine Lust befriedigt und deine selbstverschuldete Einsamkeit vertreibt."

Kaeso grinste breit. „Ich suche einen Begleiter für die nächsten Jahrhunderte."

Wieder würden wir uns wegen eines Mannes streiten.

Er griff in eine der Manteltaschen. Seine Hand umschloss etwas, als er sie herausholte. „Ich habe ihn dabei", sagte er und eröffnete mir den Blick auf einen funkelnden blauen Diamanten. Der Anblick verzauberte mich. Schon als ich ihn das erste Mal sah, wollte ich ihn.

„Während du dir überlegst, ob du mir dafür freie Hand gewährst, erzähl mir, welche Informationen du mit mir teilen wolltest."

Ich starrte dem blauen Funkeln entgegen, zu meinem Unmut regte sich Gier und Begehren in mir. So sehr, dass selbst Zenzi mich entsetzt ansah.

Mein Mentor und Freund über die Jahrhunderte kannte mich leider zu gut. Wenn es etwas gab, was für mich wertvoll genug wäre, um Gabriel wegzugeben, dann wäre es dieser Stein. Doch Kaeso hatte offenbar nicht das Ende der Session mitverfolgt. Er wusste nichts von meinen Gefühlen.

Nun, es spielte keine Rolle. Wir hatten einen gemeinsamen Feind, gegen den wir vorgehen mussten. Ich konzentrierte mich, und auch wenn ich meine Entscheidung getroffen hatte, konnte ich den Blick nicht von dem kostbaren Stein abwenden.

Zögerlich erzählte ich meinem alten Freund Pietros Informationen. Wobei für ihn nur das Labor hochinteressant war.

„Danke, das war uns neu", sagte Kaeso selbstzufrieden. „Dieses Betäubungsmittel, in Schusswaffen gepackt, könnte uns extrem gefährlich werden. Vermutlich wurden so die alten Vampire trotz ihrer Macht ausgeschaltet. Wir müssen das Labor finden und zerstören, um uns zu schützen."

Wenigstens darin waren wir uns einig. Wobei ich mich lieber heraushielt.

„Es gab einfach zu viel vampirische Präsenz in den letzten Jahren", murmelte Kaeso, als würde er zu sich selbst sprechen. „Ungewöhnlich viel. Wenn wir unsichtbarer gewesen wären, hätten sie keine Investitionen in die Hand genommen, um solches Zeug zu entwickeln. Sie hätten uns für ausgestorben gehalten. Die Organisation wäre zu einem reinen Selbstzweck verkommen." Er fluchte. „Wir müssen den verrückten Vampir finden und ihn ausschalten. Dazu das Labor, und wenn wir schon dabei sind, auch die ganzen verdammten Jäger."

Kaeso legte den Stein auf den Beistelltisch. Ich wandte den Blick ab und er verstand. Ich wollte gar nicht wissen, wie einsam er sich fühlte, wenn er zu solchen Mitteln griff.

„Es gibt nicht mehr viele Alte, wie uns", sagte er plötzlich, wie ein normaler Vampir sprechend. „Wir könnten eure Hilfe dringend gebrauchen."

„Gibst du mir dafür auch den Diamanten?", fragte ich hoffnungsvoll.

„Nein", antwortete Kaeso und lächelte, „aber vielleicht gebe ich ihn dir, wenn die Jäger besiegt sind." Er seufzte. „Bist du dir wirklich sicher, dass du ihn nicht für diesen Jungen haben

284

willst? Meine Ausbildung würde ihn zu einem mächtigen, unwiderstehlichen Vampir formen."

„Ja, ich gebe Gabriel für nichts her. Niemals."

„Würde ich auch nicht tun", murmelte Kaeso. „Mein Angebot, ihn zum Schutz zu beißen, steht trotzdem."

Unglaublich. Er würde doch nicht auf seine alten Tage weich werden?

„Was hat es eigentlich mit den seltsamen Briefen auf sich, die seit Wochen durch deinen Geist schwirren?"

„Was?", rief ich. Selbst davon wusste er? „Sagtest du nicht, dass du nur gelegentlich in meinem Kopf bist?"

Kaesos Mundwinkel verzogen sich. Er strich sich die Haare zurück.

„Es könnten irgendwelche Irren sein", sprach ich resigniert. „Im schlimmsten Fall würden wir etwas früher verschwinden müssen."

„Ah ja, stimmt. Es ist wieder Zeit für euch." Die Züge meines Mentors zeigten erneut Bedauern. „Solltet ihr in Gefahr sein, könnt ihr auch vorübergehend zu mir ziehen. Platz und Blut habe ich genug."

Ich ahnte schon warum.

„Für den Fall, dass ihr plötzlich fliehen müsst, würde ich mich anbieten auf euren Jungen aufzupassen." Kaesos Augen glühten. „Wenn ihr wollt, nehme ich ihn auch gleich mit, zur Sicherheit. Ich garantiere euch, er wird in meinen Armen dahinschmelzen und erst dann munter werden, wenn niemand seine Schreie hört."

„Nein", antwortete ich hart, obwohl mich die Vorstellung von Kaeso im Spiel mit Gabriel durchaus reizte. Vorteile hätte es auch. Aber nicht heute. Doch wer wusste schon, was die Zukunft brachte?

--- Gabriel ---

Als Zenzi uns vorhin verließ, war ich aufgewacht. Oder besser gesagt von seinem Kuss, den er mir und dann Tira aufdrückte. „Ich gehe zu mir rüber, mal wieder Mails prüfen", hatte er mir ins Ohr gemurmelt, gefolgt von einem: „Ich liebe dich."

Auch wenn es mir schwer fiel, solch große Worte nach so kurzer Zeit ernst zu nehmen, freute ich mich, sie zu hören.

Ich betrachtete Tira, die tief und fest neben mir schlief. Unsere nackten Körper klebten aneinander. Sie war seltsam kühl. Ich wollte über ihr Gesicht streicheln, riss mich aber zusammen, um sie nicht aufzuwecken.

Die Nähe und Geborgenheit, nach Sex und hartem SM, fühlten sich traumhaft schön an. Mir war, als würde meine ausgetrocknete Seele heilen. Ich empfand mich wie einen Getriebenen, der vorher ziellos umherirrte und nun erkannt hatte, was er suchte.

Wie konnten vier Tage ein Leben derart auf den Kopf stellen? Unfassbar, dabei hielt ich mich nie für einen impulsiven, leicht mitzureißenden Menschen. Ja, das eine Mal mit Lady Jenna. Aber sonst? Nicht wirklich.

Nur noch wenige Stunden blieben mir. Ich genoss Tiras Anblick. Viel zu bald würde ich gehen müssen. Zurück in die leergeräumte Wohnung, die sich nicht mehr wie meine anfühlte. Zurück in die kalte Welt da draußen, in der ich mich in einem liebreizenden, normalen Kokon versteckte, um nicht abgelehnt zu werden.

Liebte ich Tira und Zenzi? Keine Ahnung. Alles was ich wusste, war, dass ich nicht gehen wollte. Könnte ich auf Vieles in meinem Leben verzichten? Keine ewigen Flugreisen, keine Montageaufträge, keine Feiern mit entfernten Freunden, keine Action außer dem, was die beiden mir boten? Ja, gestand ich mir ein, ich könnte es.

Im Augenblick war das Einzige, was ich wollte, bei ihnen sein. Bei beiden, ohne Kompromisse. Selbst, wenn ich dann wirklich nackt bleiben müsste. Mein ganzes Sehnen und meine Gedanken drehten sich um das Hier und Jetzt. Täglich Sex, Liebe, Freundschaft und das erregende Spiel um Dominanz und Leidenschaft. Es war ein Rausch, für den ich keine Drogen brauchte.

Nachher gehen zu müssen, fühlte sich schon in der Vorstellung an, als würde ich zerrissen werden.

Ich seufzte. Logisch betrachtet, war ich über beide Ohren verknallt. Wie war das? Der Zustand des Verliebtseins, der mit psychischer Instabilität einherging, dauerte mindestens drei Monate. Eine Zeit, in der keine zukunftsweisenden Entscheidungen getroffen werden sollten.

Aber meine Empfindungen fühlten sich realer an, als alles, was ich je erlebt hatte. Meine Fingerspitzen schwebten über Tiras Wangenknochen. Wenn ich mich jetzt entscheiden müsste, würde ich für immer bei ihr und Zenzi bleiben. Trotz der Geheimnisse, die sie zweifellos hatten. Allerdings gab es mir ein gutes Gefühl, dass sie diese nicht vor mir verleugneten. Ich glaubte daran, dass ich sie eines Tages erfahren würde.

Wobei ich schon neugierig war. Besonders nach dem gestrigen Besuch. Nicht zu lauschen, war eine echte Herausforderung gewesen. Wer war der Fremde, der aussah wie Antonio

288

Banderas in diesem Vampirfilm? Sein Anblick hatte mich beeindruckt, mir war, als hätte er eine Aura der Macht um sich gehabt. Was ziemlich bescheuert klang.

Aber, wenn ich ehrlich zu mir war, dann hätte ich mich ihm fast reflexartig vor die Füße geworfen, obwohl ich ihn nicht mal kannte. Ihm gegenüber fühlte ich gleichermaßen Angst, wie ein tiefgehendes Prickeln. Dabei konnte ich mich nach den Sessions kaum noch als ausgehungert bezeichnen.

Was war nur los? Gleich zwei Personen mit einer solchen Wirkung auf mich, in nur wenigen Wochen. Wie unersättlich war ich, wenn ich mir die Aufmerksamkeit von allen Dreien wünschte? Gleichzeitig, selbstverständlich.

Tira regte sich im Schlaf. Ihre Lider zuckten, bevor sie die Augen öffnete. Ich stützte mich auf die Ellenbogen und beugte mich über sie. Mein Herz schien sich in meiner Brust auszudehnen.

Wärme flutete ihre Augen, als sie mich wahrnahm. Ich spiegelte mich darin und sah mein eigenes Glück. So musste Liebe aussehen, egal ob es Verliebtheit war.

„Guten Morgen", sagte ich, obwohl es längst zwölf Uhr mittags war.

Sie lächelte. „Guten Morgen." Ihr Arm legte sich sehr langsam um meinen Nacken und sie zog mich zu sich. Wir vereinten uns in einem innigen Kuss.

Ich fühlte mich schwebend, wie auf einer wattigen Wolke, die mich trug. Ich wollte bleiben. Nie wieder gehen. Vier ganze Tage, ohne sie und Zenzi auszukommen, erschien mir wie Folter. Meine Brust schien zu eng für meine Gefühle, mein

Magen grummelte und meine Seele schrie. Wie ein Verhungerter steigerte ich mich in den Kuss hinein.

Wie natürlich, als müsste es so sein, schob ich mich auf sie. Ich liebte ihren weichen und doch muskulösen Körper. Dazu ihre liebevolle, witzige, fantasiereiche, und, wenn es darauf ankam, konsequent brutale Persönlichkeit.

Ihre Arme umschlangen mich. Ihre spitzen Krallen zogen sich über meinen Rücken. Ein scharfer Schmerz, den ich liebte. Ich küsste mich an ihren Hals entlang, hinunter zu ihren Brüsten und den leicht gewölbten Bauch. Tira stöhnte wohlig und schloss die Lider, was ich als Ansporn nahm weiterzumachen.

Seit vier Tagen hatte ich ihren wohlproportionierten Leib vor Augen, ohne ihn wirklich berühren zu dürfen. Die ebenmäßige Haut lockte mich genauso, wie die langen, welligen Haare, durch die ich nun mit den Fingern fuhr. Sie endlich mit allen Sinnen zu spüren vollendete mein Glück.

Vom Scheitel bis zur Sohle erkundete ich ihren Körper. Ich spürte der kleinsten Regung nach, lauschte ihrem Stöhnen und Ächzen, beobachtete ihr Gesicht. Ich tat alles, um herauszufinden, wo ihre besonders sensiblen Stellen waren und wie sie es genoss, dort verwöhnt zu werden.

Zu meiner Beschämung gestand ich mir ein, dass ich mir bei ihr mehr Mühe gab, als je zuvor bei einer anderen Frau. Denn auch, wenn ich nun der Aktive von uns war, wollte ich nur ihr zu Willen sein.

Während ihre Spuren auf meinem Fleisch dumpf pulsierten, fühlte ich mich wie ihr Diener, der ihr gab, was sie wollte. Ein weiteres Machtspiel, in dem ich mir Küsse und Zärtlichkeiten stahl, bis ein einziges Wort von ihr es beendete. Ein Spiel mit hohem Risiko, da ich die Frau, welche mich in ihrer Hand hielt, auch verärgern oder enttäuschen konnte.

Es war eine unendlich reizvolle Gratwanderung zwischen meinen und ihren Wünschen. Weit entfernt von normalem Sex, obwohl es die gleichen Berührungen waren.

Ich legte mich auf sie, um ihr tiefe Küsse zu schenken, die sie erwiderte. „Danke", flüsterte ich bald darauf in ihr Ohr.

Tira lächelte. Ihr benommener Blick zeigte Verstehen.

Erneut tastete ich mich danach voran und setzte das frisch gewonnene Wissen ein. Ich leckte und knabberte an ihren Brüsten, biss sanft in ihre Brustwarzen. Küssend wagte ich mich bis zum Bauchnabel vor und umrundete diesen mit der Zunge.

Ihre Lust zeigte sie offen in Stöhnen und einem sich windenden Körper. Ich wagte mich hinunter in ihre feuchte Spalte, tat, was ich wollte, so lange sie mir keine andere Anweisung gab. Dort ließ ich meine Zunge tanzen und saugte an ihrem Lustzentrum.

Tira packte meine Haare, flehte und schrie um mehr.

Sie kam in Wellen und genoss es. Ich küsste mich wieder nach oben, gab ihr den eigenen Geschmack in den Mund.

„Gabriel", flüsterte sie, „fick mich. Hart!"

Ich gehorchte mit unendlichen Vergnügen und Dankbarkeit.

Sie krallte mir ihre Fingernägel in den zerschundenen Hintern. Bestimmte damit den Rhythmus, der dadurch härter wurde, als ich ihn selbst gewählt hätte. Ich stieß tief in sie hinein. Entlockte ihr langgezogene Schreie.

Ihre Finger glitten zwischen uns, bewegten sich schnell auf ihrer empfindlichsten Stelle. Das Zucken ihrer Muskeln um meinen Schwanz löste den letzten Reiz in mir aus. Wir kamen gemeinsam.

Tira schlang ihre Arme um mich, so fest, dass ich auf ihr zusammensackte. Minuten vergingen, in denen wir Atem schöpften, während sie meine Haare kraulte. „Hast du erwartet, ich könnte keinen normalen Sex genießen?", fragte sie.

„Es war nicht normal", antwortete ich, „nicht für mich. Ich habe zwar noch nie so mit meiner", ich stockte, „du weißt schon, geschlafen. Trotzdem bliebst du für mich immer die", mit einem Kopfschütteln brach ich ab.

„Domse, ich glaube, die Bezeichnung mag ich am liebsten."

Ich küsste ihren Brustansatz. „Ich war mir deiner Macht über mich immer bewusst. Ein Gefühl, welches mich fliegen ließ."

Tira lachte, bevor sie ernst wurde. „Ich will, dass du weißt", sagte sie, „wie sehr du mich beeindruckst, wie hoch ich dich schätze."

Mein Herz hüpfte vor Freude. „Danke."

Sie drückte mich wieder an sich. Ich schmiegte mich an ihren wundervollen Körper. „Versprich mir, dass du so schnell wie möglich zu uns zurückkehrst."

Wie konnte sie daran zweifeln? „Das werde ich. Genauso, wie ich die ganze Woche an euch denken werde. Wollen wir", ich stockte, es kam mir nach nur vier Tagen seltsam vor zu fragen, „telefonieren. Jeden Abend?"

„Ja", hauchte Tira. Ich spürte die plötzliche Anspannung in ihr. „Willst du mir gehören, auch wenn wir uns nicht persönlich sehen?"

Ich schnaubte und beugte mich hoch, so dass ich in ihr Gesicht sah. „Das tue ich bereits."

Unsere Blicke verhakten sich ineinander. Waren das Tränen in ihren Augen? „Ich habe nie für möglich gehalten, dass es einen Mann, wie dich geben könnte."

„Mir geht es auch so, aber mit euch beiden. Für mich waren die letzten Tage wie ein Traum. Du und Zenzi, ihr habt mir so viel gegeben. Und ich", ich konnte sie nicht mehr ansehen und kniff die Lippen zusammen.

„Was, Gabriel?"

„Ich habe Angst, dass ich mir alles nur einbilde, dass das hier vorbei ist, wenn ich nachher gehe."

Tiras Arme schlangen sich so fest um mich, dass sie mir die Luft aus den Lungen drückte. „Nein. Ich verspreche dir, dass es das nicht ist und ich es dich spüren lassen werde."

Ich horchte auf. „Wie denn?"

Sie lächelte verschmitzt. „Es wird eine Überraschung zum Abschied, wobei du mir eben erst bestätigt hast, dass ich es machen kann."

Mein bewusst fragender Blick berührte sie leider nicht.

„Abwarten, mein Engel. Nur so viel verrate ich dir, dass es nicht einfach für dich werden wird." Sie lachte glockenhell. „Ich hoffe, du hast den Orgasmus eben genossen. Nach unserer Schmerzsession wollte ich dir noch einen schenken. Also nicht nur das eine Mal gestern auf dem Tisch", schob sie lächelnd ein. „Nein, du hast mehr verdient. Zärtlicheres. Schöneres."

Sollte ich beichten oder nicht? Ich rang einen Moment mit mir – einen klitzekleinen. Dann rutschte ich an ihre Seite, weil mir ein solches Schuldbekenntnis auf ihr schäbig vorkam. „Ähm, ich und Zenzi ..."

„Was?", fragte sie aufhorchend.

Mit schlechtem Gewissen erzählte ich Tira von der Fummelei auf der Couch vom Freitag, während sie im Club zu tun hatte.

Sie hörte still zu. „Dieser kleine Mistkerl!", brach es aus ihr heraus, nachdem ich geendet hatte.

Mir wurde heiß und kalt gleichzeitig. Ich hoffte, dass sie es mir verzieh.

„Danke für deine Ehrlichkeit, Gabriel." So wie sie meinen Namen sagte, ahnte ich Schlimmes. Trotzdem freute mich, dass sie es offenbar nicht zum Anlass nahm, um mich fortzuschicken. „Zenzis Worte mögen richtig sein, aber du wusstest, wie ich dazu stehe."

Ich nickte.

„Nun, ich werde mir etwas ausdenken", sagte Tira hart, „wie ich dir und Zenzi bewusster mache, dass der hier", sie griff mir zwischen die Beine, so dass ich aufschrie, „mir gehört."

Während ich nach Luft schnappte, küsste sie mich liebevoll auf die Stirn.

„Aber darauf habe ich gerade keine Lust. Und bei aller Erziehung und so, es geht hier darum, meine Wünsche zu erfüllen."

„Und was willst du?"

Sie küsste mich zärtlich und lächelte. „Ich möchte bei dir sein, deinen Körper an mir spüren und einfach mehr von dir wissen."

Es war ein erhabenes Gefühl, ihre Aufmerksamkeit zu bekommen und zu ihr zu gehören. Obwohl wir hier nur zwanglos lagen, fühlte ich die Spannung zwischen uns. Doch auch diese änderte nichts daran, dass wir reden konnten und lachen. Ich fühlte mich aufgehoben, willkommen, schlicht zu Hause.

Gegen sechzehn Uhr stand ich fertig angezogen – Zenzi half mir bei den Schuhen und die Hose schmerzte bei jedem Reiben – vor dem Ausgang des Lofts. Ich würde selbst zurückfahren. Trotz Tiras und Zenzis Angebot bestand ich darauf, damit sie sich keine Umstände machten. Außerdem war es so besser, da ich mich beeilen musste, wegen packen und den Wartezeiten am Flughafen.

Ich hatte zuerst Zenzi umarmt und geküsst und dann Tira. Wir schwiegen. Was konnten wir schon sagen nach einem langen Wochenende, in dem sich unverhofft unser Leben geändert hatte.

Nur ein paar Schritte und ich wäre aus der Tür. Wenn es einen Sinn hätte, würde ich mich hier irgendwo anketten oder mich am Türrahmen festkrallen.

Wird am Ende alles Schall und Rauch gewesen sein? Ich wünschte mir so sehr, dass Tira, Zenzi und ich von der rosa Wolke schwebten und gemeinsam etwas aufbauten, was von Dauer war.

„Wann genau kommst du am Freitag?", fragte Tira erneut.

„Mein Flieger landet gegen ein Uhr. Ich lasse mich vom Flughafen sofort hierherbringen."

Sie umarmte mich noch einmal, diesmal länger und fester. Ihre Lippen waren dicht an meinem Ohr. „Du willst wirklich immer mir gehören?"

„Ja", sagte ich darüber lächelnd, dass ihre Zweifel offenbar genauso groß waren wie meine.

„Nun gut. Gabriel", erwiderte sie getragen, „es wird nicht einfach. Im Grunde sind deine ruhigen und unschuldigen Dienstreisen vorbei."

Ich legte den Kopf schief. Irgendetwas plante sie. War es das Abschiedsgeschenk? „Wie meinst du das?" Auch Zenzi, dem ich von meiner Beichte erzählt hatte, horchte auf.

„Gib mir dein Handy!", befahl Tira.

Ich tat es.

Sie stellte irgendetwas ein. Ich wartete geduldig, ohne etwas zu sagen, dann gab sie es mir das Smartphone zurück.

„Zenzi, gib mir das Geschenk."

Gleich darauf überreichte mir Tira eine relativ kleine Handtasche aus braunem Wildleder.

„Sieh hinein!" Als Erstes fand ich darin eine winzige, hochauflösende Webcam und ein Headset. „Die sind mit deinem Smartphone kompatibel." Sie nickte mir zu. „Los! Das war noch nicht alles."

Ich kramte tiefer in der Tasche. Dann holte ich ein plastikumwölbtes Ding heraus, welches durch den nackten und glückselig schauenden Mann darauf, sofort als Sexspielzeug erkennbar war. Ein näherer Blick offenbarte mir ein schmales, kleines Vibrationsei, welches an einem dünnen Kabel hing, an dessen Ende ein Penisring befestigt war.

„Sobald du im Flugzeug bist", sagte Tira, „und du dort auf die Toilette darfst, wirst du es dir anlegen und danach immer tragen. Außer natürlich, wenn du deinen Bedürfnissen nachgehst. Selbstverständlich." Sie grinste schief.

Ich musste sie sehr entsetzt angesehen haben, denn sie lachte. Und Zenzi ebenfalls. „Du siehst gerade zu süß aus", sagte er spöttisch. Na warte, so wie ich Tira kennen gelernt hatte, würde sie ihm irgendwann einen Denkzettel verpassen.

„Gabriel", sagte sie zuckersüß, während sich mein Bauch flau anfühlte, „ich habe dir soeben eine App installiert. Ich erwarte, dass du dein Smartphone jederzeit an hast. So weit ich weiß, bieten die heutigen Flugzeuge WLAN. Haben nicht auch die meisten Länder flächendeckendes Internet?"

„Ja", ich räusperte mich, „ja. Stimmt."

„Ist es nicht schön, dass du nun wissen wirst, wann ich an dich denke?"

Ich schluckte. Der Gedanke, dass dieses Ding plötzlich in mir anging, jederzeit, machte mir Angst. Aber wollte ich nicht immer ihr gehören?

„Ach, nur zu Info, das ist eine Sonderedition. In dem Ring ist ein Sensor, der registriert, ob du ihn trägst und die Dehnung misst, also den anschwellenden Durchmesser."

Den boshaft dozierenden Tonfall kannte ich noch nicht an ihr.

„Ich habe auch Besprechungen", stotterte ich, „oder Sitzungen oder fahre."

„Deshalb wirst du mich informieren, mit exakter Zeit- und Inhaltsangabe, wann du um Schonzeit bittest. Ich werde - von Fall zu Fall - entscheiden, ob ich deinem Ersuchen stattgebe."

Oh je. Es würde keine Sicherheit geben, keinen Ausweg – ich wäre in ihrer Hand. Immer. Aber wollte ich nicht daran erinnert werden, dass dies hier kein Traum war?

Tira streichelte mir über die Wange. „Im Glauben an deine ernsten Absichten habe ich diese kleinen Nettigkeiten vorgestern online bestellt und herschicken lassen", erzählte sie mit gespitzten Lippen.

Ich wusste nicht, ob mir ihr Vertrauen schmeicheln oder Angst machen sollte.

„Nun", Tira schnalzte mit der Zunge, „nach deinem Geständnis heute Morgen hätte ich dir wohl eher einen Peniskäfig mitbestellen sollen, der sich nur auf meinen Befehl hin öffnet und schließt."

Zenzi trat ein paar Schritte zurück, er wirkte tatsächlich schuldbewusst.

„Aber was nicht ist, kann ja noch werden. Die gibt es bestimmt auch ohne Metall, so dass du damit fliegen kannst. Eigentlich wäre es eine super Idee beides zusammen einzusetzen."

Mist, allein die Vorstellung war schrecklich und ... Gott, nein. Sie lachte, als sich ihre Hand um die Ausbuchtung in meiner Hose legte.

Tira sah mir in die Augen. „Der Widerspruch zwischen deinem Körper und deinem Gesichtsausdruck ist faszinierend." Sie leckte sich erwartungsfroh die Lippen. „Wie gesagt, ich schaffe dir kleine Hilfen, damit du deine neue Situation begreifst."

Erwartete sie ein Dankeschön?

„Wie gesagt Gabriel, du bist Mein und du wirst nur noch zum Orgasmus kommen, wenn ich es dir erlaube. Vielleicht ja während wir uns über die Webcam sehen?"

Sprachlos nickte ich. So richtig glauben, konnte ich ihr Vorhaben noch nicht.

„Und Gabriel", ihre Augen funkelten boshaft, „heute Abend, bis du im Flugzeug dieses süße kleine Ei einsetzt, darfst du ein letztes Mal Hand an dich legen, bevor du unter meiner Kontrolle stehen wirst."

Kein Scherz. Tira meinte es ernst. In mir stand alles in Brand. Schweiß brach mir aus. Ich sah zu Boden, spürte ihre Blicke auf mir. Sie wollte mich wirklich. Vermutlich freute sie sich darauf, die verschiedenen Vibrationsstärken auszuprobieren, während ich versuchte, mir in Gesellschaft Fremder nichts anmerken zu lassen.

„Wenn du dein Safewort verwenden willst, um das hier erstmal abzubrechen, dann tue es", sagte Tira. „Es hätte keinerlei Auswirkungen auf unsere Beziehung."

Ich sah erst Zenzi und dann sie an. In ihren Augen schien ein Funke aus Zweifel und Sorgen zu flackern. Dachte sie, sie wäre zu weit gegangen?

Ja, ich hatte Angst, mir war mulmig zumute und flau. Zudem war mir schlecht und ich hätte mich am liebsten irgendwo versteckt. Doch gleichzeitig war da auch dieses Gefühl der Freiheit, in dem ich mit meinem Selbst so genommen wurde, wie ich war.

„Nein", sagte ich entschieden und packte alles wieder in die Tasche ein, um sie mir unter den Arm zu klemmen, „ich fühle mich geehrt, aber ich habe eine Scheißangst."

Beide lachten. Es klang erleichtert.

Ich konnte nicht widerstehen mir doch noch einmal einen runterzuholen. So ein letztes Mal, bevor ich es nicht mehr aus eigener Entscheidung heraus tun durfte. Das Wissen, um das Kommende, und der absichtliche Druck auf meine zerschundene Kehrseite machten es zu einem explosiven Erlebnis.

Kaum war ich fertig und hatte mir die Hände gewaschen, klingelte das Smartphone.

„Hi, Chris."

„Alter, warum warst du gestern schon wieder nicht da?", blaffte Chris auf seine unnachahmliche Art.

„Ich freue mich auch, von dir zu hören", sagte ich. „Mein letzter Auftrag war sehr anstrengend und ich hatte keine Lust auf Sport." Das andere Programm war eh besser.

„Wie geht es dir?", fragte er.

„Mir geht es gut, Chris. Ehrlich."

„Aber du warst nicht in diesem Club? Oder?", fragte er aufgeregt.

Bei dem aufdringlichen Getue behielt ich die Wahrheit lieber für mich. „Nein."

„Gut", atmete Chris erleichtert aus. „Du solltest dort auch nie wieder hingehen. Glaub mir, es ist sicherer. Da ist vor einigen Wochen ein Mann verschwunden, ohne je wieder aufzutauchen. Außerdem wurde vorgestern eine Leiche gefunden. Von einem Mann, der dir sehr ähnlich sah und die letzten Wochenenden dort war."

Ich horchte auf. „Ein Mann? Wer denn?"

„Ach, niemand. Nur ein hübscher junger Gast, so wie du eben." Chris lachte verlegen. „Du weißt schon, jemand wie du, sollte in solchen Milieus aufpassen."

„Aha, du nicht?", fragte ich verärgert.

„Mach dich mal locker, Alter. Du weißt, was ich meine. Du bist ausgehungert, hast ewig die gleiche Freundin gehabt und könntest jede haben. Du weißt schon. Du wärst ein begehrtes Opfer."

„Klar, weil ich so schwächlich bin." Ich schnaubte. Was ging ihn das überhaupt an?

„Gabriel, ist doch gut."

„Nein, Chris. Ich muss nachher schon wieder los und habe keine Lust mir so etwas anzuhören. Bis bald." Blödmann.

„Warte, Gabriel. Versprich mir, dass du dich von dem Club fernhältst. Okay?"

„Ciao", sagte ich und legte auf.

Zu gerne hätte ich ihm mehr erzählt. Eigentlich wollte ich mein Glück, zwei Menschen gefunden zu haben, die zu mir passten, in die ganze Welt hinausschreien. Doch außerhalb des Clubs, außerhalb unseres geschützten Reiches, holte mich die Realität ein.

Hier gab es Familie, die Erwartungen an mich hatte, Freunde und ein Umfeld, welches nichts von meiner Bisexualität oder SM-Neigungen wusste. Sie würden es nicht verstehen, mich verurteilen.

Erstmal, beschloss ich, würde ich meine neue Beziehung geheim halten, selbst wenn ich dann ein geheimnistuerischer Feigling blieb.

Fortsetzung folgt ... voraussichtlich im Frühjahr 2021.

Dir hat das Buch gefallen?

Super! Schreib bitte eine Rezension.